阿佐ヶ谷歳時記

Jun Matsumoto

松本 純

皓星社

酒肴だいこん屋

酒肴

「酒力」と「酒場術」だけが頼りだった——まえがきにかえて

松本純

私は一九六〇年（昭和三十五年）から七一年まで海上生活（捕鯨船員）をしており、この間は全く地上生活の空白期間となっています。当時の船の設備にテレビやファックス等は無く、政治や経済、宗教や芸術などとは関わりの無い世界にいたので、安保闘争だの東京オリンピック等に関しては、ほとんど今様浦島といった状態でした。

その上、捕鯨船乗りは、毎日何時間も、高さ十五メートルほどのマストの上から鯨を探しているので、次第に遠目癖がついてしまいました。その結果、近くて細かい物を見るのが苦痛となり、読書や文章を書くことから遠ざかってしまうので、ますます世間知らず、浮世離れの度が進んでしまいます。ちなみに、東京を海に見立てると、阿佐ヶ谷駅を基点にして近くても新宿あたり、遠ければ東京駅よりもっと先の海を見据え、肉眼や双眼鏡で鯨を毎日探していたのです。

捕鯨稼業も先が見え、また東京都出身では最後の一人となってしまったので、転職を考えてはみたものの、捕鯨船乗りという特殊な職業は、「潰しの利かないキンカクシ」と自嘲するごとく、中年になってから他の船に移ることは出来ません。さりとて陸上勤務に替わったところで、ワープロ、タイプ、そろばん、外国語等のサラリーマンに必須とされる知的能力は皆無で、また、毎日背広ネクタイ着用で満員電車による通勤などは当時の私（今でも）だったら続かないのが目に見えています。また捕鯨船での生活は、食費、住居費等全くかからず、作業用の被服類も支給されるので、同期入社で陸上勤務の社員とは実質的に二倍以上も収入の差はあるのですが、一文無しでも食えたのが結構裏目に出て、穫っては呑み、呑んでは穫りの繰り返しで貯金も皆無に近く、約十年間の捕鯨船暮らしで残ったものは、妻と二人の娘と、まさに雀の涙ほどの退職金だけなのでした。

知力、体力、資力の無い無い尽くしのなかで、いささかでも頼りになりそうなのは、子供のころから鍛えて得た「酒力」と、生涯の学費の少なくとも百倍以上は注ぎ込んだ「酒場への月謝」によって自然に身についた「酒場術」です。

この二つを恃みとして、昭和四十七年五月（三十五歳の時）、阿佐ヶ谷の東はずれに、十坪ほどの居酒屋「だいこん屋」を開店しました。

学生時代や、乗船後も休暇で帰宅した折には、よく阿佐ヶ谷で呑んでいましたので、多少なりとも「地の利」があります。自宅に近い中村橋や鷺ノ宮は、当時、酒場等は全く成り立たない町でした。

昭和三十年といえば、私が学生になった年ですが、その当時、練馬駅の周辺に五軒位居酒屋があったほかは、中村橋や鷺ノ宮には一軒も無かったのにひきかえ、阿佐ヶ谷には三十軒以上の店があったのです。

そのなかの一軒で、駅北口の郵便局の向かいにあったモツ焼き屋が、私が初めて入った酒場です。

たしか高校二年生だったと思います。モツの脂とタレの焼けるあの渾然とした匂いの誘惑に耐えきれずに暖簾をくぐってしまった次第なのですが、これを皮切りとして半世紀近く阿佐ヶ谷で呑み廻っている勘定になります。この店は当時西荻窪を中心として、中央線沿線に十数店を持ち、薄利多売をモットーとして一代を成した「戎井グループ」のうちの一店です。日曜日はビールの大瓶が百円ぐらいで、酒屋で買うのと同じ値段で呑むことができたのです。焼酎が一杯三十円なのですが、十五円で半分売りもしてくれます。モツ焼は白（ヒモ・ガツ）が三円、赤（レバー・タン・ハツ等）が五円でしたが、八年前に閉店し、今は銀行のキャッシュコーナーに変わってしまったのは寂しい限りです。

その他の店では、一番街の入口近くにあった焼酎ホール（後のヤキトリ長谷）です。ここも十五年位前に閉店して、今はパチンコの景品交換所になっています。何しろ金の無い時代なので、モツ焼で焼酎が定番なのですが、たまたまパチンコで儲かったり、古本が意外に良い値で売れた時などには、駅の北口にあった「弥助鮨」に寄ります。今のコージーコーナーのある所です。老夫婦を愛敬のある二人娘が手伝っており、ここでゲソかブツをつまみに、「櫻正宗」を呑むのが精一杯の贅沢で、一番街の奥に何軒もあった女の子を置いているバーなどには、ほとんど入ったことはありません。

さて、私が開店した「だいこん屋」の斜め向かいに、「いかりや」という小さな酒場がありました。古稀を過ぎた気風のいい婆さんが一人で切り回しており、牛スジの煮込み（一〇〇円）が売り物です。阿佐ヶ谷の酒場では五指に入る廉い店で、若いサラリーマンや学生の常連で賑わっていたのですが、いつも満員のように見えても、開店から閉店まで居座っているような客が多かったので、とても儲かっていたとは思えません。ママは酒もかなりいけるくちで、酔うとカウンターを思いきり叩くのが癖でした。税務署などにも行かなかったらしく、職員が調査に来たところ、店の値段表を見せて、「取れるものなら取ってみろ」とカウンターをバンと叩いて追い返してしまったそうです。やがて、双方のお客同士も交流するようになりました。野球や釣りや旅行を一緒にすることも多かったのですが、四年ほどしてからママは店を閉め、埼玉の息子夫婦の所へ行くことになりました。その送別会の席で私の手を握り、「あの連中をよろしくお願いしますよ」と涙したのでした。十数年間、子供同様に手塩にかけて育てた常連さんとの別れが余程寂しかったのでしょう。その預けられたお客十数人のうち三人に、今も当店の常連として来店していただいております。

「だいこん屋」開店以来の常連さんの一人に、今や作家として大を成した逢坂剛さんがいます。当時はさる広告代理店の青年社員でした。この間の経緯については、氏自身の筆「わが青春のだいこん屋」より借りることとします（次頁）。

最近は、氏のスペイン物の挿画を担当し、またフラメンコ歌手としても日西両国にわたって高名なマドリッド在住の堀越千秋画伯を加え、一年に何度か、唄とギターの一夜を明かすこともあります。

わが青春のだいこん屋

逢坂剛

忘れもしない昭和四十七年七月七日、七夕の夜のことである。わたしは阿佐ヶ谷の飲み屋街で飲んだくれて、ふらふらとガードの下から河北病院の方へ歩いていた。

そのときふとどこからか、ギターの音が聞こえてきた。一瞬気のせいではないかと思った。しかし酔ってはいても、耳に狂いはない。当時すでにわたしは十年近いギターのキャリアがあり、聞き違えるはずはなかった。しかもその音色はフラメンコのように聞こえる。自慢ではないが、今も昔もわたしは、フラメンコについては人一倍うるさい。したがってこれまた、聞き違えるわけがない。

そのころフラメンコ・ギターを聞くためには、新宿の《ナナ》や《ギターラ》、あるいはもう少し張り込んで《エル・フラメンコ》といった、ごく特殊な店に行かなければならなかった。それは極めて限られた場所と環境において演奏されるものであって、好きなときにどこでも聞けるといった体のものではないのである。ましてや阿佐ヶ谷のような場末（失礼！）で、フラメンコを聞くことができるなどとだれが考えるだろうか。わたしが一瞬自分の耳を疑ったのはそういう事情があったからである。

はて不思議とばかりあたりを見回すと、もうろうたる酔眼に映ったのは『だいこん屋』と書かれた真新しい木の看板だった。よしずを張った、いかにも一杯飲み屋という感じの店が、そこにひっそりとたたずんでいた。その中からどうも、フラメンコ・ギターの音が流れてくるようなのである。

わたしは首を捻った。スペイン風スナック・バーというなら話は分かるが、このような純日本風の飲み屋でだれがフラメンコを弾いているのか。しかもよく聞いてみると、流れてくるのは至難のわざを要求されるタランタの調べではないか。わたしは引き寄せられるようにふらふらと、店のガラス戸をあけていた。

そして、客のだれもいないカウンターの中で黙然とタランタを弾く、白皙？　のギタリストの姿がそこにあった。これがわたしと《だいこん屋》のマスター、松本純さんとの劇的な出会いである。

二人の目にたちまち火花が飛び交う。うぬ、おぬしただ者ではないなと、互いの指に鋭い視線を走らせる——といった多少のいきさつがあったのち、わたしは一応客らしくえいやとばかりカウンターにすわった。正確にはカウンターの前の椅子にであるが。

聞いてみると、松本さんは以前南氷洋で鯨を取っていたが、陸へ上がって二か月ほど前この店を開いたのだという。フラメンコは、ペルーを基地にした捕鯨船に乗っていた頃ギターの一つも弾けないと女にもてないから始めたのだそうだ。まあそう言ったのは、松本さん一流の照れだと思う。なかなかそれだけの理由で、フラメンコに取り組めるものではないからだ。

奥さんは奥さんで、こうした酔客相手の商売は初めてだったし、開店したてのころは客が来なければいいのにと、それればかり祈りながら店に出ていたという。十数年たった今でも、そういう素人っぽさが抜けないところに、わたしは文句なしに感動してしまう。

それからというもの、荻窪に住んでいたわたしは毎日、とはいわぬまでも三日とあけずに《だいこん屋》に通いつめた。マスターと二人でギターを奪い合いながら、お互いのレパートリーをふやしていった。当時からこの店は一見の客より常連が多く、その人たちとの語らいが実に楽しかった。最近ではすっかり代替わりしてしまったが、それでも何人かは開店当時の常連が残っていて、たまに出くわすと懐かしさが込み上げてくる。《だいこん屋》はまさに、わたしの青春そのものだった……。

ところで当時のフラメンコ・ギターは、今でもどうやらそうらしいのだが、早くかつ美しく弾くことをもって至上のものとする風潮があった。したがってレコードも、機械のように正確に弾くサビカスがもてはやされて、ニーニョ・リカルドとかメルチョールといった伴奏主体のギタリストはあまり歓迎されなかった。わたし自身もまた、技巧偏重型の弾き手であったことを正直に告白しなければならない。

しかし松本さんのギターを聞いて、その考えに大きな疑問がわくのを覚えた。技術的にはどうもわたしの方がうまいように思えるのだが、演奏を聞いていると自信がなくなってくる。松本さんが弾くと、ギターは耳ではなく直接心臓に響いてくるように聞こえる。それはどうやら技術とは別次元の問題らしい。ドゥエンデ（妖気）というやつだろうか。しかしそのことに気がついたのは、ずっとあとのことである。

その後わたしは、ギターの練習がしだいにおろそかになり、まして小説を書き始めてからはじっくりレコードを聞く時間もなくなった。当然演奏技術は落ちる一方である。今ではたまに座興でじゃらじゃらやる程度で、とても人さまに聞かせられるしろものではない。昔のわたしを知っている人に、それを指摘されるのはとてもつらい。

ただ一つ救いがあるといえば、わたしにはまだカンテ（歌）が残っている。日本にはカンテを歌える人が数えるほどしかいない。その一人になろうというのではないが、わたしも若いころから歌っていた。ただし常に松本さんの伴奏でないと歌えないという事情があり、そのためにプロになるのをあきらめたのだという説もある。それでも当時はアレグリアスをはじめ、マラゲーニャ、ティエントス、ソレアレスと、けっこうレパートリーがあった。今でもときどき唸るが、なかなか昔のようにはいかない。唐突ではあるが、将棋大会でだいこん屋杯を獲得したのも、数少ない自慢の一つである。

初めて《だいこん屋》のガラス戸をあけてから、今日まで実に十七年の歳月がたってしまった。長いようでもあり、短いようでもある。その間にわたしは何度も引っ越し、そのたびに《だいこん屋》から家が遠くなった。今では年に何回かしか来れないが、来ればかならず松本さんのギターを聞かせてもらえる楽しみがあり、大いにくつろがせてもらっている。たまに古くからの常連と出くわすのもうれしい。

わたしが作家になったのはここ七年ほどのことで、《だいこん屋》の歴史よりずっと新しい。わたしは何年か前、この店を『スペイン灼熱の午後』というスペインものの小説の中に登場させた。店の名は《にんじん屋》というのだが……。もちろん松本さんや奥さんも出てくる。松本さんには、主人公と一緒にスペインへ渡って、一大活劇を展開してもらう予定だったが、枚数の関係で実現しなかった。

いずれこの借りは返すつもりである。

阿佐ヶ谷歳時記＊目次

阿佐ヶ谷歳時記

句集　人地天

人の部

幸先の一揃《ぴんぞろ》の目に今日の春
妻といふいの一番の初昔
盛り塩に年新たなる山河かな
神鶏の一夫多妻を淑気とす
俺ころころコロナ転転《ころころ》初薬師
緋袴の内は何色初天神
だいこんの首へ包丁始めとす
すずしろは嵩を保ちて草の粥
うぐひすや女《め》の子願ふに男《を》の子また

三陸津波禍五句

竜天に服《まつろ》はざりし国裂きて
仰天の地異に散りぢり蝌蚪も人も

周易に震《ふるふ》は春の象なれど
収めたる雛ともども土に帰す
たましひの折鶴を率《い》て鶴よ引け
酒恋ひに間夜《あひだよ》あらず井月忌
酒場への我がけもの道沈丁花
強情な蛤ひとつ利久の忌
右利きが挙り挙りて望潮《しほまねき》
救世軍士官営舎を浮かれ猫
万象は波動と量子猫の恋
掌《て》に残る研ぎの匂ひや明易し
春灯や史書よりも偽書おもしろく
囀やペペロンチーノ大皿に
大陸に地雷一億霾《つちふ》れり

嘘の日を一ト日憚り桐雨の忌
小面《こおもて》の裏は無辺の花の闇
屁の玉を湯にゆらゆらと花疲れ
茎立ちやむかし女《おみな》も立尿り
葱坊主弥勒の世へと鶴首して
念のため喉《のみど》の仏にも甘茶
ボルドーの白に適へり青柳《やぎ》の饅
田へ神を降したる夜の木の芽和
鳥雲に入るや畏《かしこ》き辺りより
改元の沙汰を蛙の目借時
夜を込めて河童の匂ひ椎の花
風薫る市谷四谷千駄谷
我がナラタージュむさし野の麦の波

鯉幟ピエタのやうに抱き下ろす
雫とていづれは海へ鑑眞忌
枇杷の種吐きてつくづく怠け癖
すててこや Olds be no ambitious
義翼得てホモサピエンス夏空へ
銭湯の籠から夏足袋の義足
新ジャガや一兵卒の匂ひして
散ることもならで五衰の水中花
炎天の切先として紅生姜
万馬券一点買ふも暑気払ひ
死の匂ふロルカの詩集火取虫
馬冷すべしカトリコもイスラムも
庇より蜘蛛の遠図の一の糸

釜の蓋開けつぱなしや蟻地獄
セシウムの土は御免と後退り
何を視むとて眼を拭ふ仔カマキリ
身心に夜逃げされたる蟬の殻
蟣蠓は量子力学もて把握
バナナのみ曲れり銀座千疋屋
うなぎ屋の角に都電の出て曲る
おほいなるあくびのかたち竹婦人
葛水を試みたるもやはり烹る
可内《べくない》と名告《なのり》あげたり羽抜鶏
風雲の急なり鉄馬いななきて
雷公に雨師と風伯連れ立ち来
夏枯や有平棒がひた廻り

右手ではつかめぬ右手広島忌
いちぢくの葉して拭へや長崎忌
八月の記憶の種の握り飯
遠花火見てをり手話を見るごとく
両極を切り子午線で西瓜断つ
一尺のひげのあとからかまど馬
カドミウム・サリン・セシウム・ヘヒリムシ
台風と地震のほかは全て嘘
たまゆらの秋思ちなみにパンの耳
一秒で届く月光賢治の忌
かけがへの無き隔りに恋の星
鵲の橋の袂に琴座ヴェガ
方舟を発ちて銀河へ鳥・獣

きりしたんころびにけりな曼珠沙華

逆もまた真なり唐辛子吊られ

秋風や糸鋸《いとのこ》で抜く鳥の型

的中のすなはち磓《はた》と秋の声

懸崖の菊箒目を舐めんとす

ゆくりなく風立つことも雁の頃

木守柿もて落款す富士の景

俗界へ鮟鱇の肝摑み出す

極上の甘鯛《ぐぢ》婉然とさしぐみて

自死ならば鴆酒《ちんしゅ》に河豚の肝添へて

鰤起し浴びたるそれへ出刃振るふ

蝕甚の闇へ香を濃く枇杷の花

鉄《くろがね》といへど寒禽風見鶏

はらわたのほか見あたらぬ海鼠かな
おでん吹きつつ彼の件の後日談
コンビニのあれはおでんの卵塔場
煮こごりといふうろくづの成れの果
雑炊を吹くや風樹の嘆込めて
誰彼へ巡る酒場の傘と風邪
隙間風ヴィタミンCの香りせり
洗髪へ歳晩の首差し出す
東西の気圧差頓《とみ》に冬彦忌
有頂天金輪際へ除夜の鐘

地の部

出羽三句

鳥つぶて渡して雪の最上川

軒つらら神事のごとく薙ぎ払ふ

子沢山なるべし出羽の雪女

蓼科三句

根雪割り八ヶ《やつ》岳の伏流玉と湧く

借り宿といへど二夜の榾の主

子守り唄ほどにゆつくり雪降り来

銚子三句

冬浪の鋸立ちも波崎ぶり

吹きつけて眞砂混りや波の花

鱈船の発つや門波に傾ぎつつ

秩父三句

荒川を跨ぐ橋梁鳥交る
お遍路のなんと大きな握り飯
鎌首につづく全長まむし草

内房二句

半漁のいま半農の雛飾る
彼岸潮途方に暮るるまでに引く

奈良二句

耳成山《みみなし》といふ草餅を野に供ふ
うらうらと大和三山高からず

大原二句

酸茎屋の軒に逃げ込む春時雨
法皇も女院も知ると亀の啼く

荒川二句

川合ひて分れて合ひて鳥の恋

土匂ふ野に野火止の水匂ふ

外房二句

鴨川の沖に立ちたる卯波こそ

野に山に蕗を遍く安房上總

奥利根二句

翠巒を抜きて滴る一の倉《いちのくら》沢

滝茶屋の滅法鹹き手前味噌

那須四句

鏑矢となりて那須野を時鳥

郭公は遠く時鳥は近し

屈強の茄子の棘も与一ぶり

名にし負ふ那珂川梁の踊り串

白河二句

遊行柳へ千枚の青田風

名の関は跡形もなし夏燕

四国四句

涼しさの潮のせせらぎ佐田岬

いや高きうねりを時に土用凪

雲海を割る石鎚《いしづち》山の石頭

夏果てぬべし一輛の予讃線

平泉四句

作庭記履む石立てを山清水

金箔の暗き妖光木下闇

一望の青田に奥の時津国

藤氏滅亡このかたの蟬時雨

佐渡三句

秋燕や佐渡へ佐渡へと波頭
流木に抜けずのボルトきりぎりす
訥々としておしめりの威し銃

京都二句

媚酒に豆腐八珍秋うらら
洛西の釣瓶落しに瓢鮎図

甲信五句

秋深き方へと支線分れゆく
一塊を一網に展べ椋鳥《むく》渡る
穂芒の斜面《なぞへ》の底に小渕沢
信濃川越しに一閃鳥をどし

くろぐろと黒姫山《くろひめ》暮るる寒露かな

関ヶ原二句

日の当る地より枯れゆく関ヶ原

半顔はすでに眠りて伊吹山

天の部

布袋のみ有国籍者宝舟

改竄の密命帯びて嫁が君

旅に病んで父《てて》は丹波の猿廻し

血書せるダビデの星を吉書揚

四条流もて白魚を詳《つまび》らか

踏絵より出火せりとの署長談
白酒やお主も悪やのう伊勢屋
桜貝赤貝を経て鳥と化す
喜多院の闇にて唵《おん》と亀啼けり
涅槃図を巻き洪水を治めたり
竜天に昇るや迦楼羅《かるら》これを呑む
蝌蚪生れてナルキッソスは失禁す
椿落つ無能の首を道連れに
抽斗の義歯が歯ぎしり三鬼の忌
飛花落花鯨ベーコン竜田揚
花ふぶく闇よりマタイ受難曲
蛤が吐き蛸が吸ふ喜見城
メビウスの輪のふらここは降りられぬ

イタリヤの音樂堂に蛇の衣
書記長等かちかち山の虹拝む
限りなく遠くも来たる白夜かな
わが影もサタンに売りし涼しさよ
蝙蝠と九官鳥に謀られき
オアシスはかつてジュラ紀の蟻地獄
カナンにてひこめく地球籠枕
孔子シャカ耶蘇アラー蠅取りリボン
蒼ざめた馬冷さるる鹹湖かな
蟻蠓やパリでバターを焦すめり
雨乞や河童の皿を回向して
夕焼なか満艦飾のまま自沈
片蔭を行きて土塀に吸ひ込まる

アラスカで途方に暮るる竹婦人
旱魃や潜望鏡が地を進み
打ち寄するブリキの金魚ヒロシマ忌
天井を秋の季語にと詔《みことのり》
星の恋あはれ真珠を妊りぬ
ややあつて金切り声や夜這星
唄を忘れたカナリヤと門火焚く
群盲と西瓜を撫でて異論なし
いんへるのよりはらいそへ秋螢
星条の半旗かかげて秋刀魚焼く
ゲルニカの絵の裏側を穴惑
子規居士へ糸瓜の蔓を如何つなぐ
永き夜や先に帰つた奴がユダ

蛇穴に入りてクレオパトラに会ふ
俎上にて河豚つぶやくにメメントモリ
俎の海鼠にヨブ記説き示す
縄跳は鳥取県が圧勝す
狼の密輸などとは滅相な
十二月八日箒の馬で征き
化女が打つ八点鐘に年替る

阿佐ヶ谷歳時記　春

阿佐ヶ谷逍遥

拙稿「阿佐ヶ谷歳時記」の花暦の種は、阿佐ヶ谷を中心とした細道の迷路を、何年も徘徊して拾ったものです。

はじめは、中村橋の自宅から店のある阿佐ヶ谷までを、車の通らない裏道を択って歩いていたのが次第にエスカレートして、更に細い道、知らない道と択ぶようになった結果なのです。

それと言うのも、画然と区切られた道とちがって、この迷路をさまよい歩くのは飽きることが無く、また、いくつかの利点もあるからです。

われわれ酒場稼業の者で、自身も酒好きな人間の一日のサイクルは、朝四時頃床につき、昼近くに起きるのですが、目覚めた時はまだ前日の酒が残っていて、すぐ食事を取る気にはなれません。ところが一時間ばかり速足で歩くと、夏には汗もかくし、血の巡りも良くなるためか体も軽くなり、食欲も湧いてきます。また道筋に咲く木や草の花に接することで、俳句を拾うチャンスに恵まれる利がありますし、更に一度覚えた木々の開花を、毎年訪れてみる楽しみもあります。たとえば今年(平成十四年)の一月二十一日には、雷を伴った暴風雨が通過し、翌日は四月初旬並に気温が昇った好天気となったので、二十三日の朝、少し早目かなと思ったのですが、鷺ノ宮から妙正寺川を遡り、下井草五丁目の早咲き桜を訪ねたところ、やはり前日に開花していました。

なにしろ他人様の家の木を只で見物して歩くのですから、全く金も労力もかかりません。持主はそれとは知らずに、御自分で手入れをしたり、庭師を入れたり、土地の税金を払ったりで、いろいろ出費もあると思うのですが、こちらの方は、なにか花の間男をしているような心境です。

というような訳で、この迷路地帯について昔話をすこし書いてみます。

阿佐ヶ谷近辺では単に「バス通り」と呼ばれている「中杉通り」（正しくは都道補助一三三号線）が、駅から北へ七百メートルの「早稲田通り」まで開通したのは、昭和五十六年の春の事で、それ以前は、北口の渡辺金物店の横から入る細い道をバスが通っていたのです。

そのバスも阿佐ヶ谷―中村橋間の路線が出来たのは、私が中学生になった昭和二十四年頃だったと思います。

木ガスを発生させる乾溜装置や天然ガスの巨きなボンベを車体の後に積んだオンボロ車で、ノロノロ走っている時には、子供達が車の後に跳び乗ったり跳び降りたりして遊んだものです。それ以前には、自転車など持てない時代だったので、中村橋の家から阿佐ヶ谷に出るには、歩くしかなかったのです。

祖父の生家が、中央線の国立駅から甲州街道へ出たところにあったので、幼い頃から阿佐ヶ谷までよく歩かされたものですし、戦後になってからは配給のメリケン粉を、今はバスターミナルになっている駅北口にあった闇市でコッペパンに換えに来るのも、すべて徒歩なのでした。

というようなわけで、この子どもの頃からの歩き癖を以て、今でも家から阿佐ヶ谷、あるいは隣りの荻窪や高円寺には、天候と時間の都合が良ければ、下駄で歩くことにしているのです。

そもそも「中杉通り」の母体は、昔の鎌倉街道の一部分だったようです。駅の南口から出ている浜田山行きのミニバス（すぎ丸）に「鎌倉街道」の停留所がありますし、中村橋から一キロほどの豊島園の近くには、八幡太郎義家が蝦夷地へ向かうときに、戦勝を祈願して植えたとされる天然記念物に指定された欅が現存しています。この中杉通りは南北に、五日市街道、青梅街道、早稲田通りは東西にほぼ直進しているのですが、そこから一歩脇道に外れると、まさに迷路の巷と化してしまいます。阿佐ヶ谷駅を中心に半径一キロほどの範囲が殊に際立っているのですが、その中でも、阿佐ヶ谷北五丁目の五叉路と、成田東の区立成田図書館付近が、その両極となっています。

メロンの網東京都杉並区　乾節子
三叉路につづく五叉路や春の雪　拙

以前、その五叉路に近い句友T氏宅で一杯やっていたところ、ウイスキーの氷が切れてしまったので、中の一人がすぐ近くのスーパーへ買いに出たのですが、一向に帰ってきません。小一時間ほどたってから電話があり、道に迷って、いま中野区大和町という所にいるが、帰り道を教えてくれとのこと。そんなことはとても無理なので、河北病院を目標にタクシーを拾わせて帰らせたのです。

そのT氏の奥さんにも、面白い逸話があります。T氏が西荻窪からここへ引っ越してきて、二ヶ月ほどたった頃の話です。さる日の黄昏刻、早稲田通りのほうに用事があっての帰り道。迷路のひとつを五叉路に向かっていると、小走りに行く彼女を見かけました。人柄温厚にして常に笑顔を絶やさず、友人達から「如来さま」と拝されている彼女が、まさに目を吊り上げ血相を変えているのです。何やら尋常ならざる様子なので、声をかけると、いきなり私にすがりついて曰く、「私の家はどこでしょう」。

話によると、買い物帰りに道に迷って、一時間以上も歩き回り、日も暮れてしまったので気が転倒し、住所を言って人に聞くことさえ思いつかなかったそうです。如来さまから「地獄で仏とはあのときのことだったわ」とのお言葉をいただき、遊俳冥利につきる思いをいたしております。

やどかりや私の家はどこでせう　拙

阿佐ヶ谷付近の道筋が、他所に較べて複雑になっている原因を探ってみますと、南側を流れる善福寺川と、北側を流れる妙正寺川が、ちょうど阿佐ヶ谷の真南に当たる成田東の天王橋を頂点として約百八十度、真北に当たる鷺ノ宮駅を頂点として約九十度と、極端に流れの方向を変えている点にあります。昔からの村道や私道が、蛇行する川に沿って造られたため、自然にこのような道筋ができてしまったのでしょう。さらに標高の高いところを東西に走る青梅街道と早稲田通りの中間を、今は暗渠になっている桃園川が、かつては流れており、その流域に点在していた沼地や湿地が、いっそう複雑を深める原因だったと思います。荻窪・清水・井草・天沼・馬橋・田端など、水にかかわる地名が連なっていることが、それを物語っています。そしてその中心が阿佐ヶ谷駅付近なのです。川端通りにある釣堀や、中央線ガード下の区営プールなどはその名残で、近くにはかつて金魚池や弁天池などもありましたし、中央線も葦の茂った湿地帯に土盛りをして敷かれたのです。

高架になる前の阿佐ヶ谷駅は、上りと下りの二本のホームが、古レールを組んで板張りをした典型的な跨線橋で結ばれており、下りホームの外側は葦の生えた沼地なのでした。

花暦

異常に暖かかった昨年の一月に較べ、今年は月中に三回の降雪があり、早春に咲く花々も一週間ぐらい開花が遅れています。

一月十五日　白梅（野梅）

梅、桃、桜の類は、すべてバラ科サクラ属の植物なのですが、昔より交配が盛んに行われているために、その園芸種は数多く、また、植物事典なども、それぞれ取り上げている種がまちまちなので、とても一種類ずつ検討している遑《ひま》はありません。もともとは中国原産の植物なのですが、四世紀末に中国文化が伝来した頃、漢方薬として梅の燻製が持ち込まれ、その漢音「烏梅《ウメイ》」が日本のウメ、ムメに転じたとされています。また中国では、梅と酸を同義にしており、「塩梅《エンバイ》」とは調味することを指し、これが訛って日本の「アンバイ」となり、料理の味加減ということになったのです。

『古事記』や『日本書紀』には梅が出てこないそうですが、後の『万葉集』には多く詠まれており、この時代に単に「花」といえば梅の花を指し、これが桜に替わったのは『古今集』以後のことなのです。

『万葉集』第三巻

あをによし寧樂《なら》の京師《みやこ》に咲く花はにほふがごとく今さかりなり　小野老朝臣（三二八）

伊勢の海の沖つ白波花にもが包みて妹が家づとにせむ　安貴王（三〇六）

等は、梅とも桜ともいわれますが、

あしひきの山さへ光り咲く花の散りぬるごときわが王かも　大伴家持（四七七）

は、旧暦二月（天平十六年甲申二月）とあるものの、この前に置かれた長歌に対する反歌であり、その意味からすると、この花は桜とするのが妥当のようです。

なお、同第三巻には、二五七、二六〇に桜花が詠まれています。また同第五巻には、天平二年正月十三日、大伴旅人の館で催された梅見の宴で一同が詠んだ梅の花三十二首が載せられているのですが、俳句歳時記に描かれている梅の句同様に、ほとんどが陳腐な歌の羅列といえます。昔から俳人のあいだでも、梅と鶯は難しい題材とされているのです。数多の句の中から一句のみ描きます。

たくあんの波利と音して梅ひらく　加藤楸邨

零落や紅白の梅枝を交ひて　拙

一月二十五日　黄梅《オウバイ》
　バラ科の梅とは全く関係のないモクセイ科ソケイ属の植物です。モクセイ科の植物は、だいたい花冠が四裂するのですが、ソケイ属に限って花冠は五裂か六裂するのです。近隣種の黄ソケイは五裂し、黄梅は六裂します。また二月の中ごろに咲く雲南黄梅は八重咲きのものもあります。中国では迎春花と呼ばれている如く、いかにも春を迎える感じの花なのですが、白梅や紅梅に較べると、ほんの数句が歳時記に取られている程度です。

　黄梅に佇ちては恃む明日の日を　　三橋鷹女

二月一日　寒桜（下井草五丁目）
　昨年は暖かかったので一月二十五日頃に開花しました。また別の寒桜（下井草二丁目）が二月二十五日に開花しましたが、この桜は伊豆の河津桜（五十年ほど前に山中で偶然に発見され、その後栽培されて、今は観光名所になっている）と同種かとも思われます。但し、両者とも手元の植物事典には載っていません。

二月五日　マンサク

二月十日　ウグイスカグラ

二月二十五日　サンシュユ

山茱萸と書く中国原産のこの植物は、漢名の誤用ともいわれ、正しい和名は春黄金花《ハルコガネバナ》です。それほど珍しい木ではないのですが、都会地では「秋珊瑚《アキサンゴ》」と呼ばれる真紅の美しい実が結実することは滅多にないようです。昔、わが家の裏庭にも一本あったのですが、実が生ったのを見たことはありません。最近では平成十年の秋に、本天沼三丁目にある二本が、ほんの二、三粒の実を結びました。

二月に入ると、庭先や路端の草も、蕗の薹《フキノトウ》や福寿草を魁《さきがけ》として少しずつ動きはじめます。ロゼッタ状で土にへばり付き越冬していた野草も、北風が当たらない日溜まりでは花茎を伸ばし、早い草は二月の中頃から花を咲かせます。ナズナ、イヌフグリ、ハコベ、スズメノカタビラ、ホトケノザ、タネツケバナ等の野草です。

蟇蛙

三月一日
ジンチョウゲ（赤）、ミモザ（銀葉アカシア）
　アジサイやユキヤナギの緑の芽、アカメモチの紅の芽が伸びはじめます。

三月十日
寒緋ザクラ、シキミ、ミツマタ、ヒサカキ
　ここまでは阿佐ヶ谷近辺で確認したのですが、いずれも昨年より五日ほど開花が遅れているようです。今月は週末に二泊の旅行が重なって、稿債を果たせそうもありませんので、とりあえず毎年の例を参考にして、四月十五日頃の八重ザクラの開花までを予想列記してみます。

三月十五日
　土佐ミズキ、日向ミズキ、コブシ、白モクレン、彼岸ザクラ、花モモ、ユキヤナギ、キブシ

三月二十日

アンズ、姫ツゲ
三月二十五日
大島ザクラ、ハタンキョウ、ニワウメ、ユスラウメ、レンギョウ、ヤナギ、木イチゴ、ソロ、ヤナギ、シキミ、フッキソウ
四月一日
染井吉野ザクラ、枝垂ザクラ、モチ、ネコヤナギ、赤芽ガシワ
四月五日
山ザクラ、カイドウ、ヤマブキ、グミ、ニワトコ、紫モクレン、アケビ、ムベ、ゲッケイジュ、アメリカヒイラギ
四月十日
ナシ、カリン、ヒメリンゴ、ケヤキ、クヌギ、ナラ、シラカバ、ドウダン、ハナズオウ、アオキ、カラタチ、イチョウ、モミジ

四月十五日
八重ザクラ、花ミズキ、ライラック、クルミ、スズカケ、ユズリハ、コデマリ、クワ、コウゾ、白ヤマブキ、八重ヤマブキ、ムクロジ

沈丁花が咲きだすと、蟇蛙《ヒキガエル》の交尾産卵が池や川の中で始まります。歳時記で「蛙」といえば春の季語なのですが、蟇蛙と青蛙のみが夏の季語となっており、その蟇蛙の卵が「数珠子《ジュズゴ》」、「蝌蚪の紐《カトノヒモ》」、孵化した幼生が「お玉杓子」、「蝌蚪」と呼ばれて春の季語となっています。この頃には餌となる昆虫類がまだ地上に現れていないので、産卵が終わると再び藪の落葉などの下に潜って冬眠を続けるのです。

子どもの頃、庭にあった一坪ほどの金魚池の脇に、沈丁花が二本植えられていたのですが、花の頃になると毎夜この池に蟇蛙が押寄せ、それを殺生嫌いだった祖父が、毎朝一斗バケツに二、三杯も肥柄杓で掬っては近くの藪へ捨てに行くものの、翌朝になると前の日とまったく同じ有様というイタチごっこを繰り返していました。

平成九年の三月二十一日の昼過ぎに、水気もない庭土の上で一対の蟇が交尾を始めたのですが、夜になって大雨となってできた水溜まりに、小鉢一杯ほど産卵しているのを翌朝見つけました。雨も上

がってしまい、そのままでは干涸びてしまうのは目に見えているので、プラスチックの容器に水を満たして紐状の卵の塊を入れておいたところ、四月三日から孵化が始まり、二十四ほどの蝌蚪が生まれました。但し孵化率は一パーセントにも満たなかったと思われます。四月の末頃に後脚が生え、二週間後には前脚も生え揃ったのですが、次第に数が減ってゆくので注意して見ると、何と容器の垂直の壁を攀じのぼって逃げていたのです。成長した蟇にはこのような能力は無いのですが、幼体にはその四肢に物に貼りつく能力が備わっているようです。結局残ったのは七匹のみで、近くの馬橋公園の池に放してしまいました。

流れきて次の屯《たむろ》へ蝌蚪一つ　　高野素十
川底に蝌蚪の大国ありにけり　　村上鬼城
童らに桁違ひなる蝌蚪の数　　拙

九段の靖国神社の境内の桜を基準にしている東京の染井吉野の開花予定日は、今年は三月二十五日とのことですが（平均開花日は三月二十九日）、

毎年よ彼岸の入りに寒いのは　　正岡子規

の句のごとく、開花の一週ぐらい前に天気がぐずつくことが多く、さらにこのあたりでは都心より一、二日遅れるので、一応四月一日を阿佐ヶ谷の開花の目安としておきます。

近年、東京の開花が最も遅れた例に、一九八四年の四月十一日という記録があります。この年は一月から四月にかけて異常低温が続き、二十七回の降雪を見た年です。逆に早い例としては、一八八九年の三月二十日があります。

染井吉野の寿命は、ほぼ八十年くらいと言われていますが、有名な天沼の蓮華寺の桜も、最近とみに衰えを見せはじめました。二十年ぐらい前までは、大きく張り出した下枝に一面の花を咲かせ、堂宇が花に隠れる程だったのですが、最近では老化した太枝が切りつめられて、昔日の面影もありません。

如意輪の花をこの世に観世音　　拙

そのかわりに善福寺川沿いの若い桜が、毎年花見客を集めています。また、中央線高尾駅の北側の山間にある、農林水産省の実験林が四月中のみ一般に開放され（日曜休園）、さまざまな園芸種を見せてくれます。

染井吉野の開花から三日ほどして、山桜が咲き、その十日後にいろいろな八重桜が咲きはじめます。

世尊院涅槃会

例年になく暖い日が続き、早くも染井吉野の花が綻びはじめた三月十五日、阿佐谷は北一丁目の世尊院にて涅槃会が催されました。一般の人も参加するようになってから今年が五回目です。言うまでもなく、涅槃会は釈迦の入寂をとむらう法会で、旧暦の二月十五日（今年は新暦の三月二十八日で偶々仏滅の日）に行なわれるのですが、今日では当山のように新暦の三月十五日に行うお寺も多く、金龍山浅草寺のように二月十五日の所もあります。

今まで、阿佐ヶ谷付近にあるお寺は、葬儀や法事などのお付合いで、おおかた巡っているのですが、一番近い当寺だけは不思議と御縁が無く、外から弘法大師の立像を拝むのみだったのです。

というような訳で、当寺の内部も拝観したい心も手伝って参加させて頂きましたので、そのあらましを順次書き留めてみます。

本堂に入ると、左側の壁に金剛界曼陀羅図、中央に釈迦涅槃図、右壁に胎蔵界曼陀羅図が掲げられてあります。

まず大正大学の勝崎裕彦先生の「涅槃の心」という法話が二十分ほどあり、その後に法会が始まります。

1　御詠歌　阿谷山和讃
二十人ほどの講中による和讃。右手で鉦を打ち、左で鈴を振ります。

2　入堂
三人の僧が外から入堂します。その中の一人は長年に亘り空海の研究をやっておられるドイツ人で早稲田大学教授のヨープスト師。

3　着座
三人の僧が涅槃図の下に設けられた壊の前に着座します。

4　灑水
導師（大澤聖寛当院住職）により閼伽《あか》が捧げられます。

5　懺悔文
参加者一同で唱和
「我昔より造る所の諸の悪業は、皆無始の貪瞋癡《とんしんち》に由る、身語庶より生する所なり。一切我今皆懺悔したてまつる」
行乞の僧となった種田山頭火は、その十年間に亘る酒に溺れた日記の中で、十回もこの懺悔文を書いて反省したふりをしています。

6　礼讃文
一同で唱和

7　三帰依文
一同で唱和
8　開経偈
一同で唱和
9　釈迦牟尼世尊最後の教え
一同で唱和
10　仏説摩訶般若波羅蜜多心経（般若心経）
11　御詠歌　涅槃会和讃
講中による和讃
12　光明真言
一同で唱和（七遍）
葬儀や法事の際に、先の般若心経と共に唱えられる御経で、大日如来の遍照蓮華光明の加護を願います。僧は右手を挙げてこれを唱えます。私も釣りなどで殺生をした時にはこれを唱えて魚を供養することにしています。
13　南無大聖釈迦牟尼世尊（三遍）
一同で唱和
14　世尊院本尊大聖不動明王真言（三遍）

一同で唱和
いくつかある不動明王真言の中でも、最も一般的に使われる慈救呪と呼ばれるものです。謡曲の「葵上」「安達原」「道成寺」等の中にも用いられ、怨霊の成仏や悪霊調伏を行います。

15 世尊院観音堂本尊大聖観世音真言（三遍）
一同で唱和

16 南無大師遍照金剛（三遍）
一同で唱和

17 南無興教大師（三遍）
一同で唱和

18 南無専誉僧正（三遍）
一同で唱和

19 回向当山代々先師尊霊（三遍）
一同で唱和

20 回向先祖代々一切精霊（三遍）
一同で唱和

21 回向文（一遍）
一同で唱和

22　焼香
導師を先頭に一同が順次焼香
23　退堂
講中による光明真言和讃のなかを僧侶一同が退堂

というような次第です。

当日掲げられた涅槃図は、当寺で今年はじめて用いられたもので、敦煌千仏洞の模写で有名な現代中国の画家高山氏の筆になるものですが、今までに私が見たものとは全く違って、とても素朴な図柄なのです。

涅槃図と言えば、

極彩の中に真白き釈迦寝たり　　谷野予志

の如く絢爛豪華な絵巻が普通で、十二人の仏弟子のほかに民衆、諸天、鬼畜、禽獣虫魚など五十二種が寝釈迦を囲んでいます。また、歳時記の涅槃図の傍題に「鶴の林」とあるように、沙羅双樹が時ならぬ花を咲かせ、鶴の羽のごとくに白変した葉が描かれているのが常です。

お涅槃の四囲を埋めたる絵空事　　　　　　　　　　拙

ところが当日の図にはそんな物は一つも無く、何の変哲もない数本の木の下の寝釈迦を弟子や村人らしい人達が囲んでいるだけの素朴な絵なのでした。

昼燭す涅槃の幅や東福寺　　　　　　　　　　水落露石

の如く、京都の東福寺の図は壮大な事で有名であり、また高野山金剛峰寺の図は最古の物（一〇八六年作）とされています。

私の観た物の中では、川越の喜多院の図と千葉県館山市外の常楽山萬徳寺の像が特に大きく（長さ十六メートル、重さ三十トンの青銅製）、ちょうど大型の抹香鯨ほどの形です。北枕西面のこの像の真っ向には平砂浦が一望されます。

近海に鯛睦み居る涅槃像　　　　　　　　　　永田耕衣
真つ向に沖つ白波涅槃像　　　　　　　　　　拙
花あれば西行の日とおもふべし　　　　　　　　　　角川源義

この句は、

願はくは花の下にて春死なむそのきさらぎの望月のころ　西行

を踏まえての句です。文治六年二月十六日に七十三歳で没した西行が、かねてより釈迦入寂と同じ日に死にたいと願って詠んだこの和歌の元型は、死ぬ三年前の文治三年（一一八七年）に、西行の歌業の総決算として、奥州の旅より帰った翌年に編まれて伊勢神宮に奉納された二巻の「自歌合せ」各三十六合のうち、藤原俊成判による「御裳濯河歌合」に含まれているもので、

左　ねがはくは花のもとにてはるしなんその二月のもち月のころ
右　こん世には心中にあらはさんあかでやみぬる月のひかりを

の型で書かれており、俊成の判定は持（引き分け）となっています。因《ちなみ》に他の一巻は、俊成の息子の定家（当時二十六歳）に判定を托した「宮河歌合」です。

「彼の釈迦牟尼は二月十五日、満月の日に沙羅双樹の花の下で入寂されたそうですが、桑門の身である私もそれにあやかり、日本の桜の花が咲き満ちたその樹下で死にたいものです」というのが一般的な解釈ですが、この頃の桜の種類を限定するのは難しいことです。と言うのは、旧暦と花暦（自然暦）とのず

れが最大二十五日位、また開花日の遅速の差が二十日位もあるからです。当時はまだ染井吉野は現われておらず、大島桜は地域的に無理、平安時代に桜を庭に植えるようになってから品種育成が始まった里桜は時季的に尚早なので、結局開花が早い順に、彼岸桜、枝垂桜、山桜あたりと言えそうです。時季的には彼岸桜、枝ぶりからは枝垂桜、数の多さからは山桜と言うことになりましょうか。

ヤボな詮索をしたついでに、この歌の曲解を試みてみます。涅槃の際に沙羅双樹が「時ならぬ花」を咲かせたと伝えられていますが、その意を取り入れて、

「桑門の私としては、釈迦入寂の二月満月の日に合わせて死にたいものです。たとえその日が花季でなくても、あの沙羅双樹のように時ならぬ花を咲かせておくれ。桜の木よ……」。

西行が生涯に詠んだ約一千首のうち、桜をうたったものが二百三十首もあります。つづく梅が二十五首、橘が十二首、卯の花が九首、山吹が二首という点から見ても、いかに彼が生涯桜の花に執着していたかが判ります。元永元年（一一一八年）、平清盛と同年に生まれ、建久元年（一一九〇年）に死ぬその一年前には藤原泰衡の死を見た七十三年の生涯は、保元平治の乱、源平の争い、奥州藤原家の滅亡など、この世の栄枯盛衰を見尽くした一生でした。まさにその華やかで儚い人の世を桜の花に観照し、それに執心したのだと思われます。

花見んと群れつつ人の来るのみぞあたら櫻の咎にはありける

謡曲「西行櫻」の中で、西行が口ずさむ一首です。

平成十四年三月記

桐雨忌

今からちょうど三年前の平成十一年四月十一日、わが「すずしろ句会」連衆の田房保二郎氏の肝煎で、井原西鶴の研究を中心とした日本近世文学の第一人者であり、俳諧師としても高名な暉峻康隆先生（俳号桐雨）を、阿佐ヶ谷の店へお招きすることができました。

田房氏は早稲田の国文出なので、その方面に知己も多く、そのお陰で平成五年九月には、北原白秋最後の弟子として著名であり、俳句にも詳しい玉城徹先生、平成九年四月には俳文学の泰斗山下一海先生を、当句会のゲストにお迎えする栄に浴したのです。

という訳で、暉峻先生は三人目のゲストとなりますが、当日の予定として、先生もお齢（九十一歳）なので、午後一時から先に頂いておいた兼題「花疲れ」と「菜種」で小句会をしてその講評を頂き、そのあと桐雨宗匠の捌きで半歌仙でも巻いて、三時間くらいでお開きにする心づもりだったのです。ところがこれがとんでもない展開となってしまいました。

当日の介添役をお願いした田房氏に、京王線の初台駅近くの御自宅へ車でお迎えに行ってもらい、来店されたのが定刻の一時ちょうど。それまでにも田房氏を通じて、著作や講演のコピー等を頂いていたのですが、それ等の写真から想像していた先生より、二回りほど小さく感じられるお姿です。座敷の奥の壁に寄りかかれるテーブルに着かれ、その右に田房氏、左に私が座り、他の十人がそれを囲みます。まず一同ビールで乾杯。固い物は召しあがれないとのことなので、先生には、ヒラメの昆布じめ、生ウニのトンブリ和え、フキとアナゴ白焼きの炊合わせなどを用意しました。やがて、御土産に頂いた『落語藝談』（小学館）を種に、その蘊蓄を傾けられる頃には、飲み物も一合コップの冷や酒となり、話しぶりもべらんめえ調になって、「「黒帯」があったとはうれしいねぇ。俺もうちではこれか「久保田」をやってんだ」と空になったコップを突き出して催促されます。先生のお齢を考えて、脇に置いた一升瓶からコップに半分位づつ注いでいたのですが、二、三口で空いてしまいます。

また横に座っていたため初めは気付かなかったのですが、その間にも私の酒の入ったコップとすり換えていたのです。熱弁をふるいつつ、手元も見ずに、一滴たりともこぼす事なくさっとすり換えるその手際は、とても卆寿を超えた方のものとは思えません。一人二句づつ出した兼題の句の講評に移るや、「何だ、みんな疲れてしみったれた句ばかりだな」と、題を出された事などすっかり忘れておられる御様子。日も暮れかかる頃には、来店の時より二周りほど体が大きく見え、顔にも生気が張って、あたかも砂漠を渡って来たラクダが、ドラム缶の水を何本も飲んで、一気に蘇るような格好です。

逆に介添役の田房氏が先にダウンして、先生の脇で横になってしまいました。

話が俳諧に及ぶや、その舌端いよいよ冴えて、貞門・談林・芭蕉・蕪村・一茶をひと舐めにして、話は現代俳句の先端にまで到ります。

「森澄雄は最近少し老けてきたか。金子兜太は友達で人間は好きなんだが、彼の理屈（俳句造型論か？）にはどうも賛成できないな」などの話が次から次へと出てきます。

やっと起き上がった田房氏に促されてお御輿を上げられた頃には、すでに十時を過ぎていました。学生の頃の二時間の授業でさえ、終わりに近づく頃には欠伸のひとつも出てこようというものを、九時間ぶっ続けの御講義に疲労困憊の一同を尻目に、「歌仙はこの次にするか。また来るよ。その残っている筍をみんな包んでくれ。うちに帰って選挙速報（都知事選）を観ながらそれで一杯やるんだ」とまさに意気軒昂。更にひと周り大きくなった御姿で引きあげられたのでした。わが連衆はといえば、十二名のうち、一人が病気になり、四人が体調を崩してしまいました。

頂いた「落語藝談」の扉に、

二の酉もすぎて寂しや寄席ばやし　　　桐雨

とあれば、

厩火事にて夜の部の取　　　拙

さて、それから一月ほどたったさる日曜日の午後、先日の御礼かたがた、田房氏と二人で先生のお宅に伺いました。酒の方はふんだんに有るとの事なので、前日の店の残りの煮物などをタッパーに詰めて持参します。

昔の桜上水の川岸が今は遊歩道になっており、それに面した一画にあるお宅なのですが、茂った木々に囲まれ、とても近くを環状七号線や甲州街道が走っているとは思えない閑静な所です。玄関から書庫代りになっている廊下を抜け、先生の居間兼仕事場に通されたのですが、ここも山積みされた本で埋められています。

「何しろ足が弱っちまったもんで、いちいち二階へ取りに行くのが億劫だから、手の届く所に積んで置くんだ」と部屋つづきの台所兼食堂へ行かれて何か探している御様子でしたが、「きのうあたり酒が届く筈だったんだけど、今はこれしか見当らねえな」とウイスキーを一本持ってこられました。持参の肴を皿に取り分けて酒盛りが始まったのですが、ものの二時間もたたぬうちに底をついてしまいます。まだ外も明るいので、酒を買いに出ようかと思案していると、田房氏が部屋の隅から甕を抱え出します。氏が以前持ち込んでおいた五升入りの琉球泡盛（菊の露）で、これだけあれば今夜は保つべしと、竹の柄杓でコップに注ぎ分けると、忽ちその独特の香りが部屋に充満します。

私の座のすぐ後には、植物関係の本が十冊ほど山積みされているのですが、その中の一冊に『日本の野草』（山と渓谷社）があります。私の今までに閲した野草図鑑の中では、最もすぐれた一巻にして廉価（三九〇〇円）なので、同系列の『日本の樹木』『日本の海水魚』と共に、すずしろ句会のため店に常備してある旨を申し上げると、先生も大きく頷かれ、

「いま歳時記の見直しをやっているんで、いろいろ調べてんだけど、やっと二千枚であと千枚ぐらいかな。この原稿だけは、いざという時に持ち出せるように、いつも枕元に置いているんだ。もっとも

これが本になる頃には俺は生きちゃいねえから一銭にもならねえんだよ」と話は歳時記に移り、現在の歳時記の乱れを舌鋒鋭く指摘されます。
「サッカーが冬だのサーフィンが夏だのと言ったって一年中やっているじゃねぇか。トマトが夏だなんて子供に笑われちまうよ」と話は更に江戸時代へ遡り、松永貞徳の「俳諧御傘」、松江維舟の「毛吹草」、曲亭馬琴の「俳諧歳時記」から連歌式目、『荊楚《けいそ》歳時記』にまで及び、博覧強記の弁舌はその止まる事を知らず、再び先日のような状況となってしまいました。

この部屋の壁には、先生と故池田弥三郎氏の向かいあった大きな写真のパネルが懸けられています。早慶両雄の対決といった趣きなのですが、かつて(昭和四十年頃か)「青郊連句会」という粋人高士の集りがあって、この頃から両先生親しく滑稽の筵を同じうされていたのです。

月冴えてやぶれかぶれの障子穴　凱南
一つの夜着を引き合うて寝む　桐雨
ツルゲネフ・ポウ・ランボウも酒の友　誰蓑
旅の浮気はいはぬこそよし　凱南
四つ橋を酔にまかせて巡りけり　桐雨
次の休みはジェット機で恋　誰蓑

因に、凱南は奥野信太郎、誰蓑が池田弥三郎の両氏です。

暉峻先生の連句といえば、何はさて置き、宗匠として捌いた「くのいち連句会――六歌仙のさきがけ」に尽きると思います。

この連句集は以前から頂いていたのですが、いま手元にある第六、七、八巻の内容から察するに、宗匠ほか六人の女性が、二十年以上もほとんどメンバーが変わらずに、二百歌仙以上は巻いていると思われ、それは芭蕉の巻いた歌仙で上梓されたものの数を遥かに上回っています。つい酔った勢いで、「先生。おいしい料理で一杯やりながら、若い女性に囲まれて歌仙を巻くなんて、男の遊びの極みですねぇ」

と下らぬ事を言ってしまいますと、

「冗談じゃねぇよ。みんな七十過ぎの婆さんばかりだよ。おおかたは電話での遣り取りで、けっこう面倒なんだ」

との仰せに、頭を掻いてしまった次第です。

二十年ほど前に、当時阿佐ヶ谷一番街にあった「案山子」という酒場で、居残った五、六人が酔余の戯れに、芭蕉の「古池や」を立句に借りて歌仙を巻いていたのですが、半分にも満たぬうちに朝になってしまい、あとは私が電話で纏める羽目になってしまいました。何しろいい加減な連中を相手に、「指合」だの「観音開き」だのと言っていると一向に進まず。なんとか満尾に漕ぎつけるまでに、ふた月近くかかってしまいました。今はファックスという便利な物がありますが、それも連衆全員が持っているとは限らず、やはり歌仙は五人位が一堂に会して巻くのが理想の型といえます。

話が翁の七部集に及んだついでに、

西瓜を綾に包むあやにく　其角（虚栗）
有明の主水に酒屋つくらせて　荷分（冬の日）

について、私なりの解釈への御批評を仰いだのですが、

「ま、そういう読みもあるか」

と、軽くいなされてしまいました。


夜も九時を回ったので、そろそろお暇しようかと思っていた矢先に御息女が帰宅されます。玄関の扉を開けた途端、鼻を突く異臭に思わず立ち竦み、一体何事が起こったのかと動顚されたとの事。

「酒がねぇからこれやってたんだ」

「あら、お酒なら二階に置いてあるわよ」

「なんだ、匿していたのか」

というような次第で、今度は御息女を交えて「久保田」の冷の茶碗酒となり、次回の歌仙の興行を約してお開きになった頃には、すでに十一時を回っていたのでした。

卒壽余の五臓霞みて無尽蔵　拙

そして先生との歌仙開筵の御約束も果たせぬままに二年過ぎてしまった先日、はからずも先生の訃に接したのです。四月の「すずしろ句会」当日は、先生を偲ぶ集まりとし、以前頂いた著書『芭蕉の俳諧』の扉に、

とどまるも去るも気ままに初しぐれ　桐雨

との筆がありましたので、これを立句に借り、脇起こしの半歌仙を以て追悼とした次第です。

とどまるも去るも気ままに初しぐれ　桐雨
銀ひと粒に足袋の餞　松
ひろびろと五本の指をうち開き　田
海の彼方へ廻す地球儀　松

月影を宿す軒端に波の音　田
夜ごと夜ごとに水の澄みゆく　松
金風がエッフェル塔を吹き抜けて　砂
銀貨銅貨が鳴れるポケット　神
ナナハンの兄のバイクで会ひに行く　松
双子の君のどちらでもよか　原
私だけ黒子の数を知ってゐる　砂
ミヤコホテルの窓の灯が消え　原
ほろ酔ひで月蝕仰ぐ涼み台　松
むづがる子らにアイスキャンデー　田
ひたぶるにバンドネオンが鳴りわたり　田
憂しとみし世も今日はたのしく　松
花七分娘は八分酒五合　原
瀬戸はふるさと鳥雲に入る　神
嘘の日をひと日憚り桐雨の忌　拙

以上

合掌　平成十四年四月記

阿佐ヶ谷歳時記　夏

太地紀行

五月二日から七日まで、店内改装をかねての連休とし、その間に伊勢→鳥羽→熊野→太地→白浜と紀伊半島廻りの旅にあてましたので、今回は阿佐ヶ谷を離れて、その旅日記を略記します。俳句仲間T氏夫妻と私達夫婦の四人連れです。

五月三日　九時東京発の「のぞみ五号」にて名古屋へ。十一時紀勢本線「みえ五号」で桑名、阿漕を経て伊勢へ。

東国に亀啼きて名の蛤は（桑名）
徂く春や阿漕が魚も目は泪（阿漕）

十二時半伊勢着。駅の近くの店に入り、名物の伊勢うどんを注文したものの、味噌溜りのような味の黒い汁と、ヘラ鮒の餌のような腰のないうどんに仰天します。二日酔いと寝不足による体調不良のため、ほとんど箸もつけずに店を出て、折から燕が飛び交っている町をふらつきます。

巣つばめや面妖なりし伊勢うどん（伊勢）

駅前で白浜までの三日間予約してあったレンタカーに乗り、T氏の運転で伊勢の外宮、内宮へ。ともに拝殿、本殿は立入禁止のうえ、撮影も不可で、やむなく柵の隙間から拝するのみです。

拝みし伊勢は八十八夜寒
楠の大瘤めでて暮の春
神籬を出でて代田へ五十鈴川

内宮前の「おかげ横丁」をぶらついた後、一時間足らずで鳥羽着。

五月四日　二見浦へ。関東でいえば、江ノ島といった風情なのですが、ありきたりの土産物屋ばかり多く、肝腎の夫婦岩も名声の割には貧弱な感じを免れ得ません。一旦伊勢に戻り、高速道路を経由して、大台ヶ原下の山道を、単線ディーゼルカーの紀勢本線とあざなうようにして、昼近くに尾鷲着。

藤懸かるこんな難所を紀勢線

港付近を一周して再び急な山道を巡り、青潭をたたえた熊野川上流の七色ダムへ。こんな秘境にも、すでにブラックバスが放たれて釣りの対象になっています。発電所の上の堰を反対側に渡り、流れに沿って、北山キャンプ場、瀞八丁を過ぎると次第に河原が展け、船底の浅いジェット遊覧船が航行しています。

展けきて燕容れたり熊野川

十津川との合流点からこれを遡り、三時頃熊野本宮着。社前の茶屋にて小憩。

花椎や目張りの鮨に瞠きて

合流点へ戻り、再び熊野川沿いに下り、熊野三山の一つ新宮の熊野速玉大社参拝。全社殿が鮮やかな丹塗りで、天然記念物のオガタマの大樹の花が満開でした。紀伊勝浦を経て、宿泊地の太地町営「白鯨館」に六時着。すぐ近くに住んでいるかつて捕鯨船の同僚だった小割端さん（もと操機長、七十二歳）に電話したところ、間もなく畑見尚洋さん（もと操舵手、六十歳）を伴って来館。小割さんとは二十八年ぶり、畑見さんとは三十一年ぶりです。まずはビールで乾杯、この辺りで獲れた鮪、鰹、烏賊などを肴に酒もはずみ、忽ちのうちに昔の飲み仲間に戻ってしまいます。

明治の初め頃まで、日本屈指の沿岸捕鯨の地だったこの村は、同十一年十二月二十四日に、それまで獲ることを禁忌としていた親子連れの背美鯨に手を出し、折から時化はじめた夜の海に、百十一名の命と全船を失い、太地の捕鯨は一度壊滅してしまったのです。その時の様子は、C．W．ニコル著『勇魚』の下巻に詳しく誌されています。

下って明治の末に導入された、ノルウェー式近代捕鯨の隆盛により、再び多くの捕鯨船員や、捕鯨母船の作業員を、南氷洋や北洋へ送り出していたのですが、近年の厳しい捕鯨規制により、又もや壊滅状態になり、今日では、夏場に小型捕鯨船が、五〜六メートル程のゴンドウ鯨を数等獲りに来る程度になってしまいました。

町全体も、漁業から観光事業へと転換を計り、今では紀伊半島有数のレジャーランドに変身し、多数のもと捕鯨関係者やその家族がここで働いています。ちなみにここの館長さんも、もと捕鯨船員だったとのことです。

五月五日　午前中に那智の滝、那智大社、西国一番札所の青岸渡寺をめぐります。二日酔に石段の昇り降りがきびしくて息を切らします。

普陀落の方に靡けり那智の滝
竹秋の一の札所に和讃聞く

午後は串本港を経て、大島、潮岬へ。串本の手前の海岸に立つ橋杭岩は、高さ十メートルほどの飛込み台のような大岩が十本ばかり並んでいるのですが、これを二見浦のような太綱でつなぎ合わせたならば、さぞ壮大な眺めになることでしょう。

夕方、もと通信士の海野恂一さん（六十九歳）を訪問。お気の毒にも十年前から右半身が不随となり、酒も飲めなくなったとの事。ペルーで操業した時以来なので、三十一年ぶりの再会なのですが、無線室でたびたびウイスキーを御馳走になったことが偲ばれます。今は奥さんと娘さんが、観光土産の鯨細工の卸元をやっています。帰館後昨夜の二氏に、元甲板長の藪光彦さん（七十二歳）が加わって再び酒宴。三十年前、私が阿佐ヶ谷に酒場を開いて二年たった時に、先の小割さんと一緒に来店して以来です。若い頃から太地の町では評判の大酒飲みだったのですが、今は畑仕事と病気の奥さんの看護に専念し、町中の人から尊敬されているとのことで、時も変われば人も変わるものだと感慨もひとしおです。手作りの立派な蚕豆とグリーンピースを頂戴しました。

甘藷挿すはかつて捕鯨の手練者

五月六日　半島の南端を観光しつつ白浜へ。南方熊楠記念館を見学。七歳から十五歳の間にした「和漢三才図会」「本草綱目」「大和本草」「諸国名所図会」等の完璧な筆写を見て、その早熟ぶり、天才ぶりに驚嘆します。旧制和歌山中学を卒業後に上京、神田共立学校で高橋是清に英語を習い、明治十八年に帝大予備門に入学、夏目漱石、正岡子規、山田美妙等と同期なのでした。

熊楠の才に立夏の舌を巻く

七時三十分白浜発、十九時羽田着、阿佐ヶ谷に帰りつき、またも深酌。

新緑

阿佐ヶ谷あたりで、一年のうち最も快い季節といえば、五月の新緑から六月の深緑に移りゆく、風薫り陽光溢れる候といえます。花よりも葉の緑を賞でる季で、歳時記の夏の部には、若葉、新樹、新緑、緑さす、青葉、緑陰、夏木立、茂、木下闇、万緑、等が列挙されています。

東京の薫風髪を短くす　谷迪子
乳母車から児を抜き上ぐる青嵐　野田淑子
枝で綴ぢし欅並木や青嵐　拙

杉並名物というより、いまや東京名所となった観のある中杉通りの欅並木のそもそもは、第二次世界大戦に由来します。空襲による火災の延焼を遮断するため、阿佐ヶ谷駅前から青梅街道の間の住宅を立退かせて、そこに広い防火帯を設けました。これが戦後になって道路に整備された際、パールセンター「とらや椿山」の主人坂井寅三郎さんが欅の苗木を寄贈し、これを街路樹としたのが始まりです。

駅北口の世尊院本堂を東へ移したり、（それまでの道路は世尊院で行き止まりになっていた）、その背後の早稲田通りまでの住宅を立退かせたりして、十年以上も費した工事が終わり、新しい中杉通りが開通したのは昭和五十六年のことですが、それを南口に倣って欅並木とするべく植樹したものが、今の姿となっているのです。

タクシーの運転手たちも、ここを通ることを楽しみにしている人が多く、また、これに魅せられて、阿佐ヶ谷に引越してきた若い人たちを何人も知っていますが、隣の高円寺や荻窪に較べて阿佐ヶ谷の家賃がいくらか高いのは、この欅のためだという説もあります。

私は、この欅並木の由来を明記し、坂井寅三郎さんを顕彰する碑を駅前広場に建てるべく提案してやまない一人であり、また、この大いなる文化遺産を永久に亘って享受している阿佐ヶ谷の人たちには、春秋のお彼岸ぐらい「とらや椿山」の和菓子でも買って、いささかでもその恩恵に報いるくらいの心を持って欲しいと思う者でもあります。


毎年この頃になると、すずしろ句会の連衆七、八人で、緑の武蔵野を歩き回るのが恒例となっています。昼過ぎから日暮まで、五、六時間、約二十五キロの行程です。

今年は川越喜多院の宝物展に合わせて、四月二十八日に、川越から石神井三宝寺池までの散歩を計画しました。直線にすれば二十キロ強の距離かと思われますが、原則として大通りを歩かず、地図は使わないことにしているので、ロスを含めると三十キロ弱ぐらいになると思われます。

当日は十時に西武新宿線鷺ノ宮駅に集合、終点本川越駅より徒歩で十一時十五分喜多院着。宝物展見学、先出（「世尊院涅槃会」）の涅槃図や両部曼陀羅も拝します。十二時に街を見物するS氏の細君と別れ、一行七人で歩きはじめます。だいたい西武池袋線の清瀬か東久留米あたりを目指して、太陽の方角を磁石がわりに東南の方向に道を選びます。三十分ほどで市街地を抜け、関越自動車道と川越街道の間の畑や雑木林の中の細道を縫うように進みます。畑には葱坊主、ジャガイモの花、青麦などが盛りで、林は、ナラ、クヌギの若葉に混じってエゴの花が満開です。この途中に「ふれあいの森」という典型的な武蔵野の雑木林の一画があり、この辺りでは珍しいウワミズザクラが咲いていました。これを抜けて高圧線鉄塔の下の道を南下すると、大井という町名になり、日清製粉中央研究所の広大な敷地があります。この町の南はずれに文京女子大学があり、その先で関越自動車道を抜けると、欅並木の古い街道に出ました。江戸時代の初期に、川越藩によって開墾された広大な農地と、その村落の名残りの欅並木です。この道が尽きたところで畑に入り、農道をジグザグに進むと、所沢市日比田という所で「浦和所沢バイパス」にぶつかります。これを横断し、更に武蔵野線を東所沢附近で跨ぎ、坂を下ると、ようやく柳瀬川に行き当たりました。近くに橋が無く、東の方へ川を下って行くと、ちょうど四時頃に「金山緑地公園」に到着し、ここで十五分ほど休憩します。この川の下流は新河岸川となって、北区の岩淵水門で隅田川に合流するのですが、江戸時代には、千葉県の銚子から房総半島を迂回せずに、内陸部のいろいろな水路を辿って川越の近くまで舟便があり、当時としては重要な交通路だったのです。また、最近では下水処理が整ってきた結果、一時は近くの黒目川と共に、ドブ川のように汚れていた流れも浄化され、子供達が川遊びのできる親水公園になっているのは、大変に喜ばしいことです。小学生の頃（昭和二十一年）に、ここの少し上流の秋津駅附近で、沢蟹やモクズ蟹を獲った覚えがあります。さて、この川を渡ると東京都清瀬市となり、さらに南下すると、新堀という所で野火止用水に出ました。目指す三宝寺池は東南方に八キロ、名刹平林禅寺は流れに沿って東方に四キロほどの距離です。ところが、一行のひとりのO氏が、腰と踵の痛みがひどく、歩行困難となってしまったため、やむなく近くの清瀬駅へ逆もどりして散歩を打ち切り、電車で大泉学園へ。更に阿佐ヶ谷行のバスで三宝寺池まで乗り、六時近くに茶店豊島家の座敷にあがり、一同生ビールのジョッキを挙げて乾杯しました。この茶店は大正時代からある古い店です。その頃、ここに自然湧水を利用したプールが開かれ、都心の方からも水泳客が来ていたのですが、何しろ水温が低いので、（おそらく十五度以下）心臓麻痺で死ぬ客が出たり、戦争が激しくなったりして潰れてしまったようです。昭和三十年頃まではプールがそのまま残っていて、水も滾々と湧いており、ここで泳いだり魚釣りをしたりしたのですが、この茶店でアイスキャンデーやパンを買ったものです。その後このプールを利用して、「石神井釣道場」という釣堀ができたのですが、三十年前に当「だいこん屋」が開店した当時もはやっていて、店の常連十数人が賞金を賭けて、金魚釣り競争をやったこともあります。これもいつの間にか消えてしまい、茶店だけが昔日の俤を残している次第です。

毎年夏になると、散歩の終わりにここを訪れ、満目の緑が次第に暮れてゆく光景を肴に独酌していると、

かんがへて飲みはじめたる一合の二合の酒の夏のゆふぐれ　　牧水

の気分に浸ることができます。
七時半ごろには他の客も居なくなったのでここを切上げ、再びバスで阿佐ヶ谷に八時着。和子ママの「吐夢」で夜中まで深酌。

蛇足ながら、最近の散歩コースを二、三略記しておきます。散歩好きな方は是非お試しあれ。

一、阿佐ヶ谷駅→（西武バス）→都民農園→（徒歩）→大橋→平林寺→野火止用水遡上→西武池袋線横断→柳窪→滝山団地→花小金井駅→小金井公園→武蔵小金井駅→（ＪＲ）→阿佐ヶ谷駅
二、阿佐ヶ谷駅→（ＪＲ）→府中本町駅→（徒歩）→大國魂神社→府中の森公園→浅間山公園→多磨霊園→野川公園→三鷹禅林寺→井の頭公園→善福寺川→大宮八幡宮→阿佐ヶ谷駅
三、阿佐ヶ谷駅→（西武バス）→大泉牧野植物園→（徒歩）→三宝寺池→富士見池→善福寺池→善福寺川→大宮八幡宮→妙法寺→阿佐ヶ谷駅

平成十四年五月記

春蟬

五月十二日の朝、前日は土曜だったので明け方まで飲んでいたにもかかわらず、九時頃に目覚めてしまい、酔醒めの水を飲むと再び寝つけそうもない気分なので、先の川越行以来の運動不足を補うべく散歩することに決め、とにかく家を出て歩きながら、目標を「塩船観音の春蟬」として、塩船→狭山湖→平林寺のおおよそのコースを頭に浮かべます。狭山湖附近は二十年くらい歩いておらず、青梅の「霞丘陵」に続く狭山丘陵の春蟬の声を確かめ、更に万が一にも残っているかも知れない平林寺の蟬鳴を拾うという淡い希望があったからです。行程は二十五キロ、五時間位の見当です。鷺ノ宮駅から拝島経由で青梅線河辺駅下車。徒歩二十分で十一時ちょうどに塩船観音着。寺の裏山へ登り、松のある山の稜線あたりを、耳そばだてて探り歩きます。風もあり、ときどき陽が差す程度の天候なので、あまり良い条件ではありません。

昨年は五月一日に、店の厨房の改装を頼んでいた大工の坂本さんと、この近くまで、ガス台や流し台を買いに来たついでに車で立ち寄ったのですが、名物のツツジは花盛りだったものの、生憎の曇り空で、春蟬の声は聞けませんでした。この蟬はなかなか気むずかしく、その時期でも、風が出たり陽翳って気温が下がったりすると、すぐに口噤んでしまうのです。

今年は先述のごとく、すべての春の花が、例年に較べて十日以上早かったので、遅咲きのツツジでさえ全く終わって、花見客は居ないのですが、先日の川越同様に青梅周辺が観光地化して、周遊マップ等も発行されているために、「××歩く会」の類の三十人から多いのは百人ほどの爺サン婆サンばかりの団体が次から次へと押し寄せ、それが十人位の班に分れて大声でしゃべりながら、擂鉢状に囲まれた境内を歩き廻るので、その喧しさといったらありません。当方は、ひと鳴きの蟬の声も聞き逃すまじと、八方に耳を配って神経を尖らせているのです。なにしろこの山の西側に隣りあっている「青梅ゴルフ倶楽部」のグリーンで、カップインしたコロコロコロという音を聞きとる位なのですから。

十一時三十七分に五十メートルほど離れた松林で、ほんの一声、やっと蟬声を拾ったので、その見当に移動して一服していると、十一時四十三分に陽が差してきて間もなく、ひと鳴きに連れて、近くの松の木で七、八匹が十秒間ほど鳴いて、すぐに沈黙してしまいました。ここで三十分余りねばってみたのですが、一向に声をあげないので遂に諦め、十二時二十分に下山して狭山湖へ向かいます。

ここから南へ二キロほど行って青梅街道に出れば、あとはほぼ直線で、箱根ヶ崎を経て狭山湖入口まで行ける見当ですが、街道を避けてその手前一キロ位の細道を東へとります。狭山茶の本場にふさわしく、一望に茶畑が広がり、ちょうど一番茶の茶摘みが始まったところです。昔この辺りは養蚕も盛んだったので桑畑も多かった筈なのですが、今はほとんど見当たりません。この茶畑のど真中で、いきなり八高線に出喰わします。広大な畑を一直線に鉄道が横切っている様子は、外国映画の一シーンのようです。

話は少し外れますが、八王子と高崎を結ぶこの鉄道は、昭和六年に横浜方面へ生糸を運ぶことを目的とした養蚕振興のために敷かれた路線です。二年前から電化され、今では都心への通勤圏の外端に変わりつつあります。時刻表によると、高麗川―恵比寿間が、川越―大宮経由で一時間三十分に短縮されています。

十年ほど前、店の常連十人位で妙義山麓に遊んだ際、暇にまかせて始発駅から終点まで約百キロを三時間ほどかけて乗り通したことがあります（現在直通電車はありません）。

十月中頃、絶好の旅行日和のある日、一行が酒を持って八王子駅から乗り込み、ボロボロ、ノロノロ、ガラガラのディーゼルカー（四輌編成）で、すぐ酒盛りが始まったのですが、酔が廻ってくると窓を開けていても耐えがたいほどの暑さです。どうやら暖房が入っている様子なので、車掌にそれを切るように頼んだところ、全く浮世離れした面持ちの彼氏が「まことに申し訳ありませんが、何しろ日本一旧式な車種なので、十月に工場に入って暖房工事をしてしまうと、車内では切ることができないので、まあ八月だと思ってもう少し我慢して下さい」とのつれない御返事で、汗をかき通しの三時間列車の旅ではありました。

この線の面白いところは、各駅の標高がホームに掲示されていた点です。八王子駅、高崎駅は約九十メートルで、中間の各駅も高低十メートル位の差しかありません（因《ちなみ》に吉祥寺―大泉学園を結ぶ線が約五十メートルです）。その西側は山へ傾いているので、ちょうど何百万年か前の海岸線を走っていることになりそうです。以前、八王子附近で、鯨の化石が発掘されたこともありました。

話を元へ戻します。

どうやら思ったよりかなり北の方へ偏ってしまった様子なので、八高線を左に見ながら南下し、新しくできた圏央道という高速自動車道を越え、更に二キロほどの所で線路を東側にくぐり、これに沿って行くと、巨大な廃棄物処理工場に突き当たってしまいます。休日なので、人っ子一人見当たらないのですが、コンベアーなどの機械類は稼動しており、ここも外国映画のシーンを思わせる不気味な空間でした。この工場を通り抜けると、やがて国道十六号線に出ます。先方左手にどうやら狭山丘陵の西端らしき高台が見えてきたので、それを目指して進むと瑞穂町に入り、十四時ちょうどに箱根ヶ崎の東一キロのあたりで、旧青梅街道に到達しました。蟬に手こずった上に北の方へ無駄足を踏んだため、予定より一時間近く遅れています。街道沿いに約一時間で狭山湖と多摩湖の間を所沢方面に抜ける道路に達し、これを左折して丘陵を登り始めたのですが、まもなく、むかし骨折した左足の甲が急に痛みだします。

今でも、急に寒くなったりすると、傷痕が定規で線を引いたごとくに疼くことがありますが、歩行中になったことはありません。指のつけ根の三センチぐらい上のところを、小指側から甲の中ほど迄の傷なのですが、下駄で歩くと、ちょうどこの部分が撓《しな》って体重を支えるため、ここの骨の老化、劣化が進んでいる証拠かも知れません。西武球場まで四キロ弱の中ほどを過ぎた地点では、左足を引きずる迄になってしまいました。

この辺りには高校時代の魚釣りや春蟬の思い出があります。

昭和二十七年、大泉の高校に入学した時の同級生の一人に、所沢から通学しているKがいました。

彼も私と同様に、釣好き、酒好きだったため、すぐに親しくなって、一緒に遊び廻っていたのですが、そのKに、この狭山、多摩両湖の釣り場を教えられ、ここへ何十回となく通ったのです。

もちろん当時でも、湖での釣りは禁じられていたのですが、今のように厳重なフェンスがめぐらされていた訳ではなく、ただ形ばかりに鉄条網が張ってある程度なので、立ち入りは自由に近かったのです。ことに玉川上水から丘陵部を貫くトンネルで引かれた用水が地上に出て、両湖に分れ注ぐ通称「取り入れ口」へと下りて行く開口部が、この道路のちょうどここら辺りの両側にあり、密漁者達はここから水衛所の吏員が歩く杣道を伝いつつ、釣り場に向かうのです。毎日二回、午前十時と午後三時頃になると地下足袋、ゲートル姿の監視員が巡回してきて、形式的に退去を命じるのですが、その時だけ釣り竿を片づけるふりをして、その姿が林の中に消えると、密漁者全員がすぐに竿を出す有様でした。ある時など、例の如くに片づけるふりをしていると、今日は釣っていても良いとの有難いお言葉。その訳をたずねると、王川の上流で身投げ騒ぎがあったので、もし土左衛門が流れて来たら連絡せよとのことでした。

近くの柳瀬川や黒目川は、荒川水系なのですが、ここでは多摩川水系の真ゴイ、源五郎ブナ、虹マス、ハヤ、柳ハヤ、ワカサギなどが春先から初冬まで釣れ、秋の増水時には、落ちアユの引っかけ釣もやったことがあります。夏休みのことだったと思いますが、明け方の暗いうちに、尺ハヤを狙おうという話になりました。所沢のKの家を夜中の二時ごろ出発、西所沢から狭山線に沿って歩いたのですが、この辺りは当時街灯はおろか、人家もほとんど無い、月明かりだけが頼りの道でした。夜明け近くに狭山湖側の取り入れ口に着き、竿を振って間もなく、いきなり虹マスと思われる強烈な当りがきたのですが、一瞬にして穂先を折られて持って行かれてしまいました。あわよくば虹マスもと欲張って、いつもより仕掛けを強くしたのが裏目に出て、当然釣糸の方が切れるべきところを、安物の竿の穂の方がやられてしまったのです。急遽狭山湖駅へ引き返し、始発電車を待って所沢へ行き、釣り具屋をたたき起こして穂先を買い、再び現場に戻ったのは八時頃。以後夕方までねばったものの、釣れたのは柳ハヤ五十匹ばかりでした。

二十年ほど前までは、この位の天候なら、そこここの松の木立から春蟬の声があがった筈なのですが、当日は全くその気配すらありません。もっとも、その頃はほとんど人通りも無かった砂利道が、今は左右一車線ずつの舗装道路となって、車がひっきりなしに通過しており、肝心の赤松そのものが、マツノザイ線虫による被害か、あるいは空気汚染のためか、ほとんど立枯れ状態になっている現状なのです。

十六時頃に、以前とは辺りの景色が一変してしまった古刹山口観音に到着、平林寺行は諦めて、ここを参拝します。名称は忘れてしまいましたが、本堂の回廊にとり付けた銅製の筒状曼陀羅を廻し(同様のものが、水沢観音にあります)、弘法大師の一生を描いた板絵額を参観して下山、十六時三十分頃に、昔の狭山湖駅、今の西武球場駅前に辿り着き、電車で阿佐ヶ谷に向かいます。途中、塩船での缶ジュース一本以外は、全く飲まず食わずのままだったので、足の痛み以外体調はすっかり回復し、生ビールを飲むには絶好の条件となりました。阿佐ヶ谷下車後ただちに一番街の「高木」で、モツ焼を肴に生のジョッキをかけつけ三杯あおった後、「うぶや」、「対山館」と巡っているうちに、またまた午前様の帰宅となってしまいました。

三十年前、平林寺にて
松蟬や墓所の要に伊豆守　拙

二十年前、狭山湖にて
春蟬を鎮めて颪は湖へ　拙

平成十四年五月記

笠森紀行

阿佐ヶ谷は一番街のレストランバー「うぶや」のオーナーシェフの朝美ママは、美人にして和洋の料理に長けた心やさしい才媛です。

ピカピカの現代っ子なのですが、毎年、極上の紀州南高梅を山ほど仕入れ、店で使う一年分の梅干しを作るように古風な面も持っています。

干梅に贅を尽くして嫁がざる　拙

その彼女がなぜか「夜叉」などという綽名を奉られて、男の客から恐れられているのです。多分、魚釣りや昆虫採集、お祭りや競馬のこととなると、目の色が変わってしまってそれに入れ込んでしまう性分のせいだと思われます。昨年の夏、三浦半島へ釣りに行った時も、落雷しきる暴風雨の突堤に仁王立ちとなって、夕闇せまるまで竿を振りつづけ、ついに良型のカワハギを一枚揚げたようなこともありました。

そのママと私と他に二名で、七月一日に房総方面へ釣りに出かけたのですが、ついでに茂原市附近で啼くという天然記念物の「ヒメハル蟬」を尋ねてみる事になりました。

事前調査もせずに、道路地図に載っている市外の「ひめはるの里」という公園に車を乗りつけてはみたものの、それらしい蟬はおろか、ニイニイ蟬すらも啼いておらず、夏の鶯が辺りの林の中で、しきりに「谷渡り」の声をあげているのみです。公園で働いている人たちに尋ねても、まったく要領を得ない答えばかりなので、蟬はあきらめて大東岬へまわり、漁港の岸壁から小鯵のサビキの糸を垂れてはみたものの、三十五度を超すカンカン照りの下では魚の方もさっぱりで、早めに切り上げて帰途につきました。

さて数日後、阿佐ヶ谷西口のスナック「吐夢」の和子ママが、茂原市出身なのでこの話をしたところ、ちょうど八日の日曜に里帰りするから詳しい様子を調べてくれるとの事で期待していると、さっそく月曜に電話があり、茂原駅から十二キロメートルくらいのところにある「笠森観音」の一帯が、ヒメハル蟬の棲息地である事をつきとめてくれました。ただ、バスの便があるにはあるが、一日数本程度なので、タクシー（四千円くらい）を使った方がよいとのことでした。

翌日十日、思い立ったが吉日とばかり、二日酔の頭をかかえながら八時半頃に家を出て、バス、電車を乗りついで茂原駅に着いたのが十一時過ぎです。時計も老眼鏡もメモ帳も持たずに、まったくの手ぶらで来てしまった事を悔やみながら、駅西口のバス乗り場の辺りをうろついていると、たまたま到着した牛久駅行きのバスの、横窓にある行き先標示の中に「笠森」の名を見つけたので、とりあえずこれに飛び乗り運転手に尋ねたところ、目指す笠森観音はそのバス停の右手の山の中にあるとの事です。これはまったくの幸運でした。下山後に判ったのですが、この路線は平日に一日八便、休日には僅か三便のみなのです。

三十分余りで笠森につき、案内標に従って参道を十五分ばかり登ると、山頂の大岩の上に組まれた櫓の上に観音堂が鎮座しています。四人連れの老人一行が去った後、人っ子ひとり見当たらないしじまの中で聞こえるのは、僅かなニイニイ蟬と鶯の遠音ばかりです。登り道の途中にあった掲示板には、「この辺り一帯に棲息する」と書いてあるのみで、まったく摑み所がありません。

まさに途方に暮れて観音堂のまわりをうろついていると、仁王門から東の方へと抜けている尾根道らしきものがあります。ままよとこれを歩き始めたのですが、日差しは当たらず、風も通さぬ鬱蒼とした木立の下の細道を、蜥蜴や蛙が左右に飛び交い、そのうち蛇でも出てきそうな雰囲気に、あきらめて引き返しかけたその時、路の北側の斜面の下から、一陣の風が渡るような音が起こります。次第に音を高めながら、水の輪のようにこちらの方に拡がってきて、やがて大量の豆を掻き混ぜているような騒音となります。すると頭上の茂りのそこかしこからこの騒音に共鳴するように小さな音があがり出したのですが、ひとつひとつの音を拾うと、明らかに蟬の声なのです。

カ行、サ行とその濁音行に、ミ音、ビ音のスパイスを加えたような複雑な味わいの音色です。啼き方はミンミン蟬に似ているのですが、音量はずっと小さく、音質はくぐもったような濁った音です。一匹がセミセミセミセミセミセミセミセミーというようなワンシラブルを四、五回繰り返すのですが、恐らくは何千匹という数が一緒になると、単にザーと聞こえる雑音の集団になってしまうのです。そして潮の引くように啼き声が減ってゆき、三十秒もすると再びもとの静寂な森に戻ってしまいました。次の合唱が起こったのは十五分くらいたってからですが、状況はまったく同じです。都合三回これを聞き、先の仁王門の下に無数にある蟻地獄をいくつか掬って、拾ったビニール袋に入れ、虫好きな朝美ママへの家苞として山を下ります。

蟻地獄松風を聞くばかりなり　　高野素十
助け呼ぶ金切声や蟻地獄　　成瀬櫻桃子
寂滅の一円相に蟻地獄　　拙

バス停近くの墓石屋の時計を覗いて、バスの時刻表に当たってみると、何と一番近い便が牛久駅行きで、来るときに乗ったバスの二時間後に出る次のバスでした。茂原行きは当分ありません。四十分ほどの待ち時間を費やすため辺りをぶらついていると、近くの山間の二箇所で、先の啼き声と同じ合唱を確認しました。やっと来たバスには乗客一人も無く、一緒に待っていた老夫婦との三人のみ。途中一駅も乗客なく、そのまま牛久駅に到着しました。この道路は「房総横断道路・国道四〇九号」といい、行き先が木更津方面となっているので、牛久駅は内房線の駅だと決めてかかっていたのがとんだ見当違いで、五井から養老渓谷方面へ行く小湊鉄道のちょうど中ほどの駅なのでした。ここでも三十分近く待たされ、五井から来た折り返しのディーゼルカーはなんとたったの一輌です。以下あれこれと乗り継いで阿佐ヶ谷に辿りついたころは、すでに五時をまわっていました。

話はここで終わる筈だったのですが、そういう訳には行かない破目になってしまったのです。

実はその夜、「うぶや」へ土産の蟻地獄を持参したのですが、酒の勢いも加わって、ヒメハルゼミの神秘性を吹きまくったところ、たちどころに朝美ママの目の色が変わってしまい、七月十六日に、今度は私とママと彼女の友人の娘二人（七歳と三歳）と車で笠森に向かうこととなったのです。この長女のS子は、小さい頃から「虫めづる姫」などといわれるほどの昆虫好きで、出かける時には、虫籠や昆虫図鑑などを携えています。何年か前に千葉のマザー牧場に遊んだ時、私が素手で摑まえた赤とんぼ何匹かをS子の虫籠に入れてやったのが縁で、それ以来私を「ダイコンぢぢぃ」と呼んで懐いているのです。という訳で、再度笠森山を訪れたのですが、前回に無かった収穫をいくつか得ました。

まず、目敏い彼女たちが、暗い木立の中で、ヒメハル蟬の本体を見つけました。ヒグラシに似ていますが、もっと小型の蟬です。また朽ちた落ち葉の中から、蟬殻を二種類拾い出したのですが、大きいほうは明らかにヒグラシの物で、小型の方はヒメハル蟬のそれと判ります。小指の先にも足りないほどで、アブラ蟬の殻の四分の一位の体積です。また、集団の居る場所が、一週間後でもまったく変わって居らず、あれ程の数がありながら飛んでいる姿が見えないということは、羽化した後も、ほとんど移動しないといえるのではないでしょうか。

手元にある中尾舜一著『セミの自然誌』によると、「ヒメハル蟬は、本州、四国、九州に分布し、イチイガシ、ウラジロガシなどの照葉樹林でよく合唱し、棲んでいるのは局所的で、千葉県茂原市（八幡山）、新潟県西頸城郡（白山神社）、分布北限の茨城県笠間市（八幡社）が、それぞれ国指定の天然記念物として保護されている」としています。

来年の夏には、群馬県館林市にある普済寺の故堀口純一さん（阿佐ヶ谷西口もとバー・ランボオのマスター）の墓参りかたがた、そこより東へ六十キロメートルほどの笠間のヒメハル蟬を探るべく心に期して、拙稿を了えます。

蟬雑考

年々、蟬が少なくなっていく。

今年は特にその感が強い。八月の晦日、練馬の陋屋に遊山から帰り着いてみると、油蟬さえ、もう疎になっていた。

日本全土に十四属二十八種、本州に限ると十属十四種生息するといわれる「半翅目、同翅亜目、蟬科」の、この昆虫は、油蟬以外その生活史も判らないまま、次々に私達の前からその姿を消そうとしている。武蔵野の東端に当る練馬、鷺ノ宮周辺でも、杉、松等の針葉樹の激減によって、「春蟬」は云うに及ばず、「ヒグラシ」「法師蟬」の順にその蟬鳴を失なっていく。又、青桐やスズカケの大木を特に好む「ミンミン蟬」「熊蟬」についても同様である。

五月半ばの陽光まぶしき日、木々の嫩葉《どんよう》を翻し麦秋の実りを靡かせた軟風が赤松林に到り、その爽やかな松籟の中で、何か呪文でも唱える如くに沸き起こる春蟬の声を、虚子はその句の中で、「珊珊」と喩えているが、その声も昭和二十七年頃迄は、石神井の三宝寺池辺りの松林で毎年聴くことができた。やがてそれも、平林寺、多摩湖周辺まで退き、昨今私の知る限りでは、塩船観音のある青梅市外の霞丘陵一帯で、僅かにその蟬鳴を拾うのみである。

『字源』に依ると、虫偏の傍に「ふるえる」「振動する」を意味する「單」を配した字が「蟬」であり、戰・彈と同源である。

直翅目の蟀蟋等が、その翅を擦り合せて音を出すのと異なり、雄の体内に持った発音器の鼓膜を、腹部に通じている発音筋が収縮して引っぱり、この時出る振動音を腹部全体が共鳴室の役目をして発散させる。蛇足ながら附記すると、近縁の「半翅目、ヨコバイ科・ウンカ科」の昆虫にも、この様な体内発音器を持っている種がある事が近年の研究で判っている。その一つとして、稲の害虫である「トビイロウンカ」に関しての香川大学農学部の実験がある。即ち、雌雄が鳴き声によってその配偶を探し合う様子を、稲の茎に取り着けた高感度のマイクロフォンで捉えたものである。その鳴き声の振動が、触れ合う稲の葉や茎を通じて伝播し、数十株離れた相手にまで達すると云う。但しこの声は空気中を伝わる事無く、一寸でも隣り合ふ葉と葉の間が離れていると、至近距離にいる相手にでも、求愛の呼びかけは通じないらしい。

古来、中国では蟬の声を、妬みのために殺された斉王（春秋時代）が后の怨み泣く声として、「斉女」を蟬の異称としているが、雌蟬は「啞蟬」といわれ鳴く事が出来ないのを、支那の古人は知らなかったのだろうか。又、「蟬飲而不食」（大戴礼）、「附蟬為文、貂尾為飾」（輿服志）等、幼時数年を地下に潜み、その地上に出ずるや一夜にして羽化、餌も喰わずに旬日を鳴き通して一生を了える姿を貴んで、貂の尾と共に冠の飾りに用いた「貂蟬冠」は、高位高官の印であった。日本でもこれを模して、孝徳帝の代に「蟬冠」が用いられている。

古代ギリシャ人も、蟬を象徴的に取り扱っている。ホメロスは、「蟬はパンも食べなければ葡萄酒も飲まない。従って体内を回る血を持たないから神々に等しい」と賛美しているが、この盲目の詩人にとって、蟬の声は天の声とも聞こえたのであろう。アテネの市民は、彼等の祖先が他国から流浪して来た民ではなく、その地に生まれ育ったと云う自尊心が強いので、同じ土地から生まれる蟬を彼等の家系のシンボルにしたと云う。

その生態がほぼ判っている唯一の蟬、油蟬の場合は、夏、樹に産み着けられた卵は翌年の初夏に孵化し、幼虫は土に潜る。そして根の樹液を糧とし、産卵より七年目にして地上に現われ、羽化成虫となり、交尾を終えて二週間以内にはその短き地上の生を了える。

夏の夕暮、羽化の場所を求め木の根元に蠢く蟬の幼虫を拾ってきてザルにすがらせたり、或は、薄暗くなった庭の茂みの一枝に、ジッと羽化の時到るを待つそれを見つけ、親に叱られ蚊に喰われつつ、蟬化の妙に固唾を呑んで一夜を明かした経験は、誰しも一、二度は持っている幼き日の思い出である。

時成るや、真一文字に割れた背の内よりせり上ってくる銀竜草にも似た銀白の肉塊が、握り潰した紙屑の皺が伸びるが如くに展がりつつ、次第次第に親蟬の姿を容造《かたち》って行く。青白の紗にも喩えうる羽が、徐々に翅脈より薄茶に色づき始め、その一夜がかりの一幕一場のミスティックなドラマがハネる頃には、夜も明け切っている。やがて、完全な親蟬となって飛び去った跡には蟬殻が残される。日本ではこれを「空蟬」と称し、その風流な姿を愛でて古来詩文にも多く詠まれている。

源氏五十四帖の一巻であり、その中のヒロインの名でもあるこの語源を探るに、「現人・ウツシオミ」転じてウツセミと発するに、「空蟬」の字を当てた平安時代以後の作語であるらしい。「源氏」は、平安中期の作なので、「空蟬」は、当時としてはかなりハイカラな言葉なのである。以来「身・命・世・人」等にかかる枕詞として使われてきた。

蟬殻本体も、頭痛の時は頭に載せ、煎じては疳《かん》の薬とし、耳漏の治療にも用いた。掌の中で蟬殻を揉み砕き、そのシャリシャリした音を聞けば耳が良くなると云う子供の頃の遊びも、この辺りから来たものであろう。中国の秦漢時代に行なわれた故事「含蟬」は、死者の復活を祈り、その口に蟬殻を含ませて葬った風習で、その蟬脱の不可思議が、古人の輪廻回生を願うシンボルとして用いられたのである。

空蟬や軽うはとまり風の枝　　松根東洋城
空蟬のふんばつて居て壊はれけり　　前田普羅

句を掲げたついでに、かの芭蕉の句について卑見を試みたい。

閑さや岩にしみ入《いる》蟬の声

この知らぬ人なき句との出会いは、小学校六年の国語の時間だったと思う。担任のK先生は、例の斎藤茂吉と小宮豊隆の「蟬論争」について御存知だったかどうかは知るべくもないが、個々の生徒にこの句の蟬について、「ニイニイ蟬」か「油蟬」かの意見を述べさせ、最後に挙手を以て多数決を取られた。先生御自身の意見が、「ニイニイ派」の為もあってか、決は四十対十位で、「ニイニイ派」に軍配が揚ったことを覚えている。

この「蟬論争」の詳細をここに記するのは控えるが、とにかく茂吉が「改造」の大正十五年九月号に於て、「油蟬」説を主張したのに端を発して以来、俳人、好事家、生物学者を交えての論議は蟬マニアの注目する処となった。この間の経緯は、今栄蔵氏「立石寺の蟬」(「気象」二四三号)、尾形仂氏『芭蕉・蕪村』に詳しい。

さて、昭和十八年に発見された曾良の「奥の細道随行日記」により、芭蕉一行の立石寺(山寺)到着が、元禄二年五月二十七日(陽暦七月十三日)と判明したが、この日付は、当時山形地方の梅雨明けに近い頃だったのではなかろうか。曾良の日記によると、この日迄ぐずつき気味だった天候も、「二十七日天気能。辰の中尅(八時頃)、尾花沢を立て、立石寺へ趣」とあるように、漸く回復に向かい、「二十八日　危して雨不降」、「二十九日　夜に入小雨す」、「晦日　朝曇、辰刻晴」とあり、旧六月三日以後は、日中ほぼ晴天に恵まれている。因に奥羽地方の近三年の梅雨明け日は、一昨年七月十三日、昨年七月七日、今年七月三十日である。

東京近郊での「ニイニイ蟬」の初鳴日は、その年の梅雨明けの状況に左右される事が大きいようで、一般に梅雨明け前後の晴れ上った日にその初鳴を得る事が多く、油蟬はそれに遅れる事十日程で、梅雨が明け切ってからである。雑記帖より最近の自宅附近の例を拾ってみると、一昨年梅雨明け七月十三日、初鳴日七月十三日、油蟬七月二十二日。昨年梅雨明け七月四日（空梅雨）、初鳴日七月五日、油蟬七月十八日。今年梅雨明け七月二十四日、（戻り梅雨）初鳴日七月八日（その後天候不順にて一時途絶へ、七月二十七日再鳴す）、油蟬七月二十八日。となっている。山寺附近の梅雨明けと「ニイニイ」、「油蟬」の関係を、練馬附近のそれと同等に考える事は出来ないが、一応、当日山寺で油蟬を聴くには時季尚早と云えますまいか。生物学的屁理屈はさておいても、時折音色を変へては縷々として鳴き継ぐニイニイ蟬の声は、草堂から洩れ来る読経にも似て、如何にもこの山寺の佇《たたずまい》にふさわしく、それに引き替へ、その鳴く樹を選ばず、コールタール塗りの電柱、はては安アパートのモルタル壁にたかり、鳴くと云うよりはワメキ立てる油蟬の見境い無き振舞を見るに及んでは、名句「閑かさや――」の主役として頷き得ないものがある。

　芭蕉御当人は、この一句が、二百五十年後の俗界を騒がせる因になろうとは露にも知る筈は無く、この時（四十六歳）を遡る事二十余年前藤堂家に仕えた折、「主従ともに滑稽の道に志あつく」「その愛寵すこぶる他に異なり」と主従関係を「芭蕉翁全伝」に描写され、又、その人との出会いが、芭蕉が俳諧の道に深く踏み入る機縁となり、かつ、その死が、芭蕉の漂泊者としての人生を決定づけたとも云える二歳年長の主君「蟬吟」こと主計良忠の俤《おもかげ》をその脳裡に彷彿させていたのではなかろうか。

　尾形仂氏は『芭蕉・蕪村』の中で、「紀行文「奥の細道」は旅の事実の記録ではなく、旅の事実からは独立した一個の文芸作品である」と述べられている。「その日やうやう草加という宿にたどり着きにけり。痩骨の肩にかかれる物、まづ苦しむ」とある第一泊日も、事実は曾良がその「随行日記」の中に、「二十七日夜、カスカベに泊る」と書き留めた如く、草加より日光街道を更に四里余り先の春日部に宿をとっているのだ。即ち第一泊目からがフィクションなのである。尾形氏は『新訂奥の細道』の中で、「曾良の書き写した草稿の成立が、元祿五年六月以後であり、その成稿に達したのは、素龍に浄書を托した元祿七年四月より少し以前」と指摘されている。と云う事は、元祿二年五月二十七日、曾良が、「山寺や石にしみつく蟬の声」と書き留めてから後るること約五年であり、この間、

淋しさの岩にしみ込せみの声（木枯）
さびしさや岩にしみ込蟬のこゑ（初蟬）

等、再三推敲を重ねている。

これ等の点から思い量るに、この句は曾良「俳諧書留」にあるものを素描として、芭蕉が愛読した寒山詩や、杜甫「蟬声集山寺、鳥影度寒塘」、王藉「蟬噪林逾静、鳥鳴山更幽」等の漢籍を以て墨を施した文人画なりと解釈するのが当たらずといえども遠からずと云う処で、その南画の中なる樹に鳴く蟬の種類を云々するは、「芸」の何たるかを解し得ない武骨者の謗《そしり》を甘んじて受けるべきかも知れない。

蟬の「初鳴日」から延々と無文の俳論まで披瀝してしまったが、「初鳴日」に対して「終鳴日」は、あまり正確な日付を得がたい。と云うのは、前者の場合、蟬はかなりの数が一斉に鳴き出すし、又聞く方も印象深く記憶するのであるが、後者の場合、一斉に鳴き声が消えるわけではなく、「残蟬」の語の如く、少数の蟬がバラバラに生き残る、又は、生まれ出て来るからで、聞く方も余程気を配っていなければ逃してしまうためである。

日本で最後に現われる蟬は「法師蟬」である。『礼記』月令に、「涼風至、白露降、寒蟬鳴、鷹乃祭鳥」と云う。二十四節気で云えば、立秋（八月八日）から処暑（八月二十三日）に至る候である。ここで云う「寒蟬」とは法師蟬のことであり、『季節の事典』（大後美保）を調べると、ほぼ本州内陸部の法師蟬の初鳴日と一致している。謡曲「俊寛」に「寒蟬枯木を抱き、鳴尽して頭《こうべ》を廻らさず」とあるは、鬼界島に流人赦免の使者が届いたものの、一人俊寛のみが許されずに島に残され泣き叫ぶ様を謡ったものらしいが、その姿にも似て、一匹生き残った蟬が秋日の中に弱々しくも鳴く声は、一入《ひとしお》哀れではある。

秋分を過ぎ、寒露を迎える頃ともなれば、東京近郊で蟬を聞くことは稀である。

これについては、昨年の十月二十二日に佳い思い出がある。

日曜だったこの日の午後、新宿に場外馬券を買うつもりで家を出て鷺ノ宮駅まで来たものの、二日酔の頭痛に馬券売場の雑踏を思うと余り気も進まず、競馬を捨てて、朝からの好天に乾いた下駄の軽さに歩をまかせつつ、妙正寺川べりの路をぶらぶら下って沼袋三丁目の辺りまで来たのは午後三時を少し回った頃だった。人通りもない住宅街の路端に止めた小荷物配送の車から、競馬放送が流れていて、丁度お目当てのレースが始まる処であった。早速近づいてみると、初老の運転手が競馬新聞を拡げて一服している様子。話しかけると相手も気さくな御仁で、レースが終わる迄の一刻を競馬談議で過ごした。再び歩き出して間もなく、近くの清谷寺の辺りから、突如、油蟬が鳴き起こったのである。近づき見るに、境内の裏手に植えられ、半分程落葉を了えた欅の梢から聞こえてくる蟬鳴は、暑苦しい真夏のそれと違って、実に爽やかに、閑静な家なみの上を渡っていった。続けて二鳴三鳴、はや西に傾いた黄金なす秋日の彼方へと脚速に飛び去って行った。雑記帖を繰るに、去る五十一年の十月十日、練馬区春日町附近にて油蟬を聴いて以来のことで、「盲亀の浮木」にも喩え得る残蟬との出会いであった。

昭和五十四年十一月記

再び蟬雑考

昭和五十五年発行の「段丘」第二号に、拙稿「蟬雑考」を書いてから、早くも二十余年が過ぎてしまいました。今回はその落ち穂拾いの趣きなのですが、この間に、杉並・中野・練馬辺りの蟬の世界の様相も大分変わってきているのです。

まずは最も一般的なニイニイ蟬から始めます。数も多く、身近な所で鳴き、動作も他の蟬に較べると鈍いので、子供達の蟬取りの最初の目標にされてきたこの蟬が激減してしまいました。

二十年程前には、梅雨の明ける頃から秋口まで、庭のどこかで一日中鳴いていたものでしたが、今年は、ついに一度も聞かず仕舞いという有様です。この原因の第一は鳥害と断定していいでしょう。近年、多摩や埼玉地方の林間部が開発され、雑食性の椋鳥や山鳩が練馬辺りの住宅地域に移動してきて巣喰うようになった結果、これ等の鳥の索餌が始まる夜明け頃にちょうど鳴き出すニイニイ蟬やヒグラシが格好の餌食になってしまうのです。我が家の裏にある椎の木で、明け方にニイニイ蟬が一斉に鳴き出すと、たちまち数羽の椋鳥が来襲して狼籍を尽くす光景を何度も目撃しましたし、五年程前の八月中旬の未明に、門の脇にあるモチノキで、珍しくもヒグラシが鳴きだしたので、木の下で様子を窺っていると、すぐに一羽の鳥が飛んできました。鳥の姿は定かではなかったのですが、その羽音は椋鳥のものではなく、あきらかに山鳩のそれなのでした。庭のどの木にか棲みついて、時々庭先で遊んでいる番《つがい》の山鳩の一羽に違いありません。

あまり木の種類を択ばないニイニイ蟬に較べ、ヒグラシはスギ・サクラ・ヒノキ等の針葉樹を好みます。ところが特に空気の汚染に弱いスギなどは、昭和三十年頃を境に枯れ始め、今日、練馬・中野・杉並区内にまともなスギは、一本も残っていません。石神井の三宝寺一帯や長命寺、鷺宮の八幡神社などには、樹齢二、三百年と云われるスギの大木が林立していたのですが、昭和三十五年頃には全滅してしまったようです。又、昔から、荻窪から石神井、大泉にかけて沢山あった「高井戸丸太」と云う、建築の足場組みに用いる細いスギを育てる林が、今は全く見当らず、足場組みも丸太から鉄パイプに替わってしまいました。大泉から北へ五キロメートル程の平林寺には、今も奇跡的にスギの大木数十本が残っていますが、近年樹頭が枯れ始め、その衰えは一目瞭然です。

春ぜみや池のほとりの松古し　　加藤正世

昭和十年頃に都心から石神井に居を移し、蟬の博物館まで建てられた「蟬博士」加藤正世氏が近くの三宝寺池で吟じた一句です。

昭和三十年に高校を卒業する迄、小・中・高校を、この近くの東大泉で過ごした私にとって、石神井から大泉、平林寺に至る雑木林や川や池などは一年中の遊び場だったので、この辺りの豊かだった自然の風景を忘れることはありません。因に我が家のある中村橋、鷺宮の住宅地域の当時の建蔽率は一・五割。石神井、大泉の風致地区のそれは一割で、しかも畑や雑木林のほんの一部分だった時代です。
昭和二十六年五月某日、中学校三年生の時の話です。
午後の授業が始まる五分前の予鈴が鳴り、一同が運動場から教室へ戻りかけたその時、校庭に十数本植えられていたヒマラヤ杉の中から春蟬が鳴き出したのです。一瞬ためらったものの、五十メートルほど後戻りしてそれとおぼしき木に走り寄って登りはじめたのでした。春蟬の声はよく聞いていたのですが、おおかたが高く登れそうもない赤松や杉の葉陰で鳴いているので、その姿は見た事がなかったのです。茂るにまかせて八方へ拡がった枝を足がかりに、五メートル程登った所に見つけた蟬の体形は、あの濁声から想像していた大きさよりも思いのほか小さく、法師蟬に似て透明な羽に黒色の体をしたスマートな蟬なのでした。難なくこれを手中にして教室に戻り、授業の始まる前に窓から放してやったのでした。

春蟬や墓所の要に伊豆守　　拙

昭和五十五年頃、平林寺で拾った句です。云う迄もなく、この臨済禅寺は、川越藩主松平家の菩提寺で、世田谷にある井伊家の豪徳寺と対比される名刹です。

知恵伊豆の墓はこちらと囀れる　　森田峠

の佳句に及ぶべくもない拙句ですが、あれから二十余年を経た今日、平林寺の春蟬は、二十世紀と共に消え去る運命と云えましょう。

今年の四月末日、青梅の塩船観音のツツジ祭を見がてら、附近を散策してみました。狭山からこの辺りに続く丘陵地帯にはまだ春蟬が残っていて、孟宗竹の筍が終わる五月初旬から鳴き始めるのですが、今年は時期がやや早かったのか、絶好の日和にもかかわらず、蟬鳴は得られませんでした。

歳時記によると、「春蟬」は春の季語、「筍」は夏の季語なので、関東近辺では季が逆になっています。元来、京都を中心にして編まれた歳時記に、筍がいつ頃から採用されたのかは知りませんが、孟宗竹が琉球王国から島津藩に取り寄せられたのが元文元年（一七三六）、江戸品川の薩摩藩邸に移植されたのが文政八年（一八二五）との記録があり、いずれにせよ京都に孟宗竹が植えられたのは、早くても大略二百年前と思われます。それ以前の筍は九世紀の初めに中国から伝来した淡竹《はちく》や苦竹《まだけ》だったのです。この両者の筍は、六月初旬、春蟬が終わってから出盛るので歳時記通りなのですが、発生の時季が最も早い孟宗竹が主流となってしまった結果、歳時記の前後が入れ替わってしまったのです。

加藤博士は高尾山にはチッチ蟬はいないと書かれていますが、もっと山奥の、たとえば雲取山（二〇一七メートル）の辺りに、チッチ蟬やエゾ蟬がいてもおかしくないと思います。山梨県の山中湖から忍野八海にかけての樹林の中で、八月の末頃にアブラ蟬と一緒に鳴いているエゾ蟬を聞いた事がありますし、群馬県の妙義山中（標高七百メートル位か）で、チッチ蟬を採り損なった思い出があります。

昭和二十年、当時国民学校の三年生で妙義山の近くの寺に学童疎開をしていた時のことです。八月の十五日に戦争が終わったものの、すぐに東京に帰れる状況ではなく、気分転換ということで、西へ一里ほどの妙義山へ登りました。石の洞門や、大砲岩、轟岩などが並ぶ険しい岩場を巡り、やや傾斜もゆるやかになった登山道を下っていると、路肩から谷の方へ斜めに生えているナラの低木の手の届きそうな所に、アブを一まわり大きくしたような、寺の辺りでは見かけない小蟬が、チッチッチッと鳴きながら幹の周囲を歩き廻っています。その幹に馬乗りのような格好でしがみつき手を伸ばすと、いかにも誘うように鳴きながら上の方へと進んでいきます。おおかたの蟬は、横歩きはするのですが、このように前方に歩くのは珍しく、交尾直前のニイニイ蟬が少しする程度なのです。これにつられて更に登りかけた途端、鉄砲虫に犯されていたそのナラの木が、根元の辺りからまさにメリメリと音をたてて谷の方へ倒れかかったのです。危いところを路へ引っぱり上げられて幸い怪我もせずに済んだものの、先の春蟬とは逆に生涯一度の機会を逸してしまいました。

今から二十年位前の話です。当時は毎年八月中旬の何日かを房総の鵜原にある古い旅館を定宿にして過していました。そんな或る日の午後、宿から海岸へ下りて行く道端の夾竹桃の茂みの中から、カラカラカラと歯車を転がしたような音が聞こえました。たった一度だけ、それも初めて聞いた音で、鳥やキリギリスの類の鳴き声ではなく、明らかに蟬の鳴き方です。帰京して調べたところ、日蓮宗の名刹清澄寺をいただく清澄山（三百七十七メートル）一帯に、安房鬼海《あわきかい》蟬という、天然記念物に指定された蟬がいる事をつきとめたので、その後再三に亘りこの辺を歩いてみたのですが、もはや絶滅してしまったのか、或は時季を逸していたのか、アブラ蟬、ミンミン蟬、法師蟬の凄まじいまでの蟬時雨を聞いたのみです。

弥陀おはす十万世界蟬しぐれ　　拙

なお、千葉県内では、茂原市のヒメハル蟬が昭和十六年に天然記念物に指定されていますが、毎年六月下旬から七月下旬にかけて狭い地域内に五千匹から二万匹位発生するそうです。又この蟬は茨城県笠間市のものも有名で、江戸時代には殿様もこれを聞きに来たとのことです。

山の蟬についてもう一つ思い出があります。

やはり二十年程前の旧盆の頃、御殿場市の北方の富士霊園内にある義母の墓に参った時のことです。広大な敷地に何十とある墓の団地を巡回するバスを、最も山際にある区域で下りると、背にした山の雑木林でヒグラシがしきりに鳴き交わしていました。当日、この辺りは曇りがちで気温も高くなく、昼下りだというのにあたかも日暮れ時のような気配でした。音頭取りのような一匹の鳴き声に続いて、辺りの何十匹というヒグラシが一斉に鳴きたつのです。それが並び合う山間から交互に起こる様子は何かこの世のものとは思われぬ雰囲気で、あたかもこの山墓に眠る霊魂がヒグラシに化身して、我々を山の中に誘い込もうとしているようです。

山墓の霊《たま》ひぐらしとなりて呼ぶ　　拙

このヒグラシが聞きたくて、それからも何回か同じ時季に訪れたのですが、以後一度も聞く事ができません。気象状態がその時とは異なっていたことも原因の一つかと思われます。或は米国の十七年蟬のように、この辺りのヒグラシの発生に周期があることも考えられます。

日本の蟬の中で、このヒグラシのように「斉鳴」するものは外になく、蟬時雨というのも群らがっている蟬がテンデンバラバラに鳴いている状態なのですが、十年程前の八月に済州島に遊んだ際、ヒグラシの斉鳴と同じような現象に出会いました。

到着した翌日の朝から、街中でジリジリジリと鳴いている蟬が、郊外の丘の辺りでは何千匹という単位で集まり、何個所かで交互に斉鳴を繰り返します。その集合音はあたかも高温の油で何かを煎っているようなジャーと聞こえる雑音の塊で、蟬時雨などという生易しいものではありません。

蟬時雨とはいうものの煎るごとし　　拙

この蟬は日本のクマ蟬より更に大きく、茶褐色の体に透明な翅を持っているのですが、夕方近くなると急に勢を失って、街路樹の低い所に群がってとまっているのを手易く摑まえることができます。ただし、大形の蟬が数十匹も動かずに群がっている様は、枝先をびっしりとり囲んでいる油虫の拡大写真を見ているようであまり気持ちの良いものではありません。このような蟬の群棲は、米国の十三年蟬や十七年蟬になると全く桁違いの凄さです。一本の木に四万匹の蟬が群れたり、蟬の死体で車がスリップ事故を起こす程なのです。『昆虫の四季』の著者ギルバート・ヴァルトバウアー氏に依ると、シカゴ北部の郊外で一九九〇年に十七年蟬の第十三集団の羽化が起こった時は、外の物音が全く聞こえないほどものすごい騒音で、「シカゴ・トリビューン」誌は蟬を料理するレシピを掲載し、軽食バーで蟬食いコンテストまで開催したとのことです。

この蟬を米国では「セブンティーンイヤーローカスト」と呼びますが、ローカストは正しくは直翅目に属する飛蝗《バッタ》の類を指すのであり、殆んど蟬を知らないイギリス人が初めて新大陸に渡った時、群れ飛んでいる蟬に対してローカストを誤用してしまったのです。

次も二十年程前の八月、スペインに遊んだ時の話です。

最初の目的地マドリッドの観光地の一つであるレティーロ公園の中に、樹高三十メートルはあると思われるユリノキが茂っており、その下にある一軒の茶店で休憩した時のことです。姿は見えませんが、木の頂上の辺りで一匹の蟬が鳴いていました。壊れかけた扇風機のようなシャシャシャシャとという連続した摩擦音に近い鳴き声です。店の主にあれは何かと尋ねると、「ゴリオーン」だといって私の出した手帳にGorrionと書きつけました。宿に帰って辞書に当たってみると、これは雀のことで、蟬のスペイン語は'Cigarra chicharra'がちゃんと載っているのです。

西欧人はコオロギやキリギリスなどと蟬を混同しているとよく云われますが、この店の主人は雀も蟬も一緒くたで、始めから木の上で鳴くのは雀だと極めつけている態度です。とにかくマドリッドでの四日間に出会ったのはこの蟬一匹のみでした。本稿を執筆中に、偶々お会いしたマドリッド在住二十余年に及ぶ堀越千秋画伯に質したところ、「えっ、蟬がいましたか。マドリッドの人は蟬を知りませんよ」とのことで、当地から南へ五十キロメートルほどにあるトレドのタホ川沿いには、小さな蟬がいる「シガラーラ」と呼ばれる丘があるそうです。

次に訪れたほぼ四百キロメートル南方の、アンダルシアの東部に当たるグラナダではだいぶ様子が違ってきます。アルハンブラの丘に向かう坂道の雑木林、城趾内やヘネラリーフェ離宮の木々のあちこちで蟬時雨を聞くことが出来ます。サルスベリ、合歓、夾竹桃、柿、朝顔など日本人に身近な植物も豊富です。

夏草も蟬も城趾がねぶの花　　　拙

この後レンタカーで、マラガ、カディス、セビリヤと巡ったのですが、途中のオリーブ畑や公園の木々に、常に蟬が鳴いており、結局スペインでは次の三種の蟬を確認しました。

一、マドリッドで聞いた古い扇風機型。
二、濁った声のミンミン蟬型、ビーンビーンと鳴く。
三、単調な放電音型、ジーと長く鳴く。

スペインの蟬を一覧したついでに、近くの図書館の外国語辞典で蟬を片端から抽いてみました。

ラテン語	cicáda	
エスペラント語	cikado	
フランス語	cigale	詩人。先見の無い人
イタリア語	cicala	
ポルトガル語	cigarra	
スペイン語	cigarra	
ドイツ語	zikade zikaden sinfonie	蟬時雨
ロシア語	ЦИКАДА（ツィカーダ?）	
英語	cicada	
ギリシャ語	tettix	
トルコ語	ağusto boceği	八月の虫。おしゃべり
インドネシア語	uir uir	

ヒンディー語　判読不能なれどイナゴと区別されない。
中国語　蟬（チャン）
ペルシャ、インド、カンボジア、ベトナム、ネパール、韓国の諸語は全く判読不能。
大略以上の如くなのですが、常識的に、アルプス山脈の北側にはいないとされている蟬がドイツ（最南端が北緯四十七度位）語にあり、又、ロシア語にもあるのは、おそらく温暖な黒海沿岸のオデッサ周辺に棲息しているからではないかと思われます。

ファーブルが昆虫記の中で、「鳥や獣の偉大な味方である国」とし、加藤博士も世界で最も蟬類の多い地域と書いているインドに関しては全くの期待外れでした。

日印辞典で蟬を引くと全く読めないヒンディー語があり、注に「イナゴと区別せず」とあり、イナゴを引くと蟬の項と同じ文字があるだけで全く取付く島もありません。又、昆虫類の書棚にも、標本写真や図譜は別として、インドに関しての文章や本は皆無なのです。

ギリシャや中国には、蟬に関しての物語、寓話、詩、博物学が多く文献に残されているのに、この両者に匹敵する文化を持っていたインドの文献や民話を、日本人は全く知らないといってもよいでしょう。

ゲインズ・カンチー・リュウ著の『中国のセミ考』はハーバード大学生物学部に提出された学位論文の一部ですが、その翻訳者羽田節子氏は後書きの中で、「本書の原著は欧米では高く評価されてきたようである。中国人の文献は欧米人にとってはおいそれとは近づけない分野であり、こうした英語のレヴューはひじょうにありがたい存在であったにちがいない。かくいう筆者にとっても事情は同じで、このようなおもしろいものを英語で読めたのはしあわせであった」と語っています。さすれば、英訳されたインドの昆虫誌のようなものは無いのでしょうか。

長い間インドを統治してきたイギリス人は、主に軍人や施政官や産業支配者達であり、たとえ昆虫愛好者がいたとしても、その対象は蝶類や甲虫類に限られていたのではないのでしょうか。何しろ母国イギリスは、イングランド南端のニューフォレストに小さな蟬が一種類いるのみのお国柄なのです。又インド側について私見を述べれば、インド特有の社会制度であるカースト制もその一因となっているのかも知れません。この制度の最も上に位するバラモンやクシャトリア階級は、もっぱら、哲学、宗教、文学、芸術等のどちらかといえば形而上の事柄に携る階級で、動植物など形而下のことにはあまり関わらなかったのではないでしょうか。生物と人間についての民間伝承などに係わるのはもっと下の階級の人達で、その結果、文学とか文献にまでこれ等を浮上させ得なかったのだとも思われます。

ファーブルは昆虫記の中で、イソップ物語の有名な「蟬と蟻」の寓話について、「インドから来た何かの伝説をアイソポスが繰り返したのだが、最初の寓話の主人公は蟬ではなくて、何か外の動物で、その習性がこの物語にぴったり一致しているものであったが、彼はインド人の語る昆虫がギリシャの野原にいなかったので、丁度近世のアテネともいうべきパリで、蟬がキリギリスに変えられたと同じように、大体似ているところから蟬を持ってきたのである」と推論しています。

秋の間に死んでしまう蟬が冬に現れ、木の汁しか吸わないのに穀物をねだったりするのは全くもっておかしな話で、まだコオロギの方が適役かも知れません。蟬を知らない北ヨーロッパで、これをキリギリスやコオロギに変えてしまったというのが通説ですが、逆に翻訳者が蟬の生態を知っていたからこそ、この矛盾を修正するためにコオロギに変えてしまったという見方も出来るのではないでしょうか。但し、ラ・フォンテーヌの「寓話」初版のフランソワ・ショーボーの挿し絵には蟬の話としながらも、明らかに木の根元にバッタの様な虫が描かれており、又、一四八〇年頃にドイツで出版された「シュタインヘーヴェル本」のドイツ語版には、絵も文もコオロギになっています。仏文学者にして昆虫博士の奥本大三郎氏は、その著書『虫の宇宙誌』の中で、フランス人がコオロギ、バッタ、キリギリスの類も「実物をあまり想定せずにこれ等の語を使用する人が多いようである」として、更にイギリス人やアメリカ人のこれ等の言語に対しての知識度に言及していますが、その関係はとても煩雑なので概要を分類してみると、

A（英語）	B（日本語）	C（仏語）
cicada	セミ	cigale
locust	バッタ	locuste
cricket	イナゴ	criguet
glass hopper	コオロギ	girllon

のようになり、誤用を含めると各列の各項が、どのようにでも横線で結ばれ得るようです。

イソップ寓話の歴史についてては、とても我々の手に負えるものではなく、既刊の書の解説を読んでいるだけで頭が痛くなります。作者とされているアイソポスを、ギリシャの詩人ホメロス同様に架空の人物とする説さえあるのです。又、その内容も、五千年位前から各国に伝承されている話がいろいろに形を変え、アイソポスの名を借りて集大成されたのが実状のようです。

何しろ紀元前六百年頃にアイソポスが生まれたとされるトラキヤ、或はトロイの東に拡がるアナトリア半島附近は、ギリシャ領になる以前に、ペルシャ、フリジア、ヒッタイト等の支配下にあり、更に以前には、メソポタミアやアッシリアの植民地だったという長い歴史を持った地域なのですから、その文明文化の集積は想像を絶するものであり、イソップ物語に関しても、その祖型のいくつかをアッカド王朝（前三千年）やエジプト王朝（前二千年）・ネオアッシリア王朝（前七百年）にまで遡って見出すことが出来るのです。

話を日本に限ります。

日本に於けるイソップの寓話集は、大きく分けると二つの流れがあります。

一つは一五八〇年頃にあったとされる国字文語体による伊曽保物語、及びキリスト教の宣教団イエズス会による「天草版伊曽保物語」（一五九三年）と呼ばれる日本語口語体によるローマ字本を原典とした流れで、江戸時代には何種類もの伊曽保物語が刊行されています。

もう一つの流れはイソップ物語と一般に呼ばれている明治維新以後に西欧文化と一緒に入ってきたフランス語、ドイツ語、英語版からの翻訳物です。我々が子供の頃から馴染んでいたのはこの系列の本で、ボロボロの燕尾服を着たキリギリスが、破れたシルクハットを逆さに持って蟻に物乞いをしている挿絵が定番でした。前者の伊曽保物語系列の本は、そのまま蟬が主役になっています。

数ある明治維新以後の翻訳物の中で、最も早いのが、福沢諭吉が英語版より訳した『童蒙教草』（一八七二年）です。その中より抽きます。

「秋過ぎ冬もはや来り、蟻の仲間は忙しく雨露にさらせる穀物を、住居の傍に取入れて小山の如く積貯へ、寒さの用意専一と共に働く折柄、夏の終に生残りし一疋の螽、飢寒に堪へ兼ね半死半生の様にて蟻の家に来り、見苦しくも腰を屈めて「君が家に貯へたる小麦にても大麦にても唯一粒を恵てこの難澁を救ひ給へ」と請願ひしに、（中略）蟻の云く「君の言葉を聞ては我等には別に云ふべきこともなし。誰にもあれ、夏の間に歌舞飲食する者は冬に至りて餓死ぬべき筈なり」と」

何とここではイナゴに変えられてしまいました。思うに、原本ではロカストかクリケットだったのを諭吉が「穀物・麦」にこだわって、それに一番ふさわしい昆虫であるイナゴにしてしまったのではないのでしょうか。然しイナゴに歌ったり舞ったりはどだい無理な話です。そもそもこの物語は、蟻が冬にいる事からしておかしな話なのでした。

イソップ物語系が寓話のみの構成なのに対して、伊曽保物語系は、前半に、トロイのアモニアで生まれたアイソポスが、ギリシャのテルホスで殺されるまでの彼の人生が語られ、後半が「いそほ物のたとへを引きける事」として寓話を集めている構成なのですが、その前半にある「いそほりいひや（リジヤ）に行く事」を仮名草子本（岩波書店）から抽きます。

リジヤの国王ケレソから、アイソポスの住むソモス島に対して年々貢物をしないと攻め亡ぼすとの命が下りました。「才智世にすぐれ、思案人に超えたる者」といわれた彼が、貢物の替りにケレソ王のものに送られることになりました。ところが怪しげで醜い彼をひとめ見た王は、「逆鱗ある事軽からず」、アイソポスの一命まで危くなった時、王に向って彼が抗弁するに、「ある人、螽《いなご》を取つて殺さむとて行きける道にて、蟬を殺さんとす。蟬愁ひていはく、「我罪なうしていましめをかうぶり、五穀にわざもなさず、人に障りする事なし、夏山の葉隠れには、わがすさまじき癖（筆者註：思いのままに鳴きしきること）あらはしぬれば、暑き日影も忘れ井の慰めぐさと成侍れ。甲斐なく命を果たされ給はん事、歎きてもなほあまりあり」と申しければ、「げにも」とてたちまち赦免す。其ごとく、わが姿かたちはおかしげに侍れど、わが教へに従ふ所は、国土平安にして、萬民すなほに富み栄へて、善をもつぱらに教ゆる者にてこそ侍れ」と嘆願して一命を赦されているのですが、ギリシャ近辺でもこの時代から蟬の声を「暑き日影を忘れ井の慰めぐさ」としている点が、中国や日本と同じ認識であることに注目します。

蟬についてこの三国間に古より共通している事柄を列挙してみますと、

一、蟬を神格化、人格化して称揚したり揶揄したりしている。
抱朴子の著者葛洪（二八三－三四三）は「蟬は糞虫の糞を飲食するよりは清潔なままで飢死する方を選ぶ」と著しています。陸雲（二六二－三〇三）は蟬の五徳を、文、清、廉、倹、節として、

頭上に緌《ずい》（標徴）あり。則ちその文なり。
気を含み露を飲む。則ちその清なり。
黍稷亨せず。則ちその廉なり。
処に巣居せず。則ちその倹なり。
候に応じて節する。則ちその信なり。

と讃えています。

蟪姑《けいこ》春秋を知らず。　荘周
蟬は幸なるかな。その妻は鳴かざればなり。　クセナルコス

と揶揄をしています。
中国や、それを真似た日本では、「貂蟬冠」が高貴な人の装飾品となり、ギリシャでは、「ティッティ

ゴフォロス」がアテネ生まれの貴族の象徴である蟬型の髪飾りとして流行していました。

二、その鳴き声を賞でて籠で飼ったりした。

陶穀の「清異録」によると、唐の時代に夏が来ると無職の人々は蟬を捕え、青林楽と称して長安の街で売って暮らしを立てていたし、後には蟬の鳴き声を競わせる「仙虫社」という遊びになり、やがて宋の頃になるとコオロギにとって代わられたそうです。

ギリシャ時代にも蟬を籠で飼う遊びがありましたが、加藤博士は、ギリシャの蟬は軋るような声であまりよい音色ではないと書かれています。

三、昔より蟬の生態についての考察がある。

ギリシャでは、アリストテレスやヘシオドスが蟬の発音機能について書き残していますが、ことに前者は、「蟬の発音メカニズムは体内の空気を振動させることにある」とまで喝破しています。

中国では「証類本草」（一一〇八）や「本草網目」（一五九六）で蟬を昆虫学的に分科研究していますが、この点では日本が一番後れていて、明治維新以後、近代的昆虫学が輸入されるまでは特筆される記録も無いようです。

四、薬用、食用にしている。

ファーブル昆虫記によると、アリストテレスは、「蟬はギリシャ人の非常に珍重した食物であった」としているそうですが、「蟬の母（ティッティゴ・メトラ）」といわれる穴から出てきたばかりの蛹を食用にしたようです。又、シチリア出身のディオスコリデスは、「蟬はこれを炙って食すれば腎の痛みに妙なり」と誌しており、南フランスのプロヴァンス地方では、ファーブルの頃でも、このギリシャ人に教わった薬を信じて腎臓の薬にしており、その利尿剤としての効果の理由は、単に蟬が飛び去る時に小便を発射する排泄力を借りるという、どちらかといえば漢方的発想にあったのでした。

中国最古の薬学書である「神農本草経」の三百六十五種の薬の中には、蜂蜜や螢など二十五種の昆虫薬が含まれていますが、「礼記」の中で食用蟬とされている蚱蟬《さくせん》（クマゼミ類）の成虫が薬用として採用されています。日本では蟬の抜け殻が古来迷信的に聾《みみしい》の薬として用いられています。

五、文章や詩の中に用いられている。

ギリシャでは、前八世紀といわれる抒事詩人ホメロスや、前六世紀の抒情詩人アナクレオンが蟬を神格化するまで賛美した詩を残しています。三国時代、魏の曹操の五男で詩人として名高い曹植の賦を引きます。

秋、蟬は桑の茂みに身を隠し、
鳥や螳螂に襲われはしまいかと

いつもびくびくしていなくてはならない。
飛び立って、広々とした空を飛んでいても蜘蛛の巣にかかる怖れがある。
低く飛んで下生えの中に逃げようとすればたえず草むらに潜むならず者の
襲撃にさらされる。
この危険をすべて避けるには
人家の近くに居つくのがいいと考えた。
ところが、ああ、いつも腕白たちが
私のすぐ後に迫ってくる。

この賦のように、蟬という昆虫の生涯は、全く無防備のまま、常に敵からの襲撃に晒されているのです。話は横道に外れますが、蟬の天敵を列挙してみますと、まず木に産みつけられた卵に、セミタマゴバチが産卵寄生します。翌年、無事孵化して地中に潜った幼虫を、アミメアリが待ちかまえていて、更に地中にいる数年間に、黒殭《こっきょう》病菌やセミタケの菌糸、地上に出て成虫になってからでもセミタケやセミカビ類、セミヤドリガ、ヤドリバエ、セミノタカラダニの寄生があり、トンボ、ヤブキリ、カマキリ、シオヤアブ、アシナガバチ、スズメバチ、クモ、ムカデの昆虫類や、スズメ、ムクドリ、ハトなどの鳥類の一方的な襲撃を受け、みずからが天敵となる対象は一つも無いという全く間尺に合わない生涯を造物主から与えられています。

話を日本の詩歌に戻します。
古来、日本の文学には、多くの蟬が取り入れられていますが、歳時記等の影響もあって、夏の螢と蟬は和歌をはじめとする連歌、俳諧から現代俳句に至る短詩型の文芸の中に数多く詠み込まれてきました。これ等を「日本文学作品に於ける蟬」とでも題して編集すれば一冊の本になるのは間違いありませんので、ここでは「万葉集」の中の数首のみを挙げます。

石走る滝もとどろに鳴く蟬の声をし聞けば都《みやこ》し思ほゆ　大石蓑麻呂（三六一七）

先出の奥本大三郎氏のこの一首に対する批評、「安芸国長門島で作られた歌とあるが、蟬の声と京都とがどうして結びつくのか、その必然性がもう一つ定かでない。要するに何を聞いても何を見ても都のことばかり考えているのである。そういう中央志向の強い役人に治められる地方の人間こそ災難である」には思わず苦笑してしまいました。

閑さや岩にしみ入蟬の声　芭蕉

この句の蟬がニイニイ蟬かアブラ蟬かの斎藤茂吉と小宮豊隆との論争については、前稿「蟬雑考」

にていささか子細をつくしたのでここでは省きますが、それに倣って、蓑麻呂に都の奈良を偲ばせた蟬の種類を探ってみるのも一興です。

この一首は聖武天皇の御代、天平八年の六月(旧暦)、新羅国に使を遣った際、その使節たちが船旅の途次を詠んだ一連の和歌の中で「安芸国長門島にして船を磯辺に泊てて作れる歌五首」の中の一つです。事のついでに他の四首も誌します。

山川の清き川瀬に遊べども奈良の都は忘れかねつも(三六一八)
磯の間ゆたぎつ山川絶えずあらばまたも相見む秋かたまけて(三六一九)
恋繁み慰めかねてひぐらしの鳴く島かげにいほりするかも(三六二〇)
わが命を長門の島の小松原幾代を経てか神さびわたる(三六二一)

又、万葉集を一瞥してみますと、

(一四七九)大伴家持の晩蟬《ひぐらし》の一首
隠りのみをればいぶせみ慰むと出で立ち聞けば来鳴くひぐらし
(一九六四)蟬《ひぐらし》を詠める
黙然《もだし》もあらむ時も鳴かなむひぐらしの物思ふ時に鳴きつつもとな

（一九八二）蟬《ひぐらし》に寄する

ひぐらしは時と鳴けども恋ふるにし手弱女我は時わかず泣く

（二一五七）蟬を詠める

暮《ゆふ》影に来鳴くひぐらしここだくも日ごとに聞けど飽かぬ声かも

（三五八九）

夕されば ひぐらし来鳴く生駒山越えてぞ吾が来る妹が目をほり

（三九五一）

ひぐらしの鳴きぬる時はをみなへし咲きたる野べを行きつつ見べし

の如くに、ヒグラシのみを詠ったというより万葉時代には、蟬とヒグラシが同義になっていたと考えた方がいいようです。日の暮に鳴くからのヒグラシではなく、一日中鳴いて日を暮すからの意でヒグラシなのです。加藤正世博士も『セミ博士の博物誌』の中でこの点を指摘して、現在でもニイニイ蟬やアブラ蟬をヒグラシと呼んでいる地方があると言及しています。

とすると、蓑麻呂の蟬をヒグラシであると極めてしまうのではあまりに芸がありません。「山川が滝となって海に流れ落ちているこの島の磯辺の辺りで蟬が鳴いている様子は、あたかも奈良の都の景色と同じだなあ」という風な望郷の歌になるのですが、この一首の「石走る滝」が「とどろに」を引き出す序詞になっていて「鳴く」に係り、轟くような蟬の声と解釈すれば、必然的にアブラ蟬かミンミン蟬かクマ蟬ということになりましょうし、更に広島県西部の島という点を考えると、クマ蟬にしぼられるのではないでしょうか。因に、「とどろに」は当時の語法では、波や滝、鹿や鶴や蟬の鳴き声などに用いられていたのです。

もう一つの解釈は、

石走る
滝もとどろに
鳴く蟬の
声をし聞けば
都《みやこ》し思ほゆ

と長歌風に区切り、滝の音と蟬の声を並列して解釈すると、この歌の中の四つのサ行音、殊に終わりの二つの「シ音」とその前後の音感から、「つくづく恋し」と鳴く法師蟬の声が湧き起こってくるようです。

前者の解釈は懸詞などを用いる技巧的な古今集風のそれであり、後者は素朴な万葉調のそれなのですが、この一首があくまで万葉集中のものである事から考えると、法師蟬として鑑賞するのが最もふさわしいといえるのではないのでしょうか。

加藤博士は一九五四年の夏、俳句もたしなんだ父君の二十五周忌を修して、昆虫をテーマにした俳句二百句を献じています。その中に蟬を題材にとしたものが約五十句ほどありますが、どうも正直にいって俳句がお上手だったとはいいかねます。蟬と飛行機に費したその一生は、荻原朔太郎、澁沢龍彦と並んで関東の生んだ三大高等遊民の一人としても差しつかえない方なのですが、俳句まで手が回らなかったのか、どう贔屓目にみても佳句がなく、五十句の中から採れるのは、

ひぐらしや湯舟に映る伊豆の山　　　正世

一句位のもので、

夕立のすぎて涼しきせみの声
氷売る屋台涼しきせみ時雨

などと夏の季語が三つも入っているひどい句もあります。駄句に対しては容赦なく罰金を課するわが「すずしろ句会」に於いては、この程度の句ですと一句に付き二千円は免れ得ません。

人の欠点をあげつらうは易く、自身の非については沈黙を守るのが人の常ですが、私も一つだけ恥

を晒しておきます。

　昨年の夏の句会に、

　　きん玉をちぢめて鳴くや法師蟬　　　拙

の一句を投句しました。高浜虚子門の高足、客観写生の鬼といわれた高野素十を以てしても、ここまでは見届け得なかった描写と、句の背後には謡曲「俊寛」の一節「寒蟬枯木を抱き鳴尽して頭を廻らさず」の古典も踏まえた秀句と自ら深く肯いての出句だったのですが、選句投票に一点も入らないどころか、逆に罰金二千円也の棒を喰ってしまいました。「芸術は常に理解されない」のです。

　残暑の酷しかった今年の九月も、暑さ寒さも彼岸迄の言葉通りに、二十日過ぎから台風や秋雨前線の影響で気温が下り、蟬の声も途絶えがちです。

最後にもう一度加藤博士の文章を借りてこの拙稿のしめくくりとします。昭和七年に三省堂から出た大著『蟬の研究』の序に替えての一文です。

「可憐なる夏樹は生れて間も無く病魔の襲ふ処となり（中略）此の世に在ること僅かに三週日、はかなき蟬の命にも似た愛し児の霊に、父は此の書を捧げて心からなる冥福を祈る」と。合掌

番外・十二指腸始末

十月六日。東京都美術館の新制作協会展へ出かける。会場にて会員のMさんHさんに会う。先年スペイン旅行の仲間に加えて頂いて以来のお附合いで、当日も御招きに与った次第。ロビーで雑談しながら、「実はこの展覧会私にとって鬼門なんです」と、訝るHさん相手に去年の此の日の「事件」をかいつまんで白状に及んだ。話は昨年に遡る。

十月十三日、昼近く寝床より這い出たものの、連日の鯨飲の澱が溜まり溜まって体中鉛を流し込んだ如き怠さに加えて、起床時だけは軽かった数年来の胃痛が殊更厳しい。

当日は上野の都美術館で催されている「新制作協会展」の最終日。スペースデザインの部に出品されているO先生方の御招きを頂いたので、起き抜けの儘、家内と娘二人を連れて家を出る。久し振りの家庭サービスに燥《はしゃ》ぎ歩く三人に黙々と従い、一時過ぎ美術館着。五階から地下二階迄を埋めるエネルギッシュな作品の波間を流離《さすら》い、倉皇として公園の森へ転び出たのは三時頃だったでしょうか。千社札で名を知られた「無極亭」の縁台で一休み。鼻先で鳥串を焼いているのですが、一向に食指動かず、娘がとった蕎麦の汁を二、三口啜ったり、店先の椋の実を口に含んでみたり。ついでに隣の東照宮を観せて、その間私は本殿の隅に胃を押さえてへたり込む。脇の小庭では、着飾った御婦人方が、遅々延々いつ果てるともない野点に興じています。物珍しさに覗き込んでいる娘等を急かせて寛永寺に抜ける。この辺りは十一月に入ると、銀杏の黄葉と穴稲荷社の鳥居の朱が恰好な取合せを観せる散策路なのですが、時季半月末だし。少し歩けば体も軽くなろうかと銅像下から広小路へ下りて妻子と別れ、湯島から春日町、大曲を経て神田川べりに出ます。普段の散歩だと車の通らない小路を択って行くのですが、此の日は腹具合を考えて車の拾える大通りを歩く。この辺りは「茗荷谷」と云う地名や、「猫実と早稲田は馬鹿で金を貯め」（猫実は青柳の本場。早稲田は茗荷の本場。共に符牒で馬鹿と云う）と川柳に云う如く、茗荷の生い成る藪地続きだったのでしょうが、今やセメントとアスファルトの羅列でその俤を残す寸土もありません。早稲田に着いた頃は日も暮れ、バス、電車を乗り継いで阿佐ヶ谷に向かいます。体もいくらか楽になり三、四軒梯子酒。行く先々で飲み仲間に会い、すっかり陽気になってしまいました。バー「R」の階段を昇る時、心臓に異状な痛みを覚え、カウンターに坐っても動悸が収まらず、腹部の膨満感に苦しむ。冷たい物でも飲めば楽になるかとジンフィーズ二、三杯ガブ呑みしてみたものの、気分益々悪くなり、十五分位で引き揚げました。家に向かうタクシーの座席に身を埋めた折、腹の中に水枕が入っているような音が。零時丁度に帰宅。茶の間の畳に倒れ込み転々とするも、心の臟は苦しみを増すばかり。

二時頃便意を催し、約半リットル程タール状の粘液を下し胃部よりの異状出血を覚悟しました。三十分後再び前回と同様に排泄。立って歩くと貧血状態となり、厠までを屈んで往復し、ベットに伏すも心臓が苦しく、家内を起こして異常を告げる。一時頃三たび便意あるも、起き上がると目が眩み、這って行く有様。失神の恐れがあるので家内を従える。一気に赤黒い粘液を一リットル以上下す。便器一杯に花札の「雨のカス札」をブチ撒いた場面を御想像あれ。廊下に倒れ気息を整えていると一リットル程吐瀉する。脈は左手首を探っても感じ取れない迄に弱っており、鼓動は二百近くを数える。最早これ迄と救急車の手配をさせ、隣に住んで居る弟を呼びにやる。こう云う時に兄弟が身近にいる事は助かります。十分後に再び一リットル以上吐く。吐瀉物を手ですくって灯りに透して見ると、褐色をしている。一応出血が止まったとみてよいので少し気が楽になる。出る物を全部出してしまったので腹部が嘘の様に軽くなる。立ち竦んでいる家人達に安心する様に云い、縁側に俯《うつぶせ》になる。暫くの静寂の中に蟋蟀の音を聞くゆとりができる。救急車のサイレンが南の方から聞こえて来ました。

……曰く……。

蟋蟀や吐血治まる縁の底

荻窪のＪ病院に運び込まれたのは払暁四時前後。当直医の指示により直ちに点滴を左の手と足から始める。血圧は平常値の半分程しかありません。心臓の苦しさを除くと、数年来の胃の痛みは全く消え去ってしまいました。輪血の用意をして担当医の出勤を待つ。九時頃Ｔ先生の検診を受ける。二リットル位の輪血を腹積りしていたのだが、「一応点滴を続けて様子を見ましょう」との御見立てで、患部が固まる迄二昼夜の絶食断水を命ぜられる。体の血の三分の一を失っていました。問診の際、一日酒はボトル半分、煙草は二十本と答える。過飲を指摘されると思いきや、T先生「十二指腸潰瘍は酒よりも諸々のストレスが原因となっている事が多いのですよ」と一笑されました。ハテ私こと、何より好きな酒を巷に鬻《ひさ》ぐ稼業。毎日呑みたいだけ呑んで寝たいだけ寝ていても、お咎めを受くる事なき真にグータラ向きの生業にて、ストレスなどと高次元なお話は他人事と嘯いておりましたが、この分別の甘さを思い知ったのは翌十五日のことでありました。一昼夜ウツラウツラと寝たきり廃人で過ごし、昼近くに目覚めた折、窓際のテーブルに置いてある『家庭の医学』なる大冊に気がついた。ハテ面妖なと訝しむ事しばし、思い当って一瞬羞恥の余り逆上し、患部が再び疼き出した。物置の隅に二十年来埃を被っていた代物を、気を利かしたつもりで持ち込んだに相違ない。

嗚呼……愚かなるかな妻。愚かなるかな母。愚かなるかな女……。

貧血によろめき乍らベッドを這い下り、脚部に刺した点滴のパイプを引きずって本を隠すべく屈み歩く様は、さながら猿廻しのエテ公そのもの。

省みますれば、戦後三十有余年の光陰は、五男二女だった当家の家族構成を、一男四女に変えてしまったのであります。即ち、戸籍謄本を確かめる迄もなく、我が家は筆頭者たるヤツガレ以下、四筆の女性を擁するのであります。即ち、酒に爛れた我が十二指腸を、一筆三指腸ずつ苛む勘定なのであります。女なしの兄弟。女の居ない学生時代。女は乗せない捕鯨船稼業で半生を送ってきた男にとって、女との志向、行動のベクトルの相違は、命取りにもなりかねないストレスの原因となるのであります。

三日目に胃カメラにて検査。皮一枚残して穿孔寸前だった由。出血も止まっており、一応手術も輸血も免れる。夜食に重湯と味噌汁を与えられたものの、あたかも最高級の濾紙で漉し取った如く、米粒はおろか味噌豆の微塵とて混じりなく、箸先は空しくも椀の底を掻きすべるのみ。切なさ極まり、はしなくも眼裏を熱くする。翌日より小刻みに質量、品数共に増えるのですが、とても食欲を満たすには至りません。先生が牛乳ならば良いと仰ったのを拡大解釈して、野菜スープやパンを持って来させたり、時には近くの本むら庵に蕎麦を買いに遣る。大体病院食と云うのは、栄養のバランス面では専任の栄養士さんが気を配っているのは判るが、量的な面に関しては甚だ納得がいかない。餓鬼の僻みかも知れぬが、偸み見た所見では、体重二十貫の壮年も十貫の老婆も、一食分の量は同じなのであります。この点に鑑み、関係筋には今後とも御高察を賜り度き次第であります。

意外な事は、終戦当時以来の飢餓地獄にいても、鮨、天麩羅、ステーキといった類の物には全く食い気が起きない。血の気の足りない脳裏に泛《うか》びくるは、味噌汁、干物、納豆等と真に慎ましき限りです。子供の頃によく聞かされた「お狐廻し」と云う俚諺は、狐が酔払いを誑《たぶら》かして、馬糞の御馳走に尿の酒、肥溜の風呂でたっぷりともてなす話であるが、巷間に「○○料理」等と称する物は、所詮、紅い灯《ネオン》　青い灯《ネオン》の海に目眩まされた飄客《ひょうかく》から財布の中身を掠めとる狐料理ではありますまいか。

三週間の入院中殆んどテレビを見て過ごす。友人達が差し入れてくれた数冊の本は、十五分も読む

と眼が渋ってしまって仲々捗りません。グラビア物や俳句の本を時々めくっていると、大岡信著『折々のうた』の中に、

秋の江に打ち込む杭の響かな　　　漱石

の一句を見出す。

明治四十三年四十三歳の秋、療養先の修善寺にて胃潰瘍のため大吐血、九死に一生を得た際の病状吟であります。漱石全集を繙くに、

衰《おとろえ》に夜寒逼るや雨の音
虫遠近病む夜ぞ静なる心　　等々……

この伊豆の大患がその作風の一転機となったと云われますが、私にはよく判りません。但し病床に一人臥していると、日常の雑事の中で全く気に留めなかった物に気づく様になる事は判るのです。雨の音。風の音。病窓より見下ろす初冬の庭の仔細。塩だけで啜る粥の旨味。口はばったい云い方をすれば、物事の「素」とも云うべき物に心が向く様になってくるのではないでしょうか。手数口数の多い物に対して、拒絶反応が出てくるのではないでしょうか。

日頃テレビを観ない生活なので、一日中お附合いしていても倦きる事はありません。色々面白い番組がありましたが、中には病が悪化する位馬鹿げた物もある。その最たるは、さる薬品会社の胃腸薬のコマーシャル。消化器だけは人一倍丈夫そうな中年肥りの役者が、万里の長城の上で「判る様な気がするナア」等と、にこやかにフン反りかえっている代物。あれが一体胃病みに薬を売りつける神経カイナ。私が大株主なら、直ちに総会を招集して担当者を処分する。

教育テレビの「茶の湯講座」が一番面白かった。父祖代々茶華の道には皆目縁なき衆生。京都が生んだこの奇妙キテレツな芸術の概要を数回に亘って家元様より御教授賜りましたが、我々荒夷《あらえびす》は茶を点てるより先に茶化す方に回ってしまいがちです。「一期一会」「一座建立」が判らぬではありませんが、「人倫を培う五常云々」等としたり顔で悟されると、どうも「一日一善」の爺様の方に親しみを覚えてしまうのです。

京都と云う所は茶の湯等が持つ体質を揶揄する「茶化しの精神」とも云うべき「抗体」の様な物が育ちにくい土地柄なのでしょうか。伝統文化体制の上に君臨し、一方、反東京新文明の旗頭でもあるこの土地には、大阪の漫才、東京の落語、東北の民謡の如き「茶化しの文化」とも云うべき物が稀薄なのではないでしょうか。博多の仁和加は京の島原が源流だとのことですが……。

元来生産資源の少い京都と云う都市の体質が、外貨獲得のために東夷西戎南蛮北狄の殿様や成金を顧客に、茶・華・料理・音曲等の第四次産業を発達させたのは頷けます。就中《なかんずく》百姓町人衆迄が御公家様ごっこに現をぬかすと云う金沢の町等は最上の御得意先なのでしょう。

他国者の僻目かもしれぬが、この町は、古くは、守護職、新撰組。近くは故蜷川虎三先生（この方深川生まれの江戸ッ子）の如く、傭兵傭官に軍事政事を預け、自らは只管《ひたすら》「抗体」無き組織の中で癌細胞を培養する如く、不可思議な文化の創造に勤しんできたとも云えますまいか。「文化」を「文明」に置きかえれば、今日輸出大国たる日本が置かれている状態に似ているとも云えます。但し、軍事の方は米国にお願いしている我が国の文明製品が、「良質と廉価」を以て世界を席捲しているのに対し、「茶の湯文化」の何と高価につく事か……。

茶杓と称する耳掻きの親分程の竹細工一本でカラーテレビ、疱瘡面《アバタ》の歪み茶椀で乗用車一台の値はさほど珍しくはありません。その他諸々の茶道具を季節の趣向や客種に合わせて取揃えるとなると、親代々の物でも遺されていなければ、とても新規にお附合いできる代物ではありません。

テレビに出演した「棗《ナツメ》」を作る家元御用達の塗物師が云う。「お家様のお気に召すまでの物を作るには、一つ塗るにも大変気づかいいたします。漆は油を嫌うので、木地の下塗りには使い古した髢《かもじ》か、潮に晒された年寄の海女の毛を使った刷毛。上塗りには鼠の腋毛の刷毛を用いますが、最近は仲々手に入りにくくなりました」と。想像を逞しうすれば、下請けの刷毛屋の職人だって、「鼠は三十三間堂の天井に棲む牝鼠。海女の毛は若狭物に限ります」位のことは宣うかも知れません。

『茶ノ道廃ルベシ』の著者秦恒平氏は云い切る。「たかが茶道具ではないか」と。……茶化しの悪文中に、この茶人の名文を借りるのは甚だ心苦しいのですが。

「一国一城にも値する名品逸品を持たなければ茶の湯がならぬなら、たかが茶の湯ではないか。やめてしまえばいい。むしろ茶人は声価ともに恣にしている既存の名品逸品になど背を向けても、今が今の自分と、自分が今想いを寄せる心の友、客、とにふさわしい新しい美の演出を心がけた方がいい。自分にふさわしく、それ故に客にもふさわしい道具を新たに発見し創造した方がいい」と。

「茶喫み」に較べて「酒呑み」はあまり器物に喧しい事は云いません。どちらかと云えば機能優先であります。極言すれば、ビール会社のマークが入った一合コップがあれば全て事足りるのであります。尤もあのコップは、持ち易さ、注ぎ易さ、洗い易さ、安定性、容量、価格等の点で、日本の生んだ酒器の一大傑作だと思うのですが。酒の席に銘器、珍器は無用。たとえ粗相して割ってしまった場合でも笑って済む位の物がよい。そうする事も酒客に対する「もてなし」の心の一端であります。曰くつきの逸品や安定の悪い酒器は、折角の寛ぎの場を硬くしてしまいます。洋式の結婚披露宴に招かれた時など、手狭なテーブルにシャンパングラス以下ズラリと並べられた脚付きグラスの数々に、上着の袖でも引っかけはしないかとシャチホコばっていると、酒の味などしたものではございません。

昔々、南米はペルー国に出稼ぎに行っていた時のお話。

この国で生産される酒は、不味いビール。日本程度のワイン。劣悪なるラム。ビンはブランデー並みからキリは工業用アルコールの水割り程度のピスコと云う葡萄から造った蒸溜酒の外に、非合法の、つまり密造酒として、唐黍から造る「チーチャ」と云うドブロクがあります。この密造酒、町中の飲み屋には置いてありません。チーチャのお得意さんは、私達が「番外地」と呼んでいた電気も水道も無いスラムの住民達です。何百キロメートルも砂漠を越えて隣町から流れ着いた人達や、町から抛り出された人々が、浜辺の塵芥の様に寄り集まって住みついているスラムです。砂漠の上をアンペラで囲い、オンボロの椅子テーブルを置いただけの、新劇の舞台の様なレイアウト。夜ともなれば、このチーチャ屋さんに羊の様に温和なインカの末裔達が三々五々集まって、石油ランプの寒灯下一壺の濁り酒を啜り、控え目な声で談笑し、時には釣糸を張った手造りのギターに合わせてアンデスの単調なメロディーを歌ったりするのですが、それもともすれば砂漠を吹き渡る夜風に紛れがちです。この番外地の旗亭に入ったら、一卓の長とおぼしき人物に仲間に入れてもらいたい旨を目顔で合図すると、相手も片眼をつぶったり顎をしゃくったりして席を作り、瓢をくり抜いた壺から同じく瓢を横半分に切った椀にチーチャを注いで勧めてくれます。一座につき一壺一椀の回し飲みが昔からのシキタリ。日本の茶や、インデアンの煙草の回し喫み同様「一座建立」の証しでもあるわけです。酒がなくなった時は、金のある者が五十円も払うと、一升程入るその瓢に再び満たしてくれます。但しウッカリ座った隣の客が、顔中デキ物、目脂、洟だらけのオッサンだった時等は、まさに癩者大谷刑部の次の茶を嚥み下した石田三成の心境であります。

「器」に対して、彼の魯山人先生の如きは……いや。止めましょう。十二指腸の話がとんだ横道に逸れてしまいました。この続きは又入院した時にしましょう。完治退院の折、先生ニヤリと笑って曰く、「又、なりますよ」と。退院患者に対してこの先見の寸鉄、ナマナカの藪医者には云えないことであります。荻窪城西病院の富永先生——正しく名国手である。

俳諧雑草

『奈落』閻魔帳前書

『奈落』（一九九五年一月二十日、発行・すずしろ句会、製作・そうぶん社出版、非売品）
当時の「すずしろ句会」連衆有志十二名による句集。
本冊と、宗匠講評および得点・罰金を記した別冊「奈落閻魔帳」の二分冊から成る。

阿佐ヶ谷駅を中心とした繁華街の東の端にある小さな酒場「だいこん屋」、この店の九つしかないカウンターの椅子席を毎晩のごとく占領している常連さん達が、旅行や冠婚葬祭の集まりの酒のつれづれに、詠み捨て書き捨ての雑俳もどきの遊びを始めてから、はや、二十年余りが過ぎてしまいました。

さて、この常連のなかから、いささか真面目に俳句をやってみようという気の合った人が自然に十人程集まったのが「すずしろ句会」です。この句会の主旨は、あくまで、秋の夜長を楽しみ、春の曙を惜しむ酒の座興としての俳句遊びなのですから、酒に呑まれて妄言雑言を吐き散らす類の輩は、連衆としての資格はありません。
一、酒量は清酒五合以上にして、酒人格悪しからざる事。
これが「すずしろ句会規約第一号」ともいうべきものです。

次に「すずしろ連衆」は単なる遊俳の集まりであり、特に専門の俳人を師として頂いているわけではありませんから、一つの目安として、阿部筲人著『俳句——四合目からの出発』を共通の教本として選び、各自、俳句の基本を身につける事にします。
一、阿部筲人著『俳句——四合目からの出発』を精読し、各自の作品は全て氏が非とする百余項目の篩《ふるい》にかけて発表する事。
すなわち、酒は五合から、俳句は四合目からということです。
一、当句会は有季定型を旨とする。
各々適当な歳時記を選び、五季の主要季語全てを暗記する事。

季語を身につけておくということは、自分で作句する場合よりも、むしろ他人の句を観賞する場合に必要です。そうでないと、時によっては作者に対して礼を失しかねないことがあります。又、「有季定型」を旨としているのは、あくまで俳句の基本を身につける迄の設定であって、決して専門俳人が有季派無季派と踏絵を踏むように分けられているのとは趣が違います。

現在の段階では、中年になるまで自転車にすら乗ったことのない人が、いきなりオートバイを運転するような愚は避けるべきだと思うからです。

以上のようないきさつを経て、平成に改まった頃から、年五季の句会が定着し、又、その時の作品や記録なども保存されるようになりました。

又、他に例をみない「罰金制度」が導入されたのもこの頃からのことです。

それまでの句会では、選句投票による高点順に、天一句、地二句、人三句に対して賞金が与えられるのみだったのですが、あまりにもひどい句からは、その句にたいしての選者ともども罰金をとるべきだとの意見が満場一致で採用され、その取捨、金額は宗匠一任という事になりました。いわば一種の自浄鞭撻作用ともいうべき制度なのですが、酒が入ってのことですから、罰金を取られた人の不幸を他の連衆が楽しむという面も無きにしもあらずです。

さる俳人から、「句会というより鉄火場だ」と言い得て妙の御批判を頂いたりしましたが、又、反面、初心の女性から「自分の句がどんなに駄目な句なのかの尺度になって判り易いから、手加減せずに罰金を取ってほしい」というような健気な御発言もあります。当面のところ、罰金制度にはプラスになる面が多いと思われますのでこれを続行し、その収入はすべて賞金の方へまわすことにします。

蠅が吸ふ捕虜の眼二つとも撃たれ　　梶原寅次郎

すずしろ連衆の年令構成は、上が六十二歳、下が三十五歳といったところで、軍隊経験者はいません。爆撃により学校を焼かれた者や、敗戦により外地から引き揚げてきた人はいますが、幸いに肉親を失った人も居らず、この句のような戦争による悲惨な体験は無いのです。

綿虫やそこは屍の出てゆく門　　石田波郷

戦前の青年達にとって、「戦死」の外にもう一つ、「肺病」というハードルがあったのです。私もツベルクリン反応が陽転した中学生の頃、この句が作られた清瀬の結核診療所でレントゲン検査を受けたのですが、この頃すでに結核の特効薬ストレプトマイシンが開発され、結核は死病ではなくなっていたのです。

学問のさびしさに耐へ炭をつぐ　　山口誓子

連衆諸氏も一応はそれなりの大学を出ているのですが、お世辞にも学問を究めたといえる人はいません。私にとっても大学とは高卒で入って中卒で出てくるところでしかありませんでした。

万緑や死は一弾を以て足る　　上田五千石

たとえ誤って人を殺めることはあっても、自分の命を断つなどという勇気を持っている人はわが連衆には一人もいません。

文弱の酒こぼすなり菊の夜　　清水基吉

作者は昭和十九年度の芥川賞作家であり俳人です。縁あって、氏と一夜を酒で明かしたことがありますが、渋い紬を着流しにした文士の風手《ふうぼう》が眼に浮かびます。これに較べてわが連衆には唯牛飲馬食あるのみ。女流にして「山姥」とか「うわばみ」などと仇名を奉られているのですからあとは推して知るべしです。

要するに、わが「すずしろ連衆」の体質をまとめていえば、「体育会系的肉体とそれに準ずる頭脳の中年集団」ということで、これはある意味では俳句に最も不向きな体質ともいえます。

さて、いまその集団が俳句山の四合目で登山バスを降りたところです。山の頂上には翁が遊ぶ俳諧浄土の楽園が開かれています。山の奈落には、いわずもがな閻魔大王が手ぐすね引いて待っている罰金地獄が口を開けています。

さて御一行の運命やいかに……。

微分方程式

去る八月三日土曜日夜、阿佐ヶ谷の酒場「だいこん屋」の小座敷にて、「すずしろ」連衆による夏の句会がありました。

早く来た者は、冷酒のコップ片手に、壁に貼られた賞金の熨斗袋に思いを廻らしつつ、締切りの七時まで苦吟呻吟をつづけます。

省みまするに、十七、八年前、ここの常連の釣仲間、野球仲間二十数人が誘い合い、一日浅草に遊んだことがありました。

早稲田から三ノ輪まで都電荒川線を一両借り切り、吉原土手の馬肉屋「中江」で小宴という趣向ですが、この時、酒の座興に持った運座を「すずしろ句会」の嚆矢としております。

この日の天位を得た句は、

さくらなべ馬と知らずにたべちゃった

当時阿佐ヶ谷駅北口にあった牛乳店の息子で小学校六年生の作。

その日は生憎と梅雨のさなかでしたので、

五月雨を集めて早し隅田川　　　拙

の一句を投じたのですが、御一同に全く選句眼が無かったのか、或は、諸氏とも蕉風に通暁しておられたのか、拙句につきましては一票すらも御理解を頂くに到りませんでした。「俳諧は三尺の童子にさせよ」と三百年前に喝破した芭蕉庵桃青恐るべし。

俳句ブームの火つけ役といわれる『俳句と遊ぶ法』の著者江國滋氏は、昨今俳句流行の背景に言及して、「俳句は金がかからず紙と鉛筆と歳時記さえあればいいからだ」と述べられていますが、あえてこれに加えれば、「マグレ当りがある」、「酒の肴になる」、「短い」という利点があります。小生中学生の頃には、まだ百人一首などが正月の遊びとして市民権を得ていたのですが、この百首がどうしても覚えられず、正月のクラス会の歌留多の席ではいつも赤恥をかいていた体験が「三十一文字恐怖症」となって、いまだに尾を曳いているのです。その上、高校生の頃から覚えた酒の毒のため、論理、記憶を司る左脳細胞不全に陥った頭脳に、三十一文字は長すぎます。五・七・五あわせての十七文字が限度。

白楽天の古より、酒と詩と琴は三友と称され、切っても切れない縁で結ばれています。当句会もこれにあやかり、詩を俳句に、琴をギターに代え、茶室ならぬ酒場の四畳半での一座建立の別乾坤にうつつを抜かすのですが、この連衆たるには二つの資格が要求されます。

一に、酒量は五合以上にして、酒人格悪しからざる事。

二に、阿部筲人著『俳句——四合目からの出発』を教本として熟読し、作品は全て氏が非とする百数十項の篩《ふるい》にかけて披露する事。

即ち、酒は五合目から。俳句は四合目から。さてその目指す頂上は言はずもがな大芭蕉が遊びし虚実の宇宙と大見得を切っておきます。

蛇足ながら当句会の選句方法も紹介しておきましょう。

投句された作品は清記係（字が書ける程度にあまり酔っていない人）に依って清書され、通し番号をつけたら十句づつ順番にホッチキスでとめられます。これを各人が回し読みして、松一句（得点三）、竹二句（得点二）、梅三句（得点一）の計六句を選び、その句の番号を記名投票します。そして集計された得点の上位の句から、天一句、地三句、人五句、が選ばれ、それぞれに先の賞金が授与されます。「天」に五千円、「地」に各三千円、「人」に各二千円の按配です。更に、宗匠が独断と偏見を以て選ぶ「宗匠特選」には五千円が与えられます。真面目な句会をやっておられる諸賢には眼を剝かれることでしょうが、なにせ遊俳の酔狂の沙汰としてお目こぼしを願いあげます。

さて、この天・地・人・特選の計十句に与えられる賞金総額二万九千円の財源を詳かにしますと、連衆が当店での支払いの釣銭、前句会に於て宗匠が獲得した全賞金、宗匠が課した罰金の三つから成っています。宗匠には、「引裂きの刑」と「罰金刑」を執行する二つの司法権がありまして、連衆が当句会の名を汚すような駄句を披露すると、すかさずその短冊を一同の面前で引き裂くか、なにがしかの罰金を取り立てて、乏しき財源の一助とするのです。という訳で、何事の修業に於ても痛い目に遇うのが一番の薬。貧乏人は銭を奪られるのが一番痛いのです。連衆から「閻魔」などと毒つかれていますが、昨今の閻魔大王寄る年波には勝てず、照魔鏡ならぬ照明つき天眼鏡を手に歳時記などを繰っている姿は、その座を引きずり降ろされる日が遠くない事を物語っています。当句会は、誰かが三期つづけて天位を占めると宗匠交代という決めになっているのです。

俳句初心の頃は、誰しもがまず見様見真似で季語入り十七文字をひねくり回しているのですが、少し物心がついてくると、入門書、句集の類をやみくもに読み漁り、頭の中は錯乱状態となります。これは俳句に首をつっこんだ誰しもが一度は経験する病で、俳句ハシカ熱とでもいえましょう。しかしこの熱も、現代俳句のいくつかの流れというものが——その人間関係も含めて——それらの代表作品を通じて分別されてくるにつれて自然と下がってくるのです。

例えば、正岡子規と金子兜太の間にある、「子規の客観写生」→「虚子の花鳥諷詠」→「秋櫻子の文芸上の真」→「楸邨の客体論」→「兜太の造形論」という一連の流れの上の展開が、その作品を通して理解されてくるのです。

ハシカ熱の方はトンプクでも嚥《の》んでおけば自然に下がってしまうのですが、次に小生にとりついた熱は「結核菌による持続性微熱」にも似て、少々厄介なものでした。初心の頃は頭から信じこんでいた「子規・虚子の説く客観写生」に疑問を持つことによって生ずる病熱です。

俳句に於ける客観写生とは具体的に何を意味するのか……、ありのままを写すということはどういうことなのか……、客観写生に対する主観写生とは……。

いま仮りに「人物の描写」を例にとって、浅学の私見を試みますと、客観写生を西欧風精密肖像画で示し、主観写生を線描きの似顔絵にたとえると、俳句という表現形式の骨法は明らかに後者の中にあると思われるのです。


小生と子規との出会いは、四十年前、中学校一年の時の国語の授業です。子規について何か調べてきなさいという宿題に、改造社刊の円本全集の中から「正岡子規集」を引っぱり出してはみたものの、全く稿成らず、ままよとばかり例の左向き坊主頭の写真をノート一頁に引き写して翌日提出したのですが、暫し似顔絵を見ておられたY先生、「なかなかうまい絵だ」と苦笑され、子規の面相かくのごとしとクラス一同に披露されたのでした。当時の粗悪な消しゴムで消したり描いたりを繰り返しているうちに、それが微妙な陰影となって、写真以上に、「病子規」を髣髴とさせる効果を顕したのです。小生絵をほめられたのは五十余齢にして後にも先にもこの時のみであります。

その子規を、『俳句をダメにした俳人たち』の著者志摩芳次郎氏は、「俳句も短歌も三流」と一刀のもとに切り捨てています。

小生にとっては、俳句文明開化の旗手、或は「病中三大随筆」の著者としてのエネルギッシュな子規の方が印象深く、逆にその俳句作品全般に亘る穏やかさに意外な思いをさせられます。

いくたびも雪の深さを尋ねけり　　子規

明治三十五年九月十九日命終の子規を、

子規逝くや十七日の月明に　　虚子

と立待月に託した名句で悼み、その遺を継いだ虚子の実像をとらえることは、浅学にとってかなり厄介な作業です。

寿命三十四歳の子規と八十五歳の虚子、作句期間約二十年と七十年、単なる年数ではなく、子規の時代は明治維新以後日本の国勢がほぼ直線的に上昇したのに比べ、明治、大正、昭和に亘る虚子の時代は、再三の紆余曲折に対処していかなければならなかった背景、生涯の独身者とその後継者も含め家族に恵まれた人間、野球に興じた男と能に遊んだ男、敵のなかった一人舞台の子規に対し碧梧桐という兄弟分との確執、後に秋櫻子はじめ何人かの直弟子との離反等々を繰り返した虚子、子規の生きた時空と虚子のそれとの間には大きな違いがあります。

子規を「俳句維新の志士」という一語で評してもそう的を外しているとは思いませんが、虚子を同じように一語で評することは無理のようです。虚子を評した活字を拾ってみただけでも、俳句の神様、教祖、教育者、器量人、ロマンチスト、モラリスト、オルガナイザー、現実主義者、政治家、独裁者、商売人、俗物、悪人、化物、はてはこれらを一括して鵺《ぬえ》などともいわれています。

最初、子規の客観写生論に対し主観論を主張し、「進むべき俳句の道」（大正六年－八年）によってホトトギスの第一期隆盛を支えた飯田蛇笏、村上鬼城、原石鼎等を世に出した虚子が、大正末期から何故客観写生を唱導するようになったかという疑問に対し、「子規、虚子の俳句を超えた主観俳句の蔓延に対する対症療法として」、「子規の文学論としてではなく、作句上達方法論として」、更には「ホトトギス衆愚政策の一環として」等の解釈がありますが、虚子自身は「写生といふこと」（大正十三年）の中で、

「客観句といふと雖も矢張り主観の領域のものであり、客観句といふと雖も固より主観の領域のものである」「客観写生といふべきものは厳密に言つて一句も無いと言ひ得るのである」「俳句を学ぶ人をして、月並み調に陥し、若くは奇怪なる俳句を作らしめない為に、仮りに、善巧方便として、所謂客観写生句を作れと称導するのである」「うちに深く主観を蔵し

て、客観に起り来る現象に常に心眼を開いてゐねばならぬ」
と記しています。又、「箒草」（昭和五年）の中では、
「　箒草露のある間のなかりけり　　　虚子
箒木に影といふものありにけり
其のまゝの影がありけり箒草
二六時中こんな単調な変化が繰り返されるのであるが、気がついてみるとその間に一度も其箒草に露の下りて居るのを見たことがない。見たことが無いといふことを実験したのでは無いが、箒草といふものを冥想することによつて、この露がないといふことに気がついて見ると、それが此の草を活かす一方法であるやうな心持がする。
実際露があつてもかまはない。露が無いと観ずることが、箒草を頭の中に再現して見ることに有力な働きをなすやうに思ふ」
と述べています。
この文を読んだ時、小生、唖然とせざるを得ませんでした。何故かというと、翌昭和六年に「ホトトギス第二隆盛期」を支えたいわゆる五Sの一人である秋櫻子が、「自然の真と文芸上の真」を「馬酔木」に発表し、客観を説く虚子に反旗を翻した時の文を読めば分かります。
「一つの花があるとする。「自然の真」を「文芸上の真」と誤認する作家は、その花が何枚の花弁を持

ち、蕊がどうなっているというやうな事を描く」「真の創作家にとつては、「その花が彼にはどう見えたか」といふ事が問題なのである」「作者の頭の中には、彼独特の美しき花が創造される」「これを要するに「文芸上の真」とは、鉱《あらがね》にすぎない「自然の真」が芸術家の頭の熔鉱炉の中で溶解され、加工されて出来上つたものを指すのである」

まさに先の「篳草」に於ける虚子の文と、全く同じことを言っているのです。

同年の十二月、虚子は「ホトトギス」誌上で「厭な顔」という小品に托して、あからさまに秋櫻子に対する嫌悪感を示していますが、これにつけても、その俳論上の乖離より感情的対立がいかに深刻なものであったかと思いを廻らすのみです。この間の諸事情についてはここで触れないことにします。

一体虚子の客観写生とはいかなるものなのか。

平井照敏氏は著書『「虚子」入門』のなかで明解に結論してくれます。

「客観とはいうが、主観客観の合一によって大自然のありのままの実相に参入するという境地のことだったのである」と。

すなわち子規が西洋哲学的二元論で弁別した主観・客観を、虚子は言葉はそのまま残しながら、内容の方を「物我一如」、「虚実一体」などの原点である「東洋哲学的一元論」―「主客合一」にすり換えてしまったのです。

このあたりに虚子のしたたかさの一端を垣間みる思いがします。

主観写生→客観写生→主客合一→花鳥諷詠という俳論の流れと、同時進行しているはずの作品の推移との相関関係が希薄である、或はたとえあっても浅学者には判らないという点が、虚子の実体を摑み難くしている原因の一つでもあります。

数万句といわれる厖大な作品群の中に、その時立脚している論とは全く脈絡なく、人の度肝を抜くような句が散らばっているのです。——それも全く平易な言葉づかいで——。

凡そ天下に去来程の小さき墓に参りけり　明治四十一
年を以て巨人としたり歩み去る　大正二
人間吏となるも風流胡瓜の曲るも亦　〃　六
我を指す人の扇をにくみけり　〃　八
わだつみに物の命のくらげかな　昭和二
襟巻の狐の顔は別に在り　〃　七
旗のごとなびく冬日をふと見たり　〃　十三
大寒の埃の如く人死ぬる　〃　十五
爛々と昼の星見え菌《きのこ》生え　〃　二十二

去年今年貫く棒の如きもの　〃　二十五

古くは芭蕉、現在では森澄雄氏などには、俳論と作品とがかかわりあいながら同時進行しているので、生意気な言いかたをすれば、ある意味では虚子よりも判り易い点があります。先出の平井照敏氏は、虚子作品推移の有り様を「同心円として拡がって行く、あるいは深まって行くという感じがする」と評していますが、単に時間の推移という直線の上に投影してしまうと、単なる往復運動する点滴の重なりとなってしまい、浅学者の眼には、全く脈絡無くばら撒いた如くに見えるのです。

虚子の作品の変化を表すには少なくとも二次元、三次元の座標軸が心要なようです。同様に子規の実像が直線を表す方程式でこと足りるとすれば、虚子のそれを示すには、更に高次の式が必要なようです。

栗飯や病人ながら大食ひ　子規
柿くふも今年ばかりと思ひけり

子規の句を「無芸大食」とでも茶化すとすれば、

漱石の猫の訃の電報へ返電

ワガハイノカイミヨウモナキススキカナ　虚子

佐藤眉峰結婚

而して蝿叩きさへ新らしき

悼長谷川素逝

まっしぐら炉にとび込みし如くなり

贈答、挨拶の句において虚子の右に出る者はいません。まさに天下一品、思わず膝を打つ思いです。この様な資質がそのオルガナイザーとしての力量の一端であることは否めません。然し古来より、「巧言令色鮮矣仁」といわれておりまして、斯くの如き人物には気をつけなくてはいけません。

初空や大悪人虚子の頭上に　虚子

全く食えない男ではあります。

西洋的客観写生のサーベルを振りかざして江戸低俗俳句を切り捨てた「維新の志士子規」が、返す刀で切りつけた俳諧文化の傷口を、虚子は「花鳥諷詠」という膏薬で手当てしたのですが、その虚子にして、結社権威主義と結社世襲制という癌組織を俳句界の上に残してしまったのです。子規のアジテーター、虚子のオルガナイザーとしての大は認めるところですが、この様な体質は、本来、芸術にたずさわる者とは相容れない性質なのです。況んや酒狂においてをやであります。

話を前に戻します。

写生問答によって生じた「結核的病熱」を、まさにストレプトマイシンにも似た効果で一掃してくれた名医と良薬が出現します。

その名医とは寺田寅彦。その良薬とは「俳諧の本質的概論」。昭和七年改造社刊行の『俳句講座』第三巻に収められている一文です。この文章は『寺田寅彦全集』第十二巻にも収録されています。

寅彦が熊本第五高等学校二年生の時、英語の試験をしくじった級友達のために、担当教授夏目漱石のところへ命乞いに行く代表に選ばれてしまいました。この時の漱石とのやりとりを「夏目漱石先生の追憶」という文から引くと、

「自分は「俳句とはいつたいどんなものですか」といふ世にも愚劣なる質問を持ち出した。それは、予てから先生が俳人として有名なことを承知してゐたのと、其の頃自分で俳句に対する興味が大分発酵しかけてゐたからである。其の時に先生の答へたことの要領が今でもはつきりと印象に残つてゐる。「俳句はレトリツクの煎じ詰めたものである」「扇のかなめのやうな集注点を指摘し描写して、それから放散する連想の世界を暗示するものである」（中略）「秋風や白木の弓につる張らんと云

つたやうな句は佳い句である」（中略）こんな話を聞かされて、急に自分も俳句がやつて見たくなつた」

といった具合です。もしこの時、漱石が師匠である子規の客観写生を説いていたならば、寅彦が俳句の道に踏み込んだかどうかわかりません。漱石の俳句は子規に大分いじめられていたのですが、蕉風に近い漱石の考え方は、子規とは初めからそりが合わなかったのでしょう。

先出の「俳諧の本質的概論」の中から、少々長文ですが、論旨の中心となっている部分を引いてみます。

「さび、しをり、俤、余情等種々な符号で現はされたものは凡て対象の表層に於ける識閾よりも以下に潜在する真実の相貌であつて、しかも、それは散文的な言葉では云い現はすことが出来なくて本当の純粋の意味での詩によつてのみ現はされ得るものである。饒舌よりは寧ろ沈黙によって現はされ得るものを十七字の幻術によつて極めていきいきと表現しやうといふのが俳諧の使命である。ホーマーやダンテの多弁では到底描くことの出来ない真実を、鍔元まで伐り込んで、西瓜を切る如く、大木を倒す如き意気込みをもつて摘出し描写するのである。

此幻術の秘訣は何処にあるかと云へば、それは象徴の暗示によつて読者の連想の活動を刺戟するといふ修辞学的の方法による外はない。此の方法が西欧で自覚的に専ら行はれ此れが本来の詩といふものゝ本質であるとして高調されるに到つたのは比較的新らしいことであり、さういふ思想の余波として仏国などで俳諧が研究され摸倣されるやうになつたやうである。併し此方法の極度に発達したものが既に芭蕉晩年の俳諧に於て見出さるゝのである。

暗示の力は文句の長さに反比例する。俳句の詩形の短いのは当然のことである」

このあたりの阿吽を虚子は十分に承知していたと思われるのですが、彼は終生これを表に出すことをしませんでした。

明治三十五年子規没し、虚子との対立が強まってきた、写実、技巧、進歩派の碧梧桐が、そのあとを継いで日本新聞社の「日本俳句」の選者となった翌年の句に、

天明より元禄恋し夜半の冬　　虚子

があります。

いうまでもなく、天明は「蕪村－子規－碧梧桐」のラインを、元禄は「芭蕉」を意味しています。碧梧桐に一歩先んじられ、商売人などと罵られながらホトトギスの経営に汲々としている人間虚子のふと洩らした本音が聞こえてきます。

先の「概論」から再び引きますと、

「俳諧の亡ぶる日が来れば其時に始めて日本人は完全なヤンキー王国の住民となるであらう。俳諧の理解ある嘆美者クーシューはアメリカ文化と日本文化の対蹠的なことを指摘し自分等フランス人は寧ろ後者を選ぶべきではないかと云つて居る。又想ふ、赤露のマルキシズムには一滴の俳諧もない。俳

諧の亡びる迄は恐らく日本が完全に赤化する日は来ないであらう」と寅彦はいっています。

そのマルクス共産主義も、一九九一年を以てその七十余年の命運まさに尽きなんとしている今日、俳句百年にしていまだに「子規・虚子の説く客観写生主義の精神に則り」的な信条を掲げ、その旗の下に老若男女をかき集めている俳句結社の多いことに驚かされますが、これを以て他山の石とする分別の有無を今、各結社自身が問われている秋《とき》ではないでしょうか。

寅彦は理学者らしく、長句と短句とが次々と創りあげていく連句の世界を、XnとYnとを掛けあわせて行く多次元の世界として説明しています。

これに倣って俳句の成り様を数式で示してみるのも一興です。というのも、場合によっては簡単な数式で示した方が、多弁を労するよりすっきりと判る事があるからです。

俳句の骨法をいう常套的な言葉に「物の切り口を示して本体を想像させる」「変転する時空をある一刹那で切りとる」「実体の本質に迫りその属性を明らかにする」等がありますが、この様な操作を数学の上では「微分する」といいます。

「ジャガイモの体積を微分するとジャガイモのスライス（面積）になるということです。ということは、逆に立体の断面積を積分すればその立体の体積が求められるわけです」（『微分と積分』岡部恒治）

「〝一つの微分方程式を解く〟ということは、したがって、〝ある現象の局部的な姿を知って、それか

らその全体的な姿を復元する作業をおこなうこと〟」（『数学再入門』林周二）

これらの文章を簡単な式で示してみましょう。

今、仮りに、ジャガイモ（立体）を表す方程式を

① y=F(x)

そのスライス（面積）を表す方程式を

② y=f(x)

とすると、F(x) と f(x) は、たがいに積分・微分の関係にあるのですが、ここで、

③ y′=f(x)

というような表現こそが、寅彦のいう「俳句の幻術」を生む表現方法なのです。観賞者は、この微分方程式を解かなくてはなりません。

④ y=f(x)·dx=F(x)+C （Cは任意定数）

積分することによって生ずる任意定数Cをニュートンは神が決定するといいましたが、俳句では観賞者が決定するのです。

なぜ俳句の話の中に、こんな無粋な数式を持ちだしたのかというと、それは次のことがいいたかったからにほかなりません。

西洋人が指摘する「日本文化の表現能力の希薄性」とか、「西洋文化が立体的表現ならば、日本文

化は平面的表現」という常識的な比較文化論でいわれていることの本意は、①又は②式による如き直叙表現方法と、③④式による如き微積分表現方法との差についてなのです。

いい換えれば、西洋文化は物の「有り様」をそのまま示す文化であるのに対し、日本文化の特性は「有り様」を存在せしめている「成り様」、「本質」又は、「命」、「心」といった時点で対象を捉えて呈示し、それを通じて観賞者の胸中に「有り様」を写し出すという「微分文化」とでもいうべきものであるという点なのです。円を示して球を表わすという手法です。

すでに三百年前、芭蕉は、門下に対し、「つねに風雅の誠を責め悟りて今なすところの俳諧にかへるべし」「物に入りてその微の顕れて情感ずるや句となる所なり」(「三冊子」あかさうし)と語ったとされていますが、私心や世智、常識をはなれ、三尺の童子、松や竹の無心を以て物の本質、本情に到りつくという精神は、遍く日本伝統文化に亘る精神であり、不易流行も、虚実も、更には茶に於ける「一期一会」、能に於ける「花」も「其の貫道する物は一なり」であり「古人の求むる」ところなのです。

能も画も茶も、元来、日本に流入してきた大陸文化がその時々の政治、宗教、世相とかかわり合って発達してきたものなのですが、これ等の文化は必ずその一道の達人によって「微分」され、日本独得の芸術として再生されているのです。世阿弥、雪舟、利休などがその道の達人です。俳諧はその源を紀記、万葉に始まる日本文芸に置いていますが、元禄に至って、芭蕉という達人により「微分」の洗礼を受けることによって、他の伝統芸術と並立し得る位置まで高められたといっても過言ではありますまい。

又、日本の伝統芸術は、プロが「微分」することによって、象徴・無機・一元化したものをアマ（一般大衆）がそのエネルギーを吹き込んで「積分」し、具象・有機・多様化するという反復の上に発達してきたともいえるでしょう。

能に対する歌舞伎、謡曲に対する浄瑠璃などは、共にこの微積分の関係にあります。更に極言すれば、芭蕉対虚子もこの微積分の関係にあるのではないかと思い到るのであります。

子規や虚子を富士山にたとえれば、われわれ浅学にとって芭蕉さんなどは、須弥山、蓬莱山のごときもので、正直、空想伝説の世界の人物といった方が当を得ています。

人間芭蕉に興味を抱く、或はその生き方に共感するのは、多分に美化された評伝や、作品解題の一端として現われるいろいろな芭蕉の断片が、いつしか自分の中で一人物像にまとめられ、浮き出てくるからなのであり、その作品によって直接人間芭蕉に迫るなどということは、浅学にとって全く有り得ないことです。

芭蕉に関して、専門俳人の一人である飯田龍太氏の一文（「芭蕉断想」、「國文學」五十二年四月号）を引用させて頂きます。俳句を始めようとしているさる会社の役員が「古典をお読みなさい」といわれて、芭蕉全集を買って読んではみたものの、一向にチンプンカンプンなので、さて、どうしたものでしょうと龍太先生に話を持ってきた時の感想文です。

「（前略）そんなこと、当り前のことではないか。少々教養の持ち合わせがあるかどうか知らぬが、正宗白鳥流の口吻を借りるなら、「そんなこと、判るもんか」。いきなり芭蕉を読んで、俳句の骨法や手だてがつかめる筈はないのだ。口幅ったいことをいうようだが、とにもかくにも三十何年か俳句に専念して来たつもりの私自身、いまもって芭蕉は苦手である。苦手というより、もっと正直にいうなら、とんとわけのわからぬ存在で、その意味では随分と迷惑な人物である。

このことはしかし、私だけの問題ではあるまい。俗な比喩になるが、いわば風邪薬と同じように、キメ手がない。したがってつぎからつぎに風邪の新薬が出る。その時その折の効果はあるが、これこそ絶対だ、という薬がまだ生まれていない。それと同じように、芭蕉論が数限りなく出ても、これこそ完璧の芭蕉論というものはあるまい。つまり、そういうところに、芭蕉のただならぬ怪物の正体があるのではないか」

又、その文中で芭蕉の数句について解説し、

「それこれを含め、芭蕉のただ一句だけを選べといったら、私にとっては

　此の秋は何で年よる雲に鳥

という事になる」

といいながらも、

「こんな厄介な句は、卑少なる実作者のひとりである私などにとっては、まことに迷惑である。したがって私は、ここ当分は、芭蕉を忘れ去っていたいというのがこん日ただいまの正直な実感」

との芭蕉観を吐露されています。

まさに飯田龍太という俳人を信ずるに足る一文ではあります。

芭蕉の代表作「奥の細道」ひとつとってみても、俳句文学館の図書索引カードで、百枚に垂《なんな》んとするその数に圧倒されて、早々に引きあげて来た憶えがありますが、「それにしても芭蕉は、えたいのしれぬ作品を生み落してしまったものだ」(『ことばの内なる芭蕉』)という乾裕幸氏の慨歎に同感せざるを得ません。

その高潔な精神と深い教養に支えられた、夏炉冬扇、風雅、風狂の美学。世阿弥、利休のごとく権力に近づくことなく、市井の連衆との交《まじわ》りに徹した清貧の日常生活(一茶のそれは濁貧とでもいうべし)、自分の理想(芸術)に対する異常なまでの執着心、などが小生を含め人々を芭蕉に引きつける要因なのですが、更にひとついえることは、芭蕉と自分との距離が、滅法離れているので、子規、虚子のごとき「身近にいるこわいオジサン」という感じではなく、仏壇の中の御先祖とか、彼岸から慈眼をなげかけてくださる仏様のような存在でもあり、何かこちらから語りかけやすい雰囲気を持っているという一面があるということです。

あたかも、水戸の百姓光右衛門の正体を知らぬ村人、馬方の類が働く無礼な振舞いを、笑って許している黄門さまの姿にも似て、三百年後の浅学の遊俳の勝手な評言、解釈も、芭蕉仏なら、そうかそうか、それも良かろうと微笑《みしょう》を以て容れてくれそうな気がするのです。

最近手にした芭蕉関係のものでは、玉城徹氏の『芭蕉の狂』を面白く読みました。氏は、歌人の博識と詩人の狂気を以て、芭蕉句を読解しています。これに力を得て、およばずながら「奥の細道」の代表句を曲解あるいは誤解してみるのも酔余の一興です。

「源氏見ざる歌よみは遺恨の事なり」という藤原俊成の言葉をふまえて、「諷《うたひ》は俳諧の源氏なり」といったのは蕉門の其角ですが、要するに、「諷（謡曲）見ざる俳諧師は遺恨の事なり」といっているのです。

話は少し外れますが、父、兄とも能楽に堪能な一家に生まれた虚子は、中学生の頃には、すでに数十曲の謡を諳んじていたといわれ、自ら演じることもあったのですが、数編の謡曲も創作しております。その一つの「奥の細道」は芭蕉二百五十年忌の記念作品として、日本放送協会に依嘱され、昭和十八年十月十日に放送された作品で、観阿弥原作と伝えられる「江口」を下敷きにして、「一家に遊女もねたり萩と月」の市振の宿に舞台を借りて、諸国一見の僧芭蕉と新潟の遊女夕顔とのやりとりを描いたものです。

「細道」に先立つ「笈の小文」の旅の途中に立ち寄った熱田で、門人の東藤《とうとう》が描いた僧形芭蕉の旅姿の画に

「はやこなたへといふ露の、むぐらの宿はうれたくとも、袖をかたしきて御とまりあれや、たび人。

　たび人とわが名よばれむはつしぐれ」

と芭蕉が賛をつけた真蹟懐紙が残されていますが、この前書きの詞は、謡曲「梅枝」の一節をそのま

ま借りたものです。
「細道」の旅とは、この趣向を更に徹底させたものではないでしょうか。すなわち、「ワキ」僧芭蕉、「ワキツレ」曾良、諸国の門人や、道中の宿の主、馬方などを「アイ」とし、行く先々の土地の神仏、死者の霊、山川草木を「シテ」とした能仕立てという訳です。曾良などは、前年の暮に剃髪して旅に備えていますが、これなども勘ぐれば、「同行の桑門二人」の趣向に合わせるために、芭蕉が命じたのかも知れません。自分の芸のためには、その位のことはやりかねない男ではないでしょうか。黒髪山の句の所で、ことさら曾良を賞揚しているのは、この剃髪への犒《ねぎら》いとも受けとれます。又、「細道」の旅は歌枕を巡る旅でありますが、「謡枕」を巡る旅でもあるのです。直接間接的に関係ある謡曲として、隅田川・錦木・殺生石・遊行柳・黒塚・摂待・西行桜・江口・実盛・菊慈童などがあげられるように、この点でも「能仕立て」の趣向が色濃く出ています。

行春《ゆくはる》や鳥啼《なき》魚の目は泪

「細道」の句の中でというよりも芭蕉の代表句の中で最も難解な句でしょう。あまりに象徴化された言葉なので、雲を摑むような惑じです。鳥や魚の出典を、漢籍古典に求める人もいますが、極め手にはならないようです。虚子は「涅槃図の様」と断じたそうですが、山本健吉氏は著者『奥の細道』の中で、「芭蕉の脳裏に潜在していたと見てよいだろう」と否定はしていません。この句の初案は、

鮎の子の白魚送る別《わかれ》哉

です。

草の戸も住替《すみかは》る代ぞ雛の家

を踏まえて、冬に隅田川を遡った白魚が今日は下り、これに代わって鮎の子が上ってくる事実に離別を托した句ですが、「行春や」の句の魚の具体名として、鮎とか白魚を考えても不自然ではないでしょう。鳥についていえば、もちろん現実に啼いているのは都鳥（ユリカモメ）でしょうが、翁の詩心の耳には別の鳥の声に聞こえたのではないでしょうか。

元禄七年の春に成稿した「細道」に先んじて、元禄三年の秋に書かれたという「幻住庵の賦」の冒頭の部分に、「かの宗鑑がはたごを朝夕になし、能因が頭陀の袋をさぐりて、松嶋、しら川に面をこがし湯殿の御山に袂をぬらす。猶うたふ鳴くそとの浜辺よりゑぞがちしまを見やらんまでと……」という文がありますが、このうたふとは、謡曲「善知鳥《うとう》」のテーマの仮空の鳥のことで、「阿漕」、「鵜飼」と共に三卑賤と呼ばれるジャンルの一曲です。共にその内容は殺生にあった魚や鳥の苦しみと、その怨霊に祟られ罰を受けるあの世の猟師や漁夫達の修羅を演じる能なのです。

能の舞台とは、彼岸の世界、霊魂の世界であり、此岸である現実の世界とは三途の川で隔てられて、「橋掛り」で結ばれているのですが、翁の健脚を以てすれば、深川から千住まで二時間ほどの道を、わざわざ六時間もかけて舟を使った心底には、この世――はかなき幻の巷――からあの世へ渡る一念があったと思われます。「今、旅立たんとしているこの世には、別れを惜しむように都鳥が啼き、泳いでいる小鮎まで涙しているように思われますが、これから渡る彼の世も又、善知鳥が啼き、鮎が涙し、その他諸々の生き物の霊魂に満ちているのですよ」という述懐の一句であり、又、能でいう「発ちゼリフ」も兼ねているのです。

江戸を後にした二人は、栗橋で利根川を渡り、下野の室の八島（大神《おおみわ》神社）、つづいて神君家康公を祀る日光の東照宮に参拝していますが、これも能興行の一番目は神祇物を演ずるとの約束を踏まえてのことと思われます。単なる紀行文ならば日本一の川「坂東太郎」（利根川）を渡る場面があって然るべきところでしょう。又、旅の最後を、

蛤のふたみにわかれ行秋《ゆく》ぞ

と大垣で結び、このわずか七日後に参拝している伊勢神宮を割愛しているのも、能興行の最後の舞台に神祇物――それも日本一の格式を持つ神社――を出すわけにはいかなかったのではありますまいか。

あらたうと青葉若葉の日の光

表面的には東照宮や日光山への讃歌という解釈でこと足りると思いますが、この句をとり巻く環境から、もう少し曲解を試みたいと思います。

まず仏五左衛門という宿の主人が「アイ」役として伏線に置かれています。次に日光の語源ですが、日光《ニッコウ》↑二荒《ニコウ》↑二荒《フタラ》↑補陀落《フタラ》↑ポータラカという変化が示す通り、元来、華厳経に説かれているところの観世音菩薩が在します天竺の浄土なのです。

海に面し、近くに滝の落ちている山という設定から、日本では古来那智山がこれに当てられて信仰されてきましたが、中禅寺湖を海に見立て、華厳の滝が落ちる当山一帯をこれになぞらえて二荒山と名付けたのです。又、東照大権現の「権現」とは仏の仮りの姿を表す垂迹神を意味し、その本地仏は、東方十万億土の彼方なる浄瑠璃世界に在す薬師如来であります。

「恩沢八荒にあふれ四民安堵の栖穏やかなり」の「八荒」とは、大日如来を中心に四方四隅へ四如来四菩薩を配した胎蔵界曼荼羅中台八葉院をも暗示し、「四民」とは、大日如来を中心に四如来を配した金剛界九会曼荼羅成身会を指して、それより発する大日如来の遍照光に満ち溢れた世界を譬えているのです。青葉若葉が金胎両部を指しているとも思われます。

即ち、神君徳川家康・東照宮を前シテとした舞台が、一転して後シテたる薬師如来と大日如来在す金胎両部曼荼羅となって具現し、日光山を荘厳《しょうごん》するのです。

暫時《しばらく》は滝に籠《こも》るや夏《げ》の初《はじめ》

この滝への登り口に、大日堂という仏堂があったといわれておりますし、曾良の日記には「うら見の滝、ガンマンが淵見巡り」と書かれていますが、ガンマンとは大日如来の教令輪身たる不動明王の真言種字「干《カン》・慢《マン》」のことで、この句にも大日如来の余韻が及んでいます。

田一枚植《うゑ》て立《たち》去る柳かな

「謡曲「遊行柳」の中で語られている如く、その昔、私（芭蕉）の心を寄せる西行法師が、「道のべに清水流るる柳かげしばしとてこそ立ちどまりつれ」と詠まれた由緒ある柳の木陰に、私（芭蕉）も今日こうして立ち寄る縁を得ました。しばしの間、感慨に浸っておりましたが、ふと我にかえると、眼の前の田では早くも農民たちが一枚の田を植え終えようとしているではありませんか。いつまでもこうしてはいられません。名残り惜しくもこの柳の下から立ち去ることにしましょうか」

というのが直訳でしょうが、もう一歩欲張ってみたい気がします。

能では、「前シテ」の中入りや、後シテが消える際「入りにけり」、「失せりにけり」、「去りにけり」などが常套句として用いられますが、この句の「立去る」の主格を、柳の下で放心状態になっている芭蕉が、幻覚で捉えた「後シテ」とするのです。謡曲遊行柳の中では、諸国遊行の僧の前で、柳の精が念仏によって草木までもが仏と結縁《けちえん》できるという報謝の舞を見せるのですが、いま夢幻の境にいる諸国一見の僧芭蕉の前で、現実に行なわれている田植と、幻の人物の舞とが混然一体となり、田楽神事の舞となっているのです。そして田楽舞を終えた幻の人物が立ち去り、芭蕉が我にかえった時、現実の田も一枚植え終わっていたという構図なのです。立ち去った「後シテ」は柳の精であったか、或は西行その人の幻であったのか……。

とにかく夢から醒めた本人もここを立ち去るわけですが、「さればこそ因縁なる柳かな」と詠みおさめて再び旅をつづける翁の気持が酌めるような気がします。

夏草や兵どもが夢の跡

「衣川から高館にかけての一帯の丘は、義経主従が戦死した悲しみの地であり、又、藤原一族三代の栄華も一睡の夢と消えた地でもありますが、今はただ夏草が生い茂っているばかりです」が直訳です。

芭蕉が深川出発の折、千住まで遡った隅田川は、世阿弥の子元雅《もとまさ》の作とされている謡曲「隅田川」の舞台でもあります。人買いに拐《かどわ》かされた子供梅若丸を尋ね、今は狂女となって京より東へ下って来たシテ役の母が、アイ役の隅田の渡しの船頭から、その子供は病気となって人買いにも捨てられ、やがて死んでしまった遺骸《なきがら》は川のほとりの道のべに埋められていると知らされ、歎き悲しんで念仏供養するという一曲です。

「さても無慙や死の縁《えにし》とて、生所を去って東の果ての、道のほとりの土となりて、春の草のみ生ひ茂りたる、この下にこそあるらめや」

翁がこの件《くだり》を知らなかった筈はありません。「春の草」と「夏草」を対応させることによって、句に時空の深まりが出てくるのではないでしょうか。

「私（芭蕉）が旅立ちの頃、隅田川には土と化した梅若丸の屍《かばね》が、草となって萌えていましたが、いまこの高館の丘には土と化した兵どもが夏草となって生い茂っていることです」という趣きなのです。

風にそよぐ草叢の上に兵たちの幻影を観ている姿勢は、謡曲「実盛」に取材した、

むざんやな甲《かぶと》の下のきりぎりす

の句で、潜み喚く蟋蟀《こおろぎ》に斎藤別当実盛の亡霊を観想している心と同じ視座にいるといえましょう。

閑さや岩にしみ入蟬の声

「閑まりかえったこの山寺の岩山にしみ入るように蟬が鳴いています」。これが直訳です。

「行春や」の鳥や魚同様、この蟬についての穿鑿《せんさく》が喧《かまびすし》かったのですが、これに関する経緯《いきさつ》は「蟬雑考」

にていささか子細を尽くしましたので、ここでは筆を控えます。ただ志田義秀氏の「蟬は一匹にかぎる」という説は、この句にとっての理想的な有り様として頷き得ますが、斎藤茂吉や中村草田男の「複数油蟬説」には、勘弁してくれと言いたいところです。

芭蕉がその俳号「桃青」を用い出した延宝三年三十二歳以前の作品は、作者名「松尾宗房」として遺されております。この宗房《むねふさ》の名は、十九歳の時出仕した藤堂良忠宗正《むねまさ》から与えられた名をそのまま俳号にしていたといわれていますが、この主君良忠との関係は、「主従とも滑稽の道に志あつく」、「その愛寵すこぶる他に異なり」と書き遺されているようになみなみならぬ間柄であったらしく、芭蕉寵童説などが出てくるのもこの辺りの事情からなのです。

この二歳年長の主君との出会いこそ芭蕉が俳諧の道に深く踏み入る機縁となり、又、寛文六年四月、芭蕉二十三歳の時のその死が、彼をして故郷を捨てさせ、更には漂泊者としての人生を決定づけるわけなのですが、この主君良忠の俳号を「蟬吟《せんぎん》」と称したのです。

同年六月中旬、芭蕉は主の遺髪を納める使者として高野山に入りましたが、この頃は当山でも蟬が鳴いていた筈です。六月下旬に下山し出家遁世の志を抱いて致仕を願うも許されず、七月に主家を出奔したと伝えられていますが、二十三年後の今、慈覚大師開基によるこの霊場に臨み、折から一糸縷々と読経にも似て聞こえてくる蟬の声に、妖しくも心乱れている芭蕉の眼前に、旧主蟬吟の亡霊が経を口ずさみつつ忽然と現れ、相睦んだ頃の昔語りをし、芭蕉の回向の念仏に送られて消え去って行くという筋書きが、この立石寺の句の裏に秘められている虚構ではありますまいか。

荒海や佐渡によこたふ天河《あまのがは》

直訳すれば「北国のこの荒海の彼方に浮ぶ佐渡が島の方へと、天の河が大きく横たわっています」ぐらいのところです。

初学の頃は、「北国の荒海に天の川を配して大景を描いた雄渾の一句」と解釈していたこの句も、「荒海や」という措辞、「佐渡が島」という地の歴史的背景、「天の川」に関する故事などの猿智恵がついてくると見解が変わってきます。

当句の成立の経緯についても諸説がありますが、「七月四日（新八月七日）出雲崎で想を得、七月六日に今町（直江津）に着くまでに形がまとまった」とする山本健吉説に従っておきます。

「初秋の薄霧立ちもあへず、流石に波も高からざれば、ただ手の上の如くに見渡さるる」と「雪丸げ」にこの句の詞書《ことばがき》があるごとく、この時期の佐渡近海は台風でも来ないかぎり、一年のなかで最も穏やかな季節なのです。これは小生が以前この時期に佐渡へ渡った折、凪ぎつづきのため表面水温が異常に高まっているのに驚いて、土地の人に話を聞いた実体験であり、又、元船乗りとしての経験からも言える事なのです。

芭蕉が「荒海や」と投げ出すように詠歎した心底は、「来いというたとて行かりょか佐渡へ、佐渡は四十九里波のはて」と民謡にも唄われているごとく、まさに絶海の流刑の島佐渡の詩的象徴表現であり、それは又、蕉風の骨法の妙諦でもあります。

「風俗文選――銀河の序」で「むべ此島は、黄金多く出て、あまねく世の宝となれば、限りなき目出度《めでたき》島にて侍るを、大罪朝敵のたぐひ、遠流せらるゝによりて、ただ恐ろしき名の聞こえあるも、本意なき事と思ひて、窓押開きて、暫時の旅愁をいたはらむとするほど、日既に海に沈で、月ほの暗く銀河半天にかゝりて、星きらきらと冴たるに、沖のかたより、波の音しばしば運びて、魂削づるがごとく、腸《はらわた》ちぎれて、そゞろに悲しび来れば、草の枕も定まらず、墨の袂何ゆゑとはなくて、しぼるばかりになむ侍る」とこの間の心境を吐露していますが、これほど大仰な表現を芭蕉にさせたのは、時の権力者によって佐渡に流され、この地で死にはてた順徳天皇、日野資朝、世阿弥等に対する深い思いなのです。

特に世阿弥については、同じ伊賀の出身であり、その芸術志向は手段としての能と俳諧の違いがあるものにせよ同根であり、又、終生その詩心を肥やすため養分を吸い上げてきた能楽の祖である点から、とりわけ寄せる想いが熱く、世阿弥と自分とにつながる無形の血脈《けちみゃく》とでもいうものを自覚していたのではないでしょうか。

「古来七月七日の星合いの夜は、牽牛と織女の年に一度の逢瀬のため、鵲《かささぎ》がその翼を連ねて天の川に橋を架けると伝えられています。今宵はまさにその星合の日。鵲の橋にも似て、荒海の果てなる佐渡が島にむかって架けられた天の川の橋を渡って、私の心は彼岸の地に降り立ち、今もさ迷っている世阿弥の霊と御魂交しをして、これを回向しようと思います」

これが翁の出題した微分方程式に対する私の曲解なのですが、能仕立ての翁と世阿弥を無理やり附会させてオチをつけたところで夢物語を切り上げ、再び現実の世界、「すずしろ句会」へと話を戻します。

当日は出席者少く、投句数も五十に足らず、盛況という状態ではなかったのですが、とりあえず入賞作を並べてみます。

天　暑に耐ふる術のひとつに鉢巻も　ま

地　夕立に庭土のよく匂ふなり　す

　　鬼灯や親の代より村八分　ま

人　茗荷摘む片手は虫を払ひつつ　す

　　ハンカチを使ひ潰して西日中　こ

　　遠雷となりよみがへる街の音　す

　　蚊の姥の歩み一肢を杖となし　ま

　　日盛りやペンキ塗られた亀浮きて　ま

席捲の帰化雑草や日雷　　　　　　ま

宗匠特選は該当作なし

というような結果でした。このあと、居残った何人かで連句「雨安居」を巻きあげ、おひらきにした頃には、夜はすっかり明け切っていたのでした。

最後に当句会発足以来の作品の中から、日本俳諧史上最悪とでもいうべき一句を御披露して、この稿を終わりたいと思います。

十年程まえに、吉祥寺のクラブでホステスをしていたJ子が酒で戦死し、その葬いを多磨霊園で済ませた日のことです。常連一同阿佐ヶ谷に帰り、唄がうまかったJ子の持ち歌をギターに合わせて酔唱して故人を偲んでいたのですが、事のついでに追悼句会をやろうという仕儀に相なりました。

駄句を重ねている一同から離れて一人瞑想していたA氏が、決然として筆をとり、一筆箋に示したその句こそ、

わが友の葬式に来てわれ悲し

一同すっかり毒気を抜かれてしまい、句会も立消えになってしまいました。俳句に手を染めて以来、閲《けみ》した句数多しといえども、「ある一句」を除けばこれに劣る句は無しと断言できます。例の阿部宵人先生の書「お涙頂戴俳句」、「われ俳句」、「葬式俳句」の各悪例句さえ、これに較べれば珠玉の如き佳句に見えてしまいます。尚A氏は、嫁入り前の娘二人を持っておりますれば、この縁談に差し障る点を慮り、作者名はあえて伏せておきます。事のついでに、「ある一句」も書いておきます。

嬉しきやああ感激の同志君　　D・I

この御仁はさる宗教団体の会長でありますが、目指しているノーベル平和賞の銓衡に差し障る点を慮り、これも作者名を伏せておくことにいたします。

嗚呼。吾は友に恵まれず、彼は長《おさ》に恵まれず歟《か》。

レトリック

高校生の頃から、焼酎代を捻りだすためによく古本屋には出入りしていたのですが、そのならいで還暦近くなった今でも、買物の途中や休日の晩酌前のちょっとした暇などに、古本屋にはよく立ち寄ります。昔から、阿佐ヶ谷、高円寺の街はふしぎに古本屋が多く、今でも高円寺には年に何回か古本市が立つほどなので私には結構便利な街なのです。

古本屋巡りの面白さは、やはり、「掘り出し物」を見つける楽しみにあります。骨董的価値のある古書などの蒐集は全く私の遊びの埒外で、対象はもっぱら店の隅に押しやられて埃をかぶっているような、高くても一冊千円程度の品物です。

そんな買物のなかで、最近買得だったものに、『句作の道』(全五巻、昭和二十五年、目黒書店刊)があります。高円寺の、とある店の床にビニールの紐で括られて、他の雑多な本と一緒に平積みされていた物です。昭和二十五年というと私がまだ中学生の頃で、当時、大学出の初任給が三千円足らずの時代ではなかったでしょうか。それから考えると、発売価格全五巻で千二百五十円はかなり高価なものだったといえます。二十歳以前から、したたかな古本屋の主人との駆け引きにはいささか長じておりまして、この類の物には多少目が利くと自負しているのですが、約四十五年後の今、全五巻二千八百円という売値は、たとえこの三倍の値がついていても順当と思われます。

各巻ほとんど新品同様なのですが、持主の作とも思われる俳句が数句青インクに楷書で書き留めてある紙片などが挟まれていることを思うと、どうやら、所持者御自身が手放された本ではなさそうです。この本の発行年代、価格、書込み、高円寺という土地柄などから推察すると、どうも当人がお亡くなりになって、その家人が中身も確かめずに他の蔵書と十把一からげにして、古本屋か廃品回収業に出してしまったのでしょう。

十年程前に、狛江に住んでいる友人から、俳誌「鶴」約百七十冊（昭和三十三年－四十九年）を贈られたことがありました。これも近くの古本屋の店先に段ボールに詰められて、何と三千円で売られていたそうなのですが、やはり同じような事情だったと思われます。

前書きが長くなりましたが、この五巻の概要を書き出してみますと、第一巻「作法篇」以下、「評論篇」、「古俳句篇」、「研究篇」、「現世篇」から成り、執筆陣は、学者側から、小宮豊隆、能勢朝次、浅野信、井本農一に評論家山本健吉を加え、俳人側からは、飯田蛇笏、水原秋櫻子から三谷昭、伊丹三樹彦に至る当時の俳壇の錚々たるメンバー約三十人を網羅しています。

さて、この五巻を通読してみたなかで、最も注目した箇所を紹介し、その文を中心に話を進めたいと思います。

それは、第四巻「研究篇」の中の浅野信氏による「俳句表現と文法」という約五十頁に亘る文章です。氏には後に『切字の研究』という大著にして名著がありますが、当巻の論説は、その母体ともダイジェスト版ともいえる内容です。氏は国語学者の立場から、俳句の文体を、切字論を中心としてまことに精密をきわめて科学的に分析してみせるのですが、その文章には学者特有の晦渋さが全く無く、高校生にでも教えているように平明な文であり、その行間からは氏の俳句に寄せる愛情の並々ならぬことが読み取れます。

世界に比類の無い俳句という短詩を、山本健吉氏が『俳句読本』の中で文学という外側の視点からこれを称揚しているのに対して、浅野氏は十七文字の内側から――ハードウエアーの方向から――これを称揚しているといっても過言ではありません。

先に触れた大著『切字の研究』は、本編と資料編の二冊から成り、後者は氏が解説に用いた切字に関する引用文の出所を『菟玖波集』（二条良基撰、一三五六年）あたりから起こし、『虚子俳話』（高浜虚子著、一九五八年）までを網羅した労作ですが、この『虚子俳話』に於ける切字論を少々長いのですが引用させて頂きます。

「切字は俳句の骨格

「や」「かな」の如きは十七音（五七五）と共に俳句の骨格を成すものである。

昔は俳句に携わつて居る事を、「やかな」をやつておる、などと言つたものである。ほとんど俳句の代名詞ともなつてゐたのである。

これを陳腐な固陋な言といふ事は出来ぬ。自ら俳句といふ一つの詩の、根本の形を規定してゐるものである。

「切字」といふものが問題にされず、従来の俳句らしい調子が無視された現代の一部の傾向は決して愉快なものではない。

元禄時代、天明時代の秀でたる先人の定めた（おのづから定まつた）切字といふものは尊重しなければならぬ。

「や」「かな」等の切字のない俳句も沢山ある。それらの句も「や」「かな」等の切字によつて修練された高揚されたその調子を保ちつゝ変化したものである。あくまで俳句らしい調子を尊重する。俳句はどこまでも俳句らしい調子を保たねばならぬ。一歩埒外に踏み出した調子のものは俳句ではない」


総論的、観念的、教条的、いかにも虚子らしい頭ごなしの論調です。初心の者はこの様に決めつけられると、唯々たじろいでしまいます。

切字に関して書かれた文章に必ずと言ってよいほど引用されるのが芭蕉の切字論です。


　第一は切字を入るるは句を切るため也。切れたる句は字を以て切るに及ばず。いまだ句の切れる、切れざるを知らざる作者のため、先達切字の数を定められたり。此定の字を入れては十に七八はおのづから句切る也。残二三は入れてきれざる句あり、又入れずして切れる句あり。（「去来抄」）

　きれ字に用ゐる時は、四十八字皆切字なり。用ゐざる時は一字もきれ字なしと也。（「去来抄」）

　切字なくてはほ句（発句）の姿にあらず、付句の軀也。切字を加えても付句の姿ある句あり。誠に切たる句にあらず。又切字なくても切る句有。其分別切字の第一也。その位は自然としら

ざればしりがたし。（「三冊子」しろさうし）

浅野氏も右の文を骨子として切字論を展開しているのですが、その論旨の中心となっているのが、それまでの形式切字論に対しての芭蕉による内容切字論（詩的重量感による切字説）であります。

「いわゆる切字でないものが切字のはたらきをもって、その句を発句の格にまで高め得る精神は、またいわゆる切字を用いてもこれを平句の格にまで低めて、その句を平句として扱うことも可能な訳である。

芭蕉俳諧は、この前代未聞ともいうべき破天荒の妙技を事実としてやってのけたのである。

辛崎の松は花より朧にて　　芭蕉

この句などは結尾が格助詞「にて」止りであるから、どう考えても結尾辞にならぬし、一句が完結体とはならない。然るにこの句が門弟間で問題になったとき、芭蕉はこれで十分に切れているとして、この切れ方について「わが方寸の上に分別なし」、「我はただ花より松の朧にて面白かりしのみ（去来抄）」といい放っている。即ちこれには「松は花より朧」というところに情趣がたまっているので「にて」が普通散文では到底終止言とはならぬのにここでは立派になっている。ここいらに内外一如の、俳句

表現論理があり、構成の中核がある。だからこれをくずせば、

辛崎の松は春の夜朧にて

が情趣がうすくなって第三の格（連句に於ける脇の次句）となり、

辛崎の松を春の夜見渡して

となると更に情趣平板となって平句（連句のただの句）になる、と古人は註している訳なのである。従って脇・第三の場合はこれでは切れずに、次句につづく形となって来る。（俳諧古今抄　他）少なくともこれらを中心として考える時、芭蕉俳諧の骨子は、一にかかってこの情趣にあって、かの「さび」「しをり」等というのも、この情趣分けの問題なのだと私は思うのである」と述べています。

最も早くととのった十八の切字の出所といわれる「専順法眼之詞秘之事」に示された「発句切字十八之事」を列挙してみます。

かな、けり、もがな、らん、し、ぞ、か、よ、せ、や、つ、れ、ぬ、す、に、へ、け、じ。

以上の十八態で、以後の俳諧作法書はほとんどこれを踏襲しているのですが、浅野氏は、「今日から見ればすこぶる粗雑なもので、科学性もなく普遍性もない狭小な意味のものである」と決めつけています。

芭蕉のいう「切字を入れて切れざる句」、或は「切字を加えても付句の姿ある句」の例を「猿蓑」から抽いてみます。

昼ねふる青鷺の身のたふとさよ　芭蕉
しよろしよろ水に蘭のそよぐらむ　凡兆
糸櫻腹一はいに咲にけり　去来

「一体切字が一句の中に入ると、句の詩情がたまってそれだけで独立してしまい、下へ（俳諧一巻の上でいえば次へ）流れていかなくなるから、これは本当には嫌われるべき筋合いのものであった。それが長句はおろか、短句にも用いられているところを見ると、一句の詩情はぐっと淡く軽いものとなっていることが知られる。一たび前掲の句どもを口誦して見たなら、一句の詩情がかなりに軽いものであることが知られると同時に、これならば、詩情のたまりもなくさらりとして次句へ流れ継がれる（付句が付易くなる）であろうことが感得されるであろう」

以上が浅野氏の見解です。
次に「切字なくても切れる句有」「切字に用ゐる時は、四十八字皆切字なり」の例を抽きます。

雲の峰幾つ崩《くづれ》て　月の山
あか〳〵と日はつれなくも　秋の風
青くとも有べきものを　唐辛子
ほとゝぎず　大竹藪をもる月夜
梅　若菜　まりこの宿のとろゝ汁

これ等は切字なくしても、歌仙の発句の格を持っているのです。「ほとゝぎす」の句のように切れている状態を「段切れ」というのですがこれに関しても浅野氏は言及しています。

A句　　　　B句
春野行く老婆　どこまでも行く

「A句（純提示体の独立句）、B句（目的態の帰着句）ともにこの場合個々単一ではその発想するところ（意味内容）において非凡も奇もない。しかるにこの発句一章の内にあってたがいにその相対的相関関係において創る「間の価」においてすばらしいものとなっている。これがこの俳句一章をささえている詩量なのだ」

「相対的相関関係」において作る「間の価」という提示は、当然、大須賀乙字の説く「二句一章論」に関連してくると思います。

思はずもヒヨコ生れぬ冬薔薇　　河東碧梧桐

この句は、明治三十九年八月、東京を発って「三千里」の旅に出た河東碧梧桐が、十一月仙台に於けるさる句会で、「冬薔薇」の席題に対しての作品なのですが、この句を基にして乙字の二句一章論が展開され、更には、すでに元禄時代にこの手法をとり入れていた蕉風への回帰につながって行くのです。

「事物を正確に克明に描くのではなく、印象的に且つ暗示的な表現をとつたこの句に、『日本』俳句が押し進めていた写実的手法の一傾向を発見したのは、東京にいた乙字であつた。これが乙字の新傾向発見の一端緒となつた」（村山古郷著『明治俳壇史』）

「段切れ」で切断されている一見何の関係も無い「思はずもヒヨコ生れぬ」と「冬薔薇」の二章が、観賞者の心の中で恣意的に干渉し合って、無言の詩情を醸《かも》し出すのです。

俳句の型式を大別しますと、

一、一句一章型
鶏頭の十四五本もありぬべし　正岡子規

二、二句一章型
行く春やおもたき琵琶の抱ごころ　蕪村

三、多段切れ（三段切れ　四段切れ等）
梅若菜まりこの宿のとろゝ汁　芭蕉

の三つに分けられます。浅野氏による切字が作る「間の価」とか、芭蕉の言う「取合せ」、子規の言う「配合」の妙が最も効果を発揮して、俳句を俳句たらしめている有り様が二句一章の型と言えるのです。

蛇足ながら付け加えますと、二句一章の型は更に二つに分けられると思います。

A. 主句従句型
探梅や遠き昔の汽車に乗り　山口誓子

B. 二句対立型
ひまわりや信長の首切落す　角川春樹

古来、「上で切ったら下は流す」と言われ、上五や中七を切字で切り、座五に動詞がきた場合には、その動詞を終止形で止めずに連用形で流すように教条的にいわれていますが、Ｂの春樹氏の句の如く、二句の対立による緊張感で支えられているような句を連用形のアースに流してしまうと、そのボルテージを失って句の持ち味を殺してしまいます。

ひまわりや信長の首切落とし

では俳句になりますまい。そしてこの型「二句対立」の極北にあるものが、

降る雪や明治は遠くなりにけり　　中村草田男

のように切字を二箇所用いた句といえます。かなり名を知られた俳人でも、このような句を例外扱いしている方がいますが、これを例外視することこそ論外なのであって、二句対立型の極端な例として位置づけるべきです。

俳句革新につづいて和歌の革新に手をつけた子規は、

「和歌と俳句とは最も近似したる文学なり。極論すれば其字数の相違を除きて外は全く同一の性質を備へたる者なり」（明治二十七年文学漫言）

「歌俳両者は必要上其内容を異にしたりとの論の妄なることは既に之を言へり。されば歌は俳句の長き者、俳句は歌の短き者なりと謂うて何の故障も見ず。歌と俳句とは只詩形を異にするのみ」（明治三十一年人々に答ふ）

と歌俳同質論を説いていますが、これより約一世紀を経たる今日、山本健吉氏は、

「俳句が短歌などと異る所以のものは、単なる音数の長さではない。（中略）短歌と詩との差異はまだ量的なものであるが、短歌と俳句との差異は明らかに質的なものである。（中略）極言すれば俳句は音数の長さを持たぬ詩なのだ。三十一音が十七音となるまでの間に、時間性の抹殺という暴力的飛躍が遂行されたのだ」

と歌俳異質論を示していますが、両者の論が全く逆向きになっている所に一世紀という時間を感じざるを得ません。

山本氏の説は正に卓見といえますが、私なりに更に一歩踏み込んで言えば、三十一音が十七音になるまでの間に「時空間の整合性の暴力的解体」とでもいうような事が行なわれるのです。そしてこれを容認し、更にはこれを利用してしまうところが俳句と言う詩型の特徴ともいえるのです。

芋の露連山影を正しうす　　　　飯田蛇笏

この句は上五と中七の間に断切があり、座五も終止形で止めているので二句対立型の句と言えます。ところで、「や」「かな」「けり」といった切字には、詠嘆や感動を表すという或る限定が含まれてしまうのですが、この句の断切は全く無限定の切れであって、ある意味ではこの不立の切字こそ「切字の中の切字」とでも言えるブラックホールのような力を持っています。

芋の葉に朝の露のきらめきて遙か連山影正しうす

短歌にすればまあこんなところでしょう。これを十七文字のなかに無理やり押し込めると先の句になるのですが、ここに於いて、眼前にある一グラム程のほろほろと揺れている芋の露と、数十キロのかなたに聳える数億トンの厳然たる山並みとが、実の世界の整合性を剝ぎとられて、全く等価で天秤の左右に置かれており、その支点になっているのが断切なのです。そして一旦整合性を失った物は、断切のブラックホールの中で非合理的、恣意的に再構築されて、観賞者の心の中に詩として甦るのです。

坪内稔典氏は著書『俳句のユーモア』の中で、「俳句の切れは一句に独立性・完結性をもたらすばかりか、むしろその切れによって詩になるのだと考えられる。切れることで詩を紡ぐ。それが俳句の切れの働きだ」と簡潔に切字論を述べられています。話が大分堅くなってしまったので、切字論は一応打ち切り、坪内氏の『俳句のユーモア』を借り、甘納豆でお茶を飲むことにしましょう。

三月の甘納豆のうふふふふ　　坪内稔典

この句は昭和五十七年の作とのことですが、当時の俳壇で話題になった句であり、実は一月から十二月まである甘納豆連作の一つなのです。

一月の甘納豆はやせてます
二月には甘納豆と坂下る
三月の甘納豆のうふふふふ
四月には死んだまねする甘納豆
五月来て困ってしまう甘納豆
甘納豆六月ごろにはごろついて
腰を病む甘納豆も七月も
八月の嘘と親しむ甘納豆

ほろほろと生きる九月の甘納豆
十月の男女はみんな甘納豆
河馬を呼ぶ十一月の甘納豆
十二月どうするどうする甘納豆

こうして一月から十二月までの句を並べてみますと、やはり三月の句に抜群の魅力を感じます。「三月」、「甘納豆」、「うふふふ」の三つの言葉のひびき合いが醸しだす香りが、読者の肉体的、生理的な琴線をいたく刺激するのです。

「ところで、十二月の句がよいという人が時々いるものの、もっぱら話題になったのは三月の句だった。甘納豆の連作は、甘納豆に託して中年の感情をうたっているのだが、そんなこととは関係なく、三月の句だけが連作のなかから抜け出して一人歩きをするようになったのだ。しかも、甘納豆を食べながら「うふふふ」と笑っているのだとか、いや甘納豆そのものが笑っているのだとか、じつにさまざまな読まれ方をされることになった。甘納豆が笑っていると読む人にしても、この笑いはちょっとエッチだとか、いや三月の雛アラレを羨む笑いだとかさまざま」

と自註されていますが、小学生の娘さん達が、このお父さんの「駄目な句」を、

三月のひな人形のうふふふふ

と直したそうです。
氏は以前、

天の川わたるお多福豆一列　　加藤楸邨

を、「とてつもなく滑稽な句」と評されていましたが、楸邨の句が多分に心象的、幻視的なのに較べて、坪内氏の句はまことに実存的なニュアンスに満ちています。私のはしたない癖で、こういう付句を誘うフェロモンを芬々と発している句に出会うと、見境いなく昆虫のように這い寄ってしまうのです。失礼をも顧みず付けさせて頂きます。

三月の甘納豆のうふふふふ
①お多福豆へ付け文をして
②へそくり溜まる茶簞笥の奥
③炬燵の中で足を触れあひ
④焼ぼつくひに火が付きかけて
⑤売上げ隠し嘘の申告

⑥先生くどき推薦入学
⑦家庭教師は播磨家に似て
⑧部長がくれたパリの香水
⑨ドライシェリーにわりかし合ふの
⑩お腹の子供うごくのよホラ
⑪干支は丙の午でありんす
⑫石見銀山含ませてある

坪内氏は先の著書のなかで、写生について、

「写生は俳句型式に合わない。そのために、まじめに対象に向き合った写生をしようとすると、どうしても無理が生じる。その無理がたとえばクローズ・アップになり、デフォルメになり、また意外な擬人化や極度の省略になったりする。写生はいわばあえて無理や無茶を引き起し、写生という態度のまじめさをすっかりほぐしてしまう方法なのだ。

宗教的、哲学的なニュアンスを俳句にかぶせるよりも、写生が引き起こす無理や無茶の意外な力をまっすぐに見つめる方がよさそうだ。クローズ・アップ、デフォルメ、擬人化、省略などは現実や対象から切れて言葉の造形的な世界を作る技法である。しかもそこには言葉の技の遊びの要素がたっぷりとある。俳句では言葉の技において主客をのり越えるほかはない」

と述べられていますが、この文章以外の部分からのものも含めて要約しますと、「写生という散文的な手法は、短い韻文型式である俳句には不向きな方法であり、又、写生に虚子のいう「主客合一」だの、茂吉の言う「実相観入」のような哲学的なニュアンスをかぶせるより写生が引き起す無理や無茶から生れる意外な力に注目する方がよさそうだ」ということです。

写生という絵画の世界の言葉を、言語の世界にいいかえれば、「対象（具象・抽象を問わず）を言葉で表現する」ということなのでしょうが、俳句というジャンルの中でこれを効果的に行う方法が、クローズ・アップでありデフォルメであり、擬人化であり、省略なのであり、文学に於ける「レトリック」の一端といってもよいでしょう。

修辞学などとかしこまられると、我々遊俳にはとても手の出せる場ではありませんが、この稿にかかわりがある文章を久米博氏の「いま、レトリックとは何か」（「國文學」）から抽きます。

「レトリックのもつ力はひとえに言説の力である。だが言説が事物との対応関係を失って、言説だけで人間を操作する術となる時、レトリックは危険視され、無内容を糊塗する文飾の術として蔑視されるようになる。すでにプラトンの時代から、レトリックは詭弁の一種として非難されていたし、現在でも、レトリックには胡散くささがつきまとうことがあるのを否定できない。だからこそ言葉《ヴェルバ》よりも事物《レス》が、表現の真実よりも事実の論理が尊重されるとき、レトリックは力を失う。十九世紀にレトリックが死んだのも偶然ではない。それは実証科学の時代であり、写実主義の時代であった。事実と現在が偏重され、それを表現するために科学でも芸術でも一義的言葉を求めた。イデオロギー的にレトリックは排除されたのである」

先の坪内氏の言は、この説を逆説的に述べているともいえます。事実と現実主義（俳句に於ける写生主義）が偏重されたため排除されたレトリックを、写実主義が合わない俳句のような型式にこそ活用するべきだということです。

「古典文学レトリック事典」（「國文學」）では物語、小説、詩、劇等に用いられているレトリックを例文を揚げて詳細に分類しています。「切字」、「本歌取り」など直接俳句に関係ある項も含まれていますが、俳句という狭いジャンルの中でいえば、季語とか歌枕などもレトリックの一項として加えてもよいと思うのです。極言すれば、「定型」そのものが一つのレトリックともいえます。これが言い過ぎならば、レトリックを生む最大要因といってよいでしょう。私自身の立場でいえば、決して写生を無視している訳ではありません。私の飲食業という立場でたとえれば、写生は材料であり、レトリックは調理法というところです。材料の持ち味を最大限に活かすのが上手な調理法といえます。

先の浅野氏によれば、

（A）春の水ひろき野原を流れけり
（B）春の水山なき国を流れけり　　蕪村

「A句の場合は重量感がない軽い句で、一句としてとんと興趣がないから発句（俳句）とはならず、

古人はこれを「只事」として捨てた」としています
私の卑小なる経験の中から一例をあげてみます。

朝戸繰るこちらのかはも鰯雲　　　　中村草田男

確か高校生時代に出会った一句です。当時は我家でも二十枚ばかりの板戸を開けてまわるのが子供達の朝の日課でしたから特に印象が強かったのだと思われますが、とにかく「こちらのかはも」という言葉の使い方に感動したのです。

朝戸繰る空一面に鰯雲

でしたら、先のA句と同じ只事の句になって、読者を感動させる事はできません。「こちらのかはも」とレトリックの間接法（遠まわし）を用いる事によって、相手の心のスクリーンに空一面の鰯雲を広げることができるのです。

曼珠沙華燃えたり苫を打つ雨に　　水原秋櫻子
曼珠沙華燃ゆるが如き畦ありぬ　　浮蓮

水原秋櫻子『花の句作法』の中の曼珠沙華の項から抽いた句ですが、浮蓮の句に対して師の秋櫻子は、「稲がみのりはじめた。畦には曼珠沙華が満開で、さながら燃えたつように見える。青い稲田の中をくれないの道が通じているのだからまことに美しい」と評しています。昭和六年、当時俳壇に君臨していた高浜虚子に、「自然の真と文芸上の真」の一文をたたきつけて「ホトトギス」を飛びだし、新興俳句の口火を切った秋櫻子の勇気は大いに称揚されて然るべきなのですが、代表作である「葛飾」の一部を、「こんな物だったんですか。がっかりしました」と虚子に冷評され、やがては「新花鳥諷詠派」などと皮肉られたり、同志山口誓子、弟子石田波郷ともいつか袂をわかち、更には森澄雄氏にその著作「石田波郷論」の中で、「花の句作法」、「俳句になる風景」の著者として「表現上の美意識家・文芸的美食家」などとこきおろされた原因も、この「花の句作法」を読むと判る気がします。平明というならまだしも、平易平凡な手法による句が多いということです。レトリックのわさびが利いた句が無いのです。

弟子には善巧方便としてひたすら「客観写生」を説き、「花鳥諷詠」を墨守した虚子ですが、このあたりの分別をちゃんと心得ているのが秋櫻子との違いといえます。

西国の畦曼珠沙華曼珠沙華　　森澄雄

修辞法の上では畳句といわれる手法です。ここでは対象物が数多くある状態を同文を重ねる事によって表現しています。また、曼珠沙華という字面そのものが持つイメージが、複雑な花弁や蕊を持つこの花の形と重なり合い、あたかも牧野富太郎のモノクロ版の植物図鑑を見ているようなのですが、更にこれを繰り返す事によって、累々と咲き連なっている様子と、上にある三つの四角い漢字が視覚的に田や畦をイメージしているのと重畳して、鮮やかな光景を読者の心の中に写し出してみせます。又、表には現われていませんが、西国→西方浄土→曼珠沙華（梵語）との間に生ずる仏教的な匂いが底に流れていて、この句に深まりを持たせている事は否めません。

修二会見る桟女人の眼女人の眼　　山口誓子
花吹雪追ふ花吹雪花吹雪　　尾崎足

なども同じ手法です。

枯るるなら一糸纏はぬ曼珠沙華　　殿村菟絲子

中七が擬人法になっているのですが、「一糸纏はぬ」という非凡な表現は女性ならではのもので、男性からは出て来ない発想といえます。

曼珠沙華不思議は茎のみどりかな　長谷川双魚

作者の感動を表す言葉「不思議は」を先に置いて強調する倒置法の一例といえますが、殊に助詞「は」の使い方の妙に打たれます。

眼帯の内なる眼にも曼珠沙華　西東三鬼

言葉の魔術師といわれた三鬼にしてはじめて為し得る誇張法の極みとでもいうべき句で、思わず、嘘をつけ！　と声を上げてしまいます。

以上の四句に較べると、レトリックの無い秋櫻子や浮蓮の句には、初心者向けの手引書という点を割り引いても、句の中に極め所がありません。初めて絵筆を持った人が曼珠沙華を写生して、赤絵具をベタベタ画用紙に塗りまくってしまった有り様です。曼珠沙華やカンナの花を赤いとか燃えるとか表現するのは歌謡曲の世界なのであって、俳句に用いては身も蓋も無くなってしまいます。俳句の世界では言葉を絵具代りに使うのは禁物なのです。俳句の言葉は相手の心の中に映像を投影する十七枚のレンズであり、この十七枚を最も有効に機能するように組合せるのが俳句に於ける修辞法なのであります。

最後に前節にも引用した寺田寅彦の文章を再び掲げて本稿を結びます。

「さび、しをり、俤、余情等種々な符号で現はされたものは凡て対象の表層に於ける識閾よりも以下に潜在する真実の相貌であつて、しかも、それは散文的な言葉では云ひ現はすことが出来なくて本当の純粋の意味での詩によつてのみ現はされ得るものである。饒舌よりは寧ろ沈黙によつて現はされ得るものを十七文字の幻術によつて極めていきいきと表現しようといふのが俳諧の使命である。ホーマーやダンテの多弁では到底描くことの出来ない真実を鍔元まで伐り込んで、西瓜を切る如く、大木を倒す如き意気込みをもって摘出し描写するのである。

此幻術の秘訣は何処にあるかと云へば、それは象徴の暗示によって読者の連想の活動を刺激するという修辞学的の方法による外はない。此の方法が西欧で自覚的に専ら行なはれ此れが本来の詩といふものゝ本質であるとして高調されるに到つたのは比較的新しいことであり、さういふ思想の余波として仏国などで俳諧が研究され模倣されるやうになつたやうである。併し此方法の極度に発達したものが既に芭蕉晩年の俳諧に於て見出さるゝのである。

暗示の力は文句の長さに反比例する。俳句の詩形の短いのは当然のことである」

――「俳諧の本質的概論」より抽出

悼　飯島晴子

「横浜市しらとり台――この地名を私はこれからも決して忘れないだろうと思う。(中略) いま、その坂を登ってもその人はいない。飯島晴子さん。6月6日、急死。享年79。――悲しい」

「俳句研究」平成十二年八月号の編集後記に書かれた、同編集人石井隆司氏の慟哭の一文です。氏は同誌七月号「飯島晴子近作を語る」のインタビュアーとして、四月十日に「まるで恋人に会いに行くように」晴子宅を訪問し、その成稿の刷了日が、訃報の日となってしまったのです。それも自死という穏かならざるかたちで……。

その後出版された俳句綜合誌や、飯島晴子さん(以下諸氏敬称略)所属の「鷹」の追悼特集等によると、二度の手術を経ての心身の衰え、特に詩心の低下の自覚がその引金になったというのが大凡のところなのですが、その程度の事ならば、もっと先に死ななければならない俳人が日本にはゴロゴロしているのです。昔から、詩人や純文学者には自殺者が多いが、俳人にはその例が殆んどないというのが定説となっているのですが、この実状について卑見を試みますと、まず詩人側の場合は、言葉と言葉が制御装置のない核分裂のごとくに連鎖反応を生じ、その錯乱の中で心身ともに自爆してしまうタイプです。ところが俳句に於ては、有季定型が原子炉の制御棒や冷却水のごとく制御装置となっていて、その核エネルギーの暴発を防ぎ、臨界点に達した状態で熱交換装置を通して必要なエネルギーを取り出すことができるのです。また詩人に限らず、画家にしろ音楽家にしろ、芸術に携る人達の特質として、常に自ら、ウランやラジウムのようにエネルギーを発散しつづけています。ラジウムは放射線を発散してラドンに変わります。更に放射を続けて鉛になったときに、そのエネルギーの放射能力を失います。芸術家にとって、自分が鉛になったことを自覚するのは、自死に値するほど絶望的な状態なのでしょう。ところが俳句という領域は、鉛自体の重力や引力をエネルギーとして、なお創作活動が可能な場所なのです。但し自分は鉛であることをしっかり自覚している場合に限ってのことですが。敢えていえば、高浜虚子の俳句生涯は、終始鉛で徹したということです。虚子は「ホトトギス」という結界の中で、鉛の引力重力をエネルギーとして長年創作活動を続けたのですが、彼の周辺にいてやがて彼から疎んじられた河東碧梧桐、水原秋櫻子、杉田久女、吉岡禅寺洞、日野草城などは、皆放射線発散型の俳人でした。同型の俳人中、中村草田男一人のみが虚子の忌避を受けなかったのですが、この辺りが草田男を「ホトトギスの優等生」と言わしめる所以なのです。鉛もまた酸化して鉛丹になります。人間に喩えれば「呆け」の状態です。呆けるとは自分がすでに呆けていることを自覚できなくなった状態なのです。自分は呆けたと自覚できるのは、まだ鉛の時なのです。そして自覚とは「自己の確立」なくしては有り得ない事なのです。俗に「耄碌ぢぢい」とは言いますが、あまり「耄碌ばばあ」とは言わない通り、呆けるのは男性側に多いのです。それも特に東京のような都会の住宅地域に多いのです。というのは、この地域でこの年齢に達した男性は、おおむねその生涯を縦型の組織社会の中で、他人の価値基準による評価を自分の拠として生きて来たので、自己の確立という点では、女性に一歩どころか数歩ゆずらざるを得ないのです。なぜなら自己本位に生きるというのが女性本来の生き方なのですから。

拙稿をつづけている隣の部屋から、年末恒例の紅白歌合戦のテレビの音が聞こえていますが、二十年程まえのこの番組の忘れられない一場面があります。番組の総指揮者としてフィナーレの「蛍の光」の合唱に登壇した古賀政男が、音楽が終わってしまった後もタクトを振り続けていて、指揮台から抱え下ろされたシーンです。この時の古賀政男と二重写しになる俳人が一人います。その俳人とは山口誓子。

ここではとりあえず、飯島晴子著の「山口誓子の自然」に依り、晴子にとっての「誓子」とは何であったかを望見してみます。晴子はこの一文の中で、

「昭和二十三年、「天狼」主宰にまつり上げられ、根源探求を称道するに至って誓子は、内からも外からも異質なものに出会う機会を失くして〝誓子の自然〟のままに、幸福に枯渇していった」

と語る。又、高柳重信の「バベルの塔」より

「山口誓子こそ、少年時代の僕に、最も深い感銘と畏怖の念を植えつけた唯一の俳句作家であるからだ。少年時代の僕が、なぜ、山口誓子にのみ、特別の畏怖の念を抱いたのか、よく考えてみると、その原因は、どうやら誓子が、群を抜いて端正であり、立派すぎた点にあるようである」

の一文を抽いて、

「こうして重信は自信満々の山口誓子、立派すぎる誓子の拠って来たるところは、誓子が現代の社会に於て、自分がいかに不正な存在であるか、というような点に少しも気付いていない無類の晴朗性にあるというのである。昭和二十四年といえば、まだなまなましい戦後であるから、特殊な時点での発言であることの負荷を差し引く必要があるかもしれないが、しかし誓子における、恐らくいかなる情況にも左右されない加害者意識の皆無は、誓子の自信、立派さにつながることは間違いない指摘である。「誓子の自然」は傷つきようがない存在であり、従って比類なく晴朗なのである。兜太が「人間喪失」と言い、重信が「比類なき晴朗」と言うのは、誓子のなかの同じものを指している。そして、いかなる時代にも属さない「誓子の自然」を、結局は倫理的に取り扱おうとしたところに、逆に、兜太や重信における近代を、そして近代の限界を見る思いがするのである」

としています。

我々が晩年の誓子に対して持った当惑感が（勿論誓子の作品を通してのことですが）、正にこの「比類なき晴朗性」と「誓子の自然」だったのでした。顧みるに晴子は「比類なき晴朗」とは正反対の処に身を置いた作家なのでした。

「呆けは神が人間に与えた麻薬である」との名言がありますが、誓子はまさにその「比類なき晴朗性」と「誓子の自然」を以て、これを甘受しました。そして晴子はこれを拒否したのです。詩人として……。

晴子と並んで、難解な句で凡俗を悩ました女流に、『水妖詞館』等の著者中村苑子がいます。大正二年生まれとのことなので、晴子より八歳年長なのですが、平成八年に句集『花隠れ』を出した際、これを最後の句集にするとの断筆宣言に近い意思表示として、俳壇の表から去ってしまいました。その『花隠れ』最後の一句が、

音なく白く重く冷たく雪降る闇　　苑子

蝦夷の裔にて手枕に魚となりたる　　『水妖詞館』

失礼を承知で言えば、この二句の間の詩的緊張感の落差、これを自覚した時、自ら筆を捨てるのが、其の詩人なのです。

天網は冬の菫の匂かな　　『朱田』昭和五十一
咲き縺れあふ曼珠沙華世阿弥の地　　『寒晴』平成二

の晴子についても同じことがいえましょう。しかしなかなか一筋縄ではいかないところが晴子俳句の面白いところで、平成十二年作の、

ミモザ咲きとりたる歳のかぶさり来

などは、眼前にかぶさるように咲いているミモザの花に、自らの加齢を託した老女性の人生吟に見えてしまうのが当り前なのですが、先の石井編集長との対談によると、

「とりたる歳のかぶさり来は私の観念です。ですから、それに対してもっと渋いものを置いた方がいいかなと、はじめは思ったんです。でも、何十とやっているうちに、どこからか「ミモザ咲き」が来たんです。正直言って私はミモザがどんな花か知らないのです。でも、私の娘時代にフランス映画が流行っていて、「ミモザ館」という、フランソワーズ・ロゼという名優が主演したフランス映画があったんです。だからミモザはあこがれのフランスの象徴みたいなもので、そういうイメージを私は若いときに持ったわけです。そのイメージが強いですね、ミモザという実際の花よりも」

上五と下の十二字の間には、実に六十年以上の一女性の時空間が隠されていたのでした。

昭和六十年刊の『八頭』あたりから、晴子の句風が徐々に穏やかになり、ホトトギス系の俳句と見紛う句が増えてきます。

諸々と斯く大いなる炉埃も　　虚子調　　昭和五十九『八頭』

簗の水なめらかに来て白繁吹　　秋櫻子調　昭和五十九

水温む赤子の名前覚え難　　青畝調　昭和六十『寒晴』

禿鷲の翼片方づつ収む　　誓子調　昭和六十『八頭』

河骨の葉と葉と花をさし交す　　素十調　昭和六十二『寒晴』

といった具合なのですが、先出の中村苑子が有季定型をときどき外しているのに較べ、晴子は生涯それを外していません。知られた句では、

かの后鏡攻めにてみまかれり　　『朱田』

くらいのものでしょう。これをして晴子は有季定型を遵守したなどと早合点するのはとんだ見当違いということです。

「私にもっと才能があれば季語なしで作りたいところなんですが、私に才能が少ないのでどうしても季語のご厄介にならなきゃならない。つまり、ことばの貧乏な人はどうしてもお金持ちの施しを受けなければならない。季語というのはことばとしてお金持ちですからね。そうしないと自分では立ってゆけない。そういう腹立たしさが季語にはあるわけですよ（笑）。金持ちの力を借りないとどうしても自立できないという悔しさがある。それなら金持ちを自分の気に入るように使ってやろうと作っ

ているわけです」

　これは先の石井によるインタビューの中の言葉ですが、あくまで傘寿近くの菩薩心となってからの言い分で、晴子の本領は、まだ明王として踏ん張っていた五十半ば、昭和五十五年著の「俳句発見」の中にあります。

「俳句の形式の外側から勇ましくドンドンパチパチ攻めるのは、私としては利のあることではない。俳句形式にとって既存の本意であるところの、有季定型に立て籠って、丁寧に、隠微に、あらゆるたくらみを尽くすのが、私の出来そうなことであろう。大部分の有季定型俳人は、有季定型を、何か有難いもの、結構なもの、上に頂くべきもの、といったニュアンスで語る。これは実に不思議なことである。私にとって有季定型とは、私が在るように、ただ在るものである。作品においては、有季定型を実としてでなく虚として在らしめることによって、その存在感の魅力において有季定型を脅かすことが出来るはずである」

「破調や自由律を使うより、五・七・五典型を使うほうが、定型的世界に対する私の報復が、私の私自身への報復が二重のエネルギーを持って達成される。静かに、徹底的に、恨みが果たせる。自他への私の残酷さが完璧に満足させられる。――嗚呼、そんなことをしたいと熱望する」

「言葉を定型に逢わすと、言葉はそこでさまざまの反応を見せる。単語と単語をただ逢わすより、単語と単語を定型において逢わすほうが、要素が一つ加わるわけだから、より屈折した、複雑な反応の様相が得られる」

「季の問題においても、私はいわば恰好だけの有季である。有季とはどういうことをさすのか、人によって思うところは違うらしいが、私は、一句をなすに季語を入れるという意味での有季である。季感などというものは、作者個人の命題としてなら大いに認めるが、（中略）季感は私の命題ではない。私の恰好だけの有季は、有季正当派にはうさんくさく見られているし、革新派には非難される。季の問題となると、右も左も倫理的になるのは、これまた不可解な眺めである。私の有季が両方から気に入られていないということは、私の気に入っている。私の思うつぼにそうはずれていないところを歩いている証拠かと、ひそかにほくそえんでいる」

それにしても何と魅惑的、先鋭的、挑発的な論ではあります。時あたかも、「現代俳句は急速に、伝統とか古典とかいう言葉に己れの非力を正当化する口実を見つけて衰退していった」その流れのさなかで……。

飯島晴子の言葉の世界とは如何なるものだったのでしょうか。晴子所属の「鷹」の同人永島靖子の簡潔な文章の一部を、その追悼号から借ります。

「飯島晴子の変遷の道程は、言葉による詩的真実追尋の道であった。言葉を手段としてではなく、言葉自体が開く世界に賭けて書く、このいわば虚の書き方の好例を掲げてみる。

天網は冬の菫の匂かな　　晴子

天網という実体の薄い言葉と、菫というそれとは何の関連もない言葉とが並置されて一時空が顕った。いきなり究極的な作品を挙げたが、晴子は言葉という虚と現実界の実との間に一身を賭けた。言葉のひらく詩的真実と実景とのかかわりの度合の変遷がすなわち晴子作品の変遷の道なのである。（中略）

紅梅であつたかもしれぬ荒地の橋　　晴子

自註によれば渡良瀬川遊水池の粗末な橋を、好きな紅梅に化身させたという。現実の橋と紅梅美学との合体である」

ついでに『自解100句選　飯島晴子集』より、この句のところを読んでみます。

「堤の上からの眺めは前回と同じ冬景色であったが、芦原の中に入ると微妙に早い春が動いていた。荒地の現わす思いがけない透明なやさしさには、沃えた自然とはまた別趣の魅力があった。荒地の中に小川があって、粗末な橋がかかっていた。川も橋も幻のように存在感が薄かった。荒地の橋は、何にでも変化《へんげ》しそうな気配に思われた。それで、私の好きな紅梅に変えてみる。荒地という現実性の欠落した空間にならこそ描いてもみる夢である」

晴子は自註の中で、惜し気もなくその手品の種を明かしてくれます。

晴子は自註にも言っている如く、紅梅が好きだったのですが、苑子が桃を好きだったのと思いあわせると、何か通ずるものを感じてしまいます。『水妖詞館』より抽きます。

桃の世へ洞窟を出でて水奔る　苑子
桃の世は粗朶のやさしき火なりけり
桃の木や童子童女が鈴なりに
わらわらと影踏む童子桃岬
海の中にも都の在るや桃洗ふ
翁かの桃の遊びをせむと言ふ

晴子の紅梅の句を列記してみます。

紅梅の下やもぐらの智恵ふかく　昭和四十五
紅梅の右手《めて》にはげしき水あらむ　昭和四十五
山腹に紅梅口中の水を抑へ　昭和四十六
紅梅であつたかもしれぬ荒地の橋　昭和四十七
紅梅にかたいけむりを遣りにけり　昭和四十八
紅梅をはたき幻てのひらに　昭和四十九
紅梅の蕾黒ずむおもひあり　昭和五十
紅梅の木を抱き昏るることもなし　昭五十一

紅梅のなかに入つてゆく眼光　　昭和五十一
紅梅をじつくりくぐる同行者　　昭和五十一
紅梅を横着に見て山に入る　　昭和五十一
道中か紅梅の枝の置き処　　昭和五十六
わが筒袖紅梅の枝押包み　　昭和五十六
紅梅に雪このときと頭を高く　　昭和六十三
白梅と紅梅惨と交じり合ふ　　平成六

ところが色々な資料を漁っている中で、「鷹」同人である奥坂まやの一句に出遭って愕然としてしまいました。平成十二年四月二十二日の朝日新聞に発表された句です。

しづかなり寒紅梅は自死の色　　まや

最後に、私好みの晴子十句を抜き出して、拙稿を了えます。

これ着ると梟が啼くめくら縞　　『蕨手』
秋の蛇なかほどの指漠然と　　〃

天網は冬の菫の匂かな　『朱田』
かの后鏡攻めにてみまかれり　〃
氷水東の塔のおそろしく　〃
百合鷗少年をさし出しにゆく　〃
鶯に蔵をつめたくしておかむ　『春の蔵』
月光の象番にならぬかといふ　〃
五月闇卵屋にでもなるならば　『八頭』
餅筵誰かがゐなくなりさうに　『寒晴』

音律考

例年ならば、旧盆の頃の五日間を、親しい連中六、七人で、佐渡の定宿を借りて過ごすのですが、今年はいろいろな事情が重なり、夏休みは自宅で過ごすことになりました。八月十八日に房総沖へ釣に行く計画も、台風十三号の接近でお流れとなってしまったため、一週間の休みを、午後は読書、夜は酒とかなりゆっくりできた夏ではありました。暇にまかせて、先に筑摩書房のN氏から頂戴してあった『金子兜太集』全四巻や、昨年の十二月に亡くなった三橋敏雄氏（以下諸氏敬称略）の句集などを中心に読み漁ったのですが、兜太全集の読後感をいえば、「疲レタ」の一語に尽きます。

特にこの全集の骨子ともいうべき第四巻の「造型俳句六章」には頭が痛くなる思いをしました。もっとも、彼の坪内ネンテン教授でさえ、兜太の俳句論は、難解にして不明の点ありとしているのですから、私ごときには当然のことかも知れません。また、第一巻の全句集を通し読みしても、やはり今まで手にしたいろいろな句集より、疲労感が強いということです。その原因を探るに、次の三点に要約されそうです。

（一）漢字が多用されている。

（二）私が体内に持っている俳句音律と合わない破調の句が多い。

（三）字余りの句が多く、それも内容が詰まり過ぎている感じである。

ここで、(一)はさて置き、(二)と(三)については関連性があるので、これに少し係《かかずら》うことにします。兜太も、その文中「構築的音群」で、俳句定型の基本を、五七五律に置くことを明らかにし、師加藤楸邨の句を借り、「あんこうの・ほねまでいてて・ぶちきらる」と、・印の「停音」を入れて読み、「私は、自分なりに区切って読んだわけだが、一区切、一区切の刻みが、どうしても二音あるいは停音つき一音になってゆくのである。これは律動の擬制ではなく、自然な成行きなのである。何故、そうなるのか」として、俳句音律論を展開して行くのですが、例句の十七音プラス三停音の音律の読みは、最も基本的な型といえます。私の場合の音律を、もう少し詳しく書いてみます。

あんこうの●●●
　ほねまでいてて●
　　ぶちきらる●●●

四分の四拍子の楽譜にすると、有音の四分音符十七と、停音の八分休止符七との合計二十四音律となるのです。

(A)ふるいけや●●●
　●かわづとびこむ
　　みずのおと●●●

(B)ゆくはるや●●●
　　とりなきうをの●

めはなみだ●●●

（C）あきのこう●●●
いちだいこんえん
ばんのなか●●●

（A）のように中七の上が三字（奇数）の時は一番上に停音を一つ置き、逆に（B）のように下が三字の場合には一番下に停音を一つ付け、（C）のごとく中七が八音ならば、停音を必要としないとするのが私の基本の音律なのです。

（D）たびにやんで●●●
ゆめはかれのを
かけめぐる●●●

（E）はなごろも●●●
●ぬぐやまつはる
ひもいろいろ●●

右のように、上五または座五が一字余りの場合は有音十八と停音六の二十四音律で読みます。少し話は外れますが、（D）や（E）のように、故意に（技巧的に）字余りとしたものは、相撲に喩えると、「徳俵」を利用したような句です。定型である土俵の東西に、少しだけ外に拡げられた、「徳俵」と呼ばれる部分を利用して、一見土俵を割ったかと思われる形勢を、一気に逆転してしまう様子に似ています。

旅に病で夢は枯野をかけ廻る　　　芭蕉
旅に病み夢は枯野をかけ廻る

上五を故意に六音の字余りにすることによって、重く発した句が、「夢は」で反転して、以下一気に座五へ向かって詠み下す効果は、並べ較べてみるまでもありません。

花衣ぬぐやまつはる紐いろいろ　　　杉田久女
花衣ぬぐやまつはる紐あまた

座五を六音に伸ばすことによって、花疲れの倦怠感が増幅されると同時に、色々な紐の色彩感が浮かび、更には、ナ行、ハ行、ヤ行、ラ行音の絡みから、音質的にもエロチシズムを引き出しています。それに較べると左の句には、汚らしささえ感じてしまうでしょう。長々と例を引きましたが、私の言いたかったことは、字余りや破調を用いるなら、それを逆手にとって、定型を超える作品を創りたいということなのです。ところが、兜太の句の字余りは、技法としてのそれではなく、単に言葉数の多いだけの字余りなのです。

これ等について少し詮索を試みます。全句に関してはとても暇が無いので、略々《ほぼほぼ》の平均値を出します。まず最初の句集である『少年』（昭和十五年二十一歳→昭和三十年三十六歳）の最初の頁から十頁おきに載っている句数五十六に対して字余り合計百。一句平均一・八字余り。中間の句集『遊牧集』と『猪羊集』（昭和五十二年→昭和五十七年）も前者と同様に抽出して、一句平均二・四。最後の『東国抄』にては一句平均〇・八という結果です。『少年』の場合、最初の部分では、ほとんどが有季定型で字余りも少ないのですが、二部に入ると字余りが目立つようになります。これは、初心の段階を経て、昭和二十一年にトラック島よりの帰還、翌年結婚、更に就職と彼をとり巻く環境の激変とともに、いよいよその中での自立を志して彼の本領を発揮し始めたことを物語っていると思われます。

兜太の俳句に接したのは、昭和三十五年以後のことだったと思いますが、当時から知られていた、

きよお！　と喚いてこの汽車はゆく新緑の夜中　『少年』
原爆許すまじ蟹かつかつと瓦礫あゆむ　『半島』
銀行員等朝より螢光す烏賊のごとく
彎曲し火傷し爆心地のマラソン
華麗な墓原女陰あらわに村眠り

等の句に出会った時の感想は、胃弱だった私にとって、「胃酸がこみ上げてくる」ような気分にさせられたというのが本音です。それ以前にも、新興俳句とか前衛俳句とかいわれるジャンルの句を目に

したことは有るのですが、兜太の句のように、生《なま》のエネルギーがあらわに露呈した句に出会ったのは初めてです。俳句は、「複数の文学」であると言われますが、十七音、それも季語を含めると、たかだか十二音位でしか物を言うことができないので、作者の意を十全して読者に伝えることはまず不可能な詩型といえます。従って、作者が発信した意図を、読者にイメージとして受信してもらうことが必要な詩型なのです。ところが、先に挙げたような兜太の最盛期の作品群は、言葉数多く、一方的に作者の意を尽くしてしまっている句が多く、これが読者をして疲れしめる原因となっているのです。読者側の心に、イメージが拡がって行く時間的な余裕が与えられないのです。

彎曲し火傷し爆心地のマラソン　　兜太
広島や卵食ふ時口ひらく　　西東三鬼

兜太の自解によると、
「爆心地をマラソンの列が若やいだリズム感で走っていたのですが、にわかにランナーたちは、体を歪め、火傷して、崩れてゆく。――私の頭にその映像が焼きついてしまい、いくどでも繰り返しあらわれてきます。元気よく走っていた長距離ランナーたち。しかし、いま、その肉体は火傷し、彎曲して、その姿のままで走ってゆく。倒れもせず走ってゆくのです。喘ぎ喘ぎ、ひん曲って、皮膚を垂らして走ってゆく」

としていますが、この句などは自注を待たずとも、絵を見るごとくにその状況が理解されるのです。

西東三鬼の句については、川名大の解説を、『現代俳句』（ちくま学芸文庫）から借りることにします。

「自注には「未だに嗚咽する夜の街。旅人の口は固く結ばれてゐた。うでてつるつるした卵を食う時だけ、その大きさだけの口を開けた」とあり、原爆投下の惨状を目の当たりにした時の三鬼自身の精神的衝撃を、「卵食ふ時口ひらく」という虚脱した行為の即物的な表現によって表わしたものとなっている。

しかし、卵を食う行為を旅人自身の行為として鑑賞したのでは、発想的にも凡庸な句になってしまう。この句の生命は「卵」であり、また「卵食ふ時口ひらく」という行為である。つるつるした茹で卵は、被爆者の被爆により脱毛した頭部や、焼けただれた跡の生々しい顔や皮膚のイメージを喚起し、卵を食う時に口を開く行為は、惨禍に自失し、疲弊した市民の虚脱した虚無的な行為を表わしている。

そうした「卵食ふ時口開く」という表現の力が、現実に風化した原爆都市広島のイメージを言葉の世界の中で風化させずに、リアルに支えているのである」

まさに間然するところの無い解説といえます。「卵食う時口ひらく」という現実の行為の中で、三鬼自身が被爆者と同化していたというのが私の観賞なのですが、この十二音のように読者に与える計り知れないイメージを持つ句こそが名句といえるのです。私のイメージの中で、卵を食い終わった被爆者は、空缶に入れた、ぬるくて匂う水で口を潤し、再び口を噤むのです。

昭和三十五年四十一歳までの句集の中から、私の好きな句を拾ってみます。

ひぐらしや点せば白地灯の色に
靴に充つる冬の足指ひとりの兵
水脈《みお》の果て炎天の墓碑を置きて去る
野心も秋へマッチの焔指に迫る
原爆の街停電の林檎つかむ
屋上に洗濯の妻空母海に
ガスタンクが夜の目標メーデー来る
青年鹿を愛せり嵐の斜面にて
果樹園がシヤツ一枚の俺の孤島
冬森を管楽器ゆく蕩児のごと

ついでに、字余りばかりの句の中に見つけた字足らずの一句。

遺骨それより白いのは犬　（トラック島）『生長』（未完句集）

この句などは字余りの句よりも、読者の心にイメージが拡がってきます。

兜太の方法論「俳句造型」の骨子として書かれた、「俳句の造型について」、「造型俳句六章」は、彼がもっとも脂ののっていた四十歳前後に書かれた俳論ですが、第四巻の巻末の解題で、安西篤が次のように述べています。

「「俳句の造型について」で、戦後俳句は前衛的手法へのめり込んでいった。兜太が、「造型論」は態度と手法を綜合したものだということをいかに強調しても、実作者たちの手法への傾斜はとめようがなかった。一方俳壇ジャーナリズムは、〈前衛〉と〈保守〉の対立の図式をはやしたてていた。しかし兜太にしてみれば〈前衛俳句〉という特定のエコールの方法論として「造型論」を打ち出したわけではない。目指すところはあくまでも俳句の本格的方法論であり、現在を担った真の伝統の形成である。

昭和三十五年に十年間の地方勤務を終えて帰京した兜太は、翌三十六年に「俳句」誌上に「造型俳句六章」を連載した。これによって、「造型論」を詩論的な体系に洗練化するとともに、子規以降の俳句史の中に位置づけ、伝統との関わりに立つ啓蒙的説得に努めている。とくに、「創る自分」というキーワードが手法的なものに受け取られ勝ちであったことをふまえ、「主体の表現」という言い方で、態度と手法の綜合へ導こうとしている。

昭和三十六年は、現代俳句協会の分裂と俳人協会発足の年でもある。俳壇の保守化はそれを機に一気に強まることになる。その背景には、前年の六〇年安保闘争の収束を契機とする社会全体の急旋回があった。その中で兜太は、「どんな思潮のなかでも崩れることのない〈戦後俳句〉の、つまり現代俳句の方法論を持つべきだ」と考えて「六章」を書いたのである」

私にとって、兜太の「造型論」というものは、伝統俳句と対立、或いはこれを否定する「前衛俳句」といわれる系列の旗印のような印象を持っていたのですが、今思うに、安西の指摘するごとく、ジャーナリズムの図式によって描かれた兜太像ばかりを見ていたという感なきにしもあらずです。

兜太は、第四巻「虚子の「客観」」の結びに、

春の山屍を埋めて空しかり　　虚子
旅に病んで夢は枯野をかけめぐる　　芭蕉

の二句を抽いて述べています。

「流転客観の人、それを処生への硬質な意志とした人にも、年齢は容赦ない。私はこの句を読むとき、やはり虚子の死への想いの、軽いつまずきを思わずにはいられない。流転に自在であった彼にして、死は軽いつまずきであり、哀しみであった。しかし彼はただ空しいというしかない。いや、それだけしか言おうとはしない。芭蕉はどうであったか。無心に立ち、その意味で禅的色彩をおびた彼の後半

生は、しかし、つねに煩悩と闘い、その闘いを隠そうとはしなかった。「旅に病んで夢は枯野をかけめぐる」の世界は、ひどいつまずきであり、空しさどころではなかったのである。後世は、芭蕉のここに、現実の生身《なまみ》の抒情（詩の本質）を托し得ても、虚子の位置には托し得ない。その違いを、現代の私たちははっきり知っておかねばなるまい。

つまり、現実の生きた憂悶や思念をも、ついには「一種の形式」にしてしまいかねないという――前述の碧梧桐の懸念を、ここで改めて再確認しておかねばなるまい。虚子が写生の名によって行なった形式性の確立が、俳句のその後――近代から現代――にとって、まことに有効なものであっただけに、それはなおさらである」

「虚子の「客観」」に続く「土がたわれは」は、文章も文脈も平明になり、兜太の俳句観が率直に示されています。

「　流れゆく大根の葉の早さかな　　虚子
　金剛の露ひとつぶや石の上　　川端茅舎

虚子の作品には、無常観の底から見定めた流転の相が、素知らぬ顔で、しかし、じつに用意周到に書きとめられてあった。

茅舎の作品は、意思的な生の受容が、みずみずしい充実感を形成していた。その充実ぶりは、個性というような個別性を超えて、普遍への充足ぶりを示すものでさえある。
私は、こういう作品に引きつけられる面をもった。俳句というものは、結局、こういう姿に極まるのではないかと思うときもあった。しかし、すぐ、それではつまらない、という気持に支配された。いま、この文章を書きながらも、私は同じことを反覆する」

また、楸邨、草田男、波郷三人の「人生探究派」の句と、虚子、茅舎の句を対照し、こう述べます。

「私なりの言葉を使って較べることができる。たとえば、状況と境地という対照がある。人生派三人の作品を状況の句といい、これら二人の作品を、境地の句という。状況の句は、自分の現在の状態に忠実に対応しつつ、その刻々を、初い初いしく、揺れ動くままに、したがって、なまぐさく、表現してゆくのである。だから、織細であり、不安定であり、いかにも素人くさいものなのである。
それに較べて、境地の句は、自分の現状ということに、それほどこだわることをしない。それは一つの現象であるという見方に傾くのである。だから、刻々を生ま生ましく捉えることも、揺れ動く内心に追随することも潔しとしない。それよりも、充実した〈境地〉の形成を計るのである。円熟した、動かないものを築こうとするがゆえに、その表現は、一種の線の太さを持ち、いかにも玄人のしぶとさを示す」

思わず膝を打つ見事な対照法です。そして、私自身の今までの作句態度が、境地型の句を目指していたことを確認したのですが、これに関しては、後に述べることにして、もうひとつ文章を引用します。

「また、定型式についても、これは草田男の場合にいちばん顕著だったが、字余り（破調という言い方もある）にすることが多かった。しばしば「散文化」、あるいは難解という評語がきかれたのも、そういう〈長い俳句〉からくる面があったのである。もっとも、これには、現在の生きた屈折を現わそうとして、どうしても盛り沢山になり、多くを提示することになる面——そういう内容的な要請も大きく働いていたことは争いがたい」

この文の中の「草田男」を、そのまま「兜太」に置きかえることができます。彼の師は、いうまでもなく楸邨なのですが、これは兜太自身も言っているように、どちらかといえば心情的なつながりで、作品的には、沈思収斂型の楸邨よりも、当時、フィリップの「ディレッタンティズムの時代は過ぎた。今や野獣の生きるべき時代である」というところに身を置いていた活潑発散型の草田男にひかれ、彼が指導していた「成層圏」句会にも出席していたのです。

以上のような状況から、兜太俳句の「破調・字余り」の原因の一半を探り得た思いがするのですが、この全句集の掉尾を飾り、また、今年度の「蛇笏賞」を受けた「東国抄」（平成七年→十二年）に目を転じ、私の好きな句を挙げてみます。

夢の中人人が去り二、三戻る
白雲木花火揚つて牛の臭い
体毛は移転するらし年果つる

雨蛙退屈で死ぬことはない
海鞘が好き腹式呼吸が朝の仕事
かみなりの墓場もあらん見にゆかん
よく飯を嚙むとき冬の蜘蛛がくる
狼墜つ落下速度は測り知れぬ
冬眠の蝙蝠に似て不透明
人間と人間出会う初景色

「東国抄」は、「半島」以来、略々四十年後の句集なのですが、破調や字余り、また佶屈《きっくつ》な言葉が減って、ほとんどの句が季語を持っています。加齢することによって、自分の生まれ育った風土「秩父」へ心が傾いてゆくに従って、そこに存在している動物や植物への眼差しが深まり、更には、同じ生き物としての一体感にまで到達したと見ることもできるのであり、それは即ち、虚子の世界へ同化してきたことに外なりません。

「俳句研究」七月号の、鳴戸奈菜、今井聖、高山れおなの鼎談「兜太俳句の今日性」の中で、鳴戸は、兜太の講演に出てくる、虚子・山頭火・永田耕衣との絡みを指摘して、

「これらのことを考えると、高浜虚子と金子兜太という図式ができあがるようです。兜太さんがいずれ高浜虚子論を書かれたら、ぜひ読みたい。(中略)『東国抄』は『暗緑地誌』などに比べれば表現と

しては緩んできていると思うのですが、自然体でいいんじゃないかしら。私は自然体であるところを買っています。今後、老いというものと自分をどう向き合わせていくか、堂々と生き生きと老いの過程を見せていただきたい」

としているのに対し、今井は、

「いや。ぼくは兜太さんには最後までどろどろして、土の中から生れてきたようなゴツゴツした句を作っていただきたい。最後に好々爺になり、淡白で透き通るような句を作るようになっていくなんて許せないな」

と、きびしい注文をつけているのですが、ここのところ、次第に兜太菌に対しての免疫力がついてきた私としては、今井の意見に与したいところではあります。


兜太に関する拙論は、ひとまず惜くとして、先の状況型と境地型との対照法に依ると、私は境地型指向であるとした理由を述べてみます。

大正十二年の関東大震災で、当時の本所区にあった家を焼かれた祖父母が、練馬の住宅地に移り住むようになったのは、昭和五年頃だったのですが、父の結婚や私の出生などで、そこも手狭になったため、二キロほど西の畑の中に建てられた四軒の住宅のひとつを買って現住所に移ったのは、私の生まれた昭和十一年のことです。この辺りは、当時の準風致地区に当り、建蔽率が一・五割(風致地区は一割)だったため、三十坪の建坪に対して、二百坪の敷地を必要としました。家以外の、その空間を埋めるため、庭師や植木屋が年中出入りしていたのを、子供ながらにはっきりと覚えています。先住民の農家の人達以外は、ほとんどが中級サラリーマンの家庭なので、植木に対して知識も技術もなく、おおかたが職人達の言いなりになっていたのが実情です。なにしろ肥沃な武蔵野のそれも畑の土に植えられた樹木なので、その成長ぶりはすさまじいばかりで、毎年、庭師の手を借りなければならなかったのです。ところが、戦争が始まって、世間の情勢が逼迫してくると、庭師などを呼ぶ余裕もなくなり、すべてが家人の手に依らざるを得なくなったのです。戦争が終わった時、小学校の三年生だった私でさえ、祖父の植木の手入れの手伝いをさせられていたのですが、それがだんだん私の方に比重が懸かってきて、中学生の頃には逆転し、高校生になるとすべて私が始末する破目になってしまいました。

当時の庭の植木の在り様は、大きな木の枝ぶりまで含めて、今でも完全に思い出すことができます。ざっと数えてみますと、梯子だけでは足りずに登らなくてはならない木が二十本、梯子だけで足りる木が十五本、梯子が必要ない木が二十本ほどです。鋸で大枝をバサバサと切り落してしまえば事は簡単なのですが、昔、職人が残していった枝ぶりから出る徒長枝のみを鋏で詰める「拳に作る」というやり方なので、その手間は大変です。歳時記によると、「剪定」が春、「木の枝払う」が夏、「松手入れ」が秋の季語となっていますが、夏は葉が茂っていたり、毛虫がいたりするので、植木の手入れは、やはり毛虫が繭になり、落葉樹が裸になる、気温もそれほど低くない十月から十二月にかけて、集中的に行うのです。それが翌年の夏になると再び繁茂してしまうのですが、一年サボってしまうと、徒長枝が太く固くなり、鋏だけでは間にあわなくなってしまうので、更に手間がかかってしまうことになります。という訳で、毎年夏になると茂った庭木を見て、うんざりというよりも暗澹たる気分になっていました。
それに較べると、隣家のお爺さんの幾鉢かの盆栽は、手入れも簡単そうだし、植木には無い「芸術性」のようなものも感じられ、次第に盆栽に興味を覚えるようになったのですが、やがて、更にその先に、「豆盆栽」という驚嘆すべき世界があることを知ったのです。いうまでもなく、豆盆の器は、盃か、ぐい呑み程度の大きさに限られ、その上にミニチュア化した植物を育てるのですが、単に矮小化しただけではなく、「象徴化」ともいうべき段階にまで極められているのです。たとえば、割箸ほどの一本の柿の幹に、普通の大きさの赤い実が、ひとつだけゴロンとついていて、さりげなく「秋」という題が付けられているのです。名脇役として知られていた中村是好はその道の大家で、豆盆栽の入門書も出していたのですが、これらの本は昭和三十年頃でも一万円以上する豪華版ばかりです。因に当時の一万円といえば、大学卒の初任月給に相当します。神田の本屋街で、溜息まじりに高価本に見入っている高校生を、眼鏡越しに窺っている店主の胡散顔が、いまでも思い浮かんできます。

大変、前書きが長くなってしまいましたが、私にとって、「豆盆栽」に文学の世界で匹敵するものが「俳句」だということを言いたかったからなのです。庭木が散文なら盆栽は短歌に当り、豆盆が俳句と対等するのですが、先の兜太の対照に依れば、豆盆はあきらかに「境地」の芸なのです。という訳で、豆盆と俳句とを対等させている私の指向は、境地型であると言わざるを得ません。

俳句は更に、植物だけではなく、自然や人生、想念の世界までをもその小さな器に盛ることができるのですが、境地型の俳句は、兜太の言うごとく、「刻々を生ま生ましく捉えることも、揺れ動く内心に追随することも潔しとしない」のです。人生や想念を詠んだ場合には、「揺れ動く内心」を象徴する「物」に托すわけです。

此秋は何で年よる雲に鳥　　　芭蕉

心は状況型なのですが、形は境地型に収まっています。すでに三百年前、この手法は芭蕉によって完成されていたのです。

はなはだ唐突なのですが、「境地型」の私にとっては、高校生の時に覚えた数学の簡単で基本的な公式なども、豆盆栽や俳句と共通するものを含んでいます。例えば、

$\lim_{x \to \infty} \left(1+\frac{1}{x}\right)^x = e$　　　（1）

凩の果はありけり海の音　　　言水

$(\sin x)' = \cos x$　　　（2）

帯木に影といふものありにけり　　虚子

$\sin x+\cos x=1$　　（3）

一月の川一月の谷の中　　飯田龍太

$e^{\pi i}=-1$　　（4）

天網は冬の菫の匂かな　　飯島晴子

（1）（2）（3）の式には、記号の組合せに、言語的なレトリックを見て取ることもできますし、論理記号の妙な組合せから実数が現われてくる（4）の式には、天網などという訳の判らぬものを、冬の菫の匂いと結びつけた晴子の詩性に通じるものを感じてしまいます。これ等の数式に対して、

$2-1=1$　　（5）

$1-2=-1$　　（6）

のような式は、（3）や（4）と答えは同じなのですが、その内容には雲泥の差があります。（5）（6）には、驚きも、疑いも、美的あるいは修辞的なものもなく、単に辻褄が合っているだけの、俳句の世界でいうところの、「ただごと俳句」なのです。子供が算盤でもやれることなので、わが「すずしろ句会」では、このような句を「ソロバン俳句」と称して、罰金刑の対象とします。最近の句会の作品の中から、そ

れらの数句を列挙して締めくくりとしますが、先の四俳人の秀句と、以下の駄句との違いが判らないような方は、ゆめ俳句などに手を染めることのないよう御忠告申し上げて、拙稿を了えます。

君がため朝餉夕餉にトマト切る　　罰金十二
前を向け融通利かせ扇風機　　十五
囚われて光短かし蚊帳ほたる　　十三
夏空にむき身にされし白き腕　　十
ママチャリで切る薫風に髪なびく　　十二
さらばとは男の言葉卒業す　　七
蚕豆に花咲き天はま青なり　　十
風を連れ枝垂桜の艶姿　　十五
団欒の足にぎやかに掘炬燵　　十
うどん屋の湯気もうもうと初空へ　　十五

（罰金単位百円）

阿佐ヶ谷歳時記　秋

蜩

昨年の七月末に、群馬県の「吹割の滝」、栃木県の「竜神の滝」「華厳の滝」、茨城県の「袋田の滝」と、北関東の名瀑巡りをしたのですが、何分梅雨明け後の炎天下のことで、どの滝とも水量が不足気味で、殊に「吹割の滝」は以前二回見物した時に較べて、全く迫力に欠けていました。

というわけで、今年は水量の豊かな梅雨の最中に、吹割を見ようと、物好き四人が六月二十三日に車で出かけたのですが、今年は生憎の空梅雨の上に、当日気温が二十七度にも昇る好天気。滝の水量は去年より更に少ないという有様で一同がっかり。昨年は時間の都合で割愛した対岸に渡り、この滝を詠んだ句碑をひやかしながら渓谷沿いに下ってくると、鬱蒼とした桧の木立の中で、しきりに真昼の蜩が啼き交しています（これは山岳地帯ではよくある事で、今年七月十五日に箱根の早雲山の中腹でも同じ情景に出会っています）。

ところがその啼き声に注意してみると、日本国内で今まで耳にした蜩より、音量が小さく、音程は高く、音質はカ音とハ音の中間位で、ちょうど普通の蜩と河鹿の啼き声の中間のような感じです。日本内地の蟬は、十属十四種に分類されていますが、そのヒグラシ属の一種かと思われます。以前、栃木県の鬼怒川上流の五十里ダム附近では、六月の中頃から蜩が啼くと聞いていましたが、或はこれと同種のものとも思われます。大まかにいえば、ここと五十里ダムとは、金精峠を境にして東西に六十キロメートルほど離れた山地にありますが、それは生物学的なつながりの可能性を否定するほどの距離とも思われません。

ちなみに阿佐ヶ谷附近で蜩を聞くのは、駅近くの相沢さんの森で、八月中に二、三回程度しかありませんが、大宮八幡まで足をのばすと、八月中は夕方になると十四位が毎日鳴き交わしています。

今を去ること二十五年ほど以前に、練馬の自宅で蜩を手捕りにしたことがあり、それについての拙稿が残っていますのでその一部を転載します。

何事にも道を修むる者は、「赤手を以て業をなす」にその奥儀をみる。遠くは柳生新陰流「無刀取り」、近くに筑後川鯉摑みの達人「鯉とりまあしゃん」の如きである。素手にて捕えた蟬を虫籠に移し、近くで鳴く「天然物」と競い鳴くのを楽しんだ後に放ってやるのが「蟬道」の究極とする処である。特に朝夕に得る蜩の麗鳴を以て秀逸とする。

昭和五十年八月某日、阿佐ヶ谷にて痛飲し、帰宅したのは、はや、東の空が白みかかる頃であった。

勝手口の扉に鍵を差し込んだその時、裏にある何本かの樹の中から、近くの森で鳴き始めた蜩に合わせて一鳴が起こった。遠蜩の澄んだ声と違って、「ガ行音」に近い濁った音色は、ごく卑近な枝に鳴く事を示している。泥酔に分別を失い、その初鳴が終わった時には、思わず見当の樹の下に走り寄っていた。殆ど闇に近い中で、その姿を見つける事は出来ない替わりに、蜩という蟬は一鳴き終わると、次鳴に備えて気息を整えるかの如く、「クークー」と微かな音を出している。耳をそばだててこの声を追うと、北西の角にあるサクラの幹の中程にその音源がある。下枝は払われてしまって足がかりが無く、泥酔の肥満体にはかなりきつかったが、第二鳴と同時に登り始め、鳴き止むと、再び息をこらしてその微かな音を聞き探る。三鳴するや、眼前半尺の幹にかろうじてその姿を透し視た。捕りやすい位置まで体を移し、右手の指先を蜩の腹に右側からほんの少しづつ忍ばせると、初めは左横へと逃げてゆく脚も、やがては半信半疑の歩みを、差し入れた指先に乗せてくる。六脚を移し了ったところで掌を軽く握り、登りよりも更に慎重に樹を降りて、履物箱の上に転がしてあった娘の虫籠の中にだましだまし移し了ったのは、初鳴より約十分後であった。それを軒さきの物干竿の端に吊るし鳴き始めるのを待っている間も動悸と油汗が止まらず、樹を降りる時体を支えて擦り剝いた右肘の内側は出血してかなり痛みだした。待つ事暫時、又起こった森の斉鳴に合わせて籠中の一鳴を得、してやったりと一人悦に入る頃には辺りもかなり明るくなり、更に数鳴を重ねた後は、快晴の空がすっかり明け切っていた。ここで虫籠から放してやれば万事筋書き通りなのだが、活きた蜩など見た事も無い昆虫好きな娘が間もなく起きて来るので、一目見せてからと思ったのがいけなかった。軒先からはずした虫籠を、日陰になりそうな庭の茂みの中につっ込んだまま全く忘れ去ってしまい、ハッと思い出したのは三日後。愕然として駆けつけてみると、その屍を蟻に喰われもせず、小さい紙風船の様な腹を籠の底にかえして、哀れカラカラと鳴っていたのである。

曼珠沙華

ぐずついていた天気も、九月十二日に台風十五号が東京の中心部を通過してやっと晴れあがり、阿佐ヶ谷附近でもあちこちで曼珠沙華が一斉に咲き揃いました。

ハギ、オバナ、クズ、ナデシコ、オミナエシ、フジバカマ、キキョウといった秋の七草が、どちらかといえば地味な花なのに較べ、中国原産といわれる曼珠沙華は日本の野草の中でも最も強烈な個性を持った草で、九月の中ごろにいきなり地中から花の茎を伸ばし、一斉に花を咲かせたかと思うと、十日ほどで青い茎のみを残して花を終え、

枯るるなら一糸纏はぬ曼珠沙華　　殿村菟絲子

という状態になり、更にその茎も枯れた十月の中ごろから、青々とした葉を茂らせて冬を越すのです。ところが、いろいろな歳時記を調べてみると、明治以前を芭蕉まで遡っても、名句はおろか例句さえ殆んど見当らないのです。私達が愛唱している佳句は、すべて昭和になってから作られた句と言い切れます。事のついでに『古典植物全集』(広江美之助著)の「芭蕉七部集の植物」に当たってみると、「七部集」と「奥の細道」には一句も無く、「蕪村俳句集」に一句あるのみとなっているのです。講談社の『日

本大歳時記』によると、江戸時代の例句として

弁柄の毒々しさよ曼珠沙華　許六
曼珠沙華狐の嫁入りに灯しけり　素丸
まんじゅさげ蘭に類ひて狐啼く　蕪村

の三句が挙げられていますが、蕪村の一句はこの句かと思われます。その後は、

曼珠沙華あれば必ず鞭うたれ　虚子

までとんでしまうのですが、いずれも佳句とは言えません。山本健吉氏は秋の蜩に関して、「蕉門俳人に例句が少ないのは、どういう理由か不審である」としていますが、同じように曼珠沙華について江戸俳人の例句が少ないのは不思議に思われます。

芭蕉の没した翌年元禄八年に開版された「花壇地錦抄」によると「曼珠沙花――花色朱のごとく、花の時分葉はなし。この花何なるゆゑにや、世俗うるさき名をつけて、花壇などには大方植ゑず」と記されていますが、「うるさき名」とは、この花が、彼岸花、死人花、天蓋花、幽霊花、捨子花、狐花、三昧花、舌曲り、などとさまざまに言い馴らされていることなのです。『日本植物方言集』（八坂書房）

には、なんと四百十四の方言が収録されています。

因《ちなみ》に、中国名は石蒜、学名は Lycoris radiata で、この草の持つアルカロイド毒リコリンの語源はここからきています。

『毒草の雑学』（一戸良行）によると「この根茎を生で食べれば呼吸麻痺や心臓麻痺を起して死に到るが、アルカロイド塩を水で流し出してしまえば、あとに残る炭水化物（多量のデンプン）は食料になる」として、天明の大飢饉で人口の三分の二を失なった岩手県でも、その時に彼岸花をうまく手に入れることができた村だけが生き残ったそうです。


私にとって思い出となっている曼珠沙華をいくつか挙げてみます。

昭和二十年、国民学校三年生で、群馬県のさる寺に学童疎開していた秋のことです。戦争は終わったものの、すぐには帰京できずに合宿生活を続けていたのですが、そんなある日、寺から北の方へ一里程の「九十九村の首塚」を見物に行きました。信越線の松井田駅から、榛名山の方へ一里位の見当の所です。銀ヤンマが飛んでいる田圃を見下ろす南向きの斜面に、直径十メートル位の椀を伏せたような塚があり、あたり一帯は満開の曼珠沙華で覆われています。南端の切り取られた断面に木の格子が嵌め込まれており、そこから空洞になっている内側を恐るおそる覗くと、奥の方に蜘蛛の巣と埃にまみれた髑髏が山積みになっていたのです。その由来は忘れてしまいましたが、あの光景を忘れることはありません。

終戦後、テレビはおろか、まだラジオに民間放送も無かった頃、とても流行った歌謡曲に「長崎物語」があります。この歌は昭和十四年に作られたものなのですが、以後軍国色一色となっていった日本が、敗戦によってそれを一掃した戦後になってから愛唱されるようになったようです。私達が酒を飲みはじめた昭和三十年頃は、町の酒場にカラオケなどは無く、ギター流しが活躍していた時代で、「船頭小唄」、「影を慕いて」、「かえり船」、「湯の町エレジー」にこの「長崎物語」を加えての五曲が、ギター流しクラシック五大名曲であり、これをきちんと弾けない流しは格下に見られたのです。カラオケがはやる以前は、毎晩三、四人の楽士が阿佐ヶ谷の酒場を廻っていたのですが、そのなかの一人のハジメちゃんが私の贔屓で、彼を呼んだ時には必ず長崎物語を注文したものです。

一、赤い花なら　曼珠沙華
　　阿蘭陀屋敷に　雨が降る
　　濡れて泣いてる　じゃがたらお春
　　未練な出船の　ああ鐘が鳴る
　　らら鐘が鳴る

二、うつす月影　彩破璃

父は異国の　人ゆえに
金の十字架　心に抱けど
乙女盛りを　ああ曇り勝ち
らら曇り勝ち

（以下略）

（梅木三郎作詩・佐々木俊一作曲）

そのハジメちゃんも、二十年ほど前に廃業し、福生でスナックバーを開店してそのマスターに納まっており、いま阿佐ヶ谷の流しは、この道まじめ一筋のミトちゃんが一人で頑張っています。

西国の畔曼珠沙華曼珠沙華　森澄雄

俳人黒田杏子さんは、日記風歳時記の中で、「曼珠沙華は西の方に多いように思われる」と言っていますが、全く同感です。三年前の秋、浜名湖から豊川稲荷方面に遊んだ折、この辺り一帯に簇生している曼珠沙華に、圧倒された覚えがあります。先の首塚の花は、高さ二十センチ位で、地を覆うように咲いていたのですが、浜名湖のそれは、高さ七十センチ位もあるものが、紺碧の空の下、目のやり場も無いほどに林立し、まさに猖獗を極めるというような有様でした。

曼珠沙華御油赤坂をつらねたる　　森田峠

この句は、

夏の月御油より出《いで》て赤坂や　　芭蕉

を踏まえての吟ですが、東海道本線の通過を忌避してしまったため、全くさびれてしまった宿場町（現豊川市内）の道筋に、曼珠沙華が咲き誇っている景色を詠んだものです。旅の帰路に、東名高速道路で静岡に近づくにしたがってその数が減り、神奈川県に入ると殆んど姿を消してしまいました。

東京近辺では、西武池袋線高麗駅近くの巾着田が有名で、九月中旬には百万本と言われる花が咲き揃い、見物客で賑わいます。当阿佐ヶ谷附近では、南一丁目の岩渕さんの垣根沿いに三百本ほどが咲きますが、それとは逆に阿佐ヶ谷の名所一草園で、毎年かならず一本だけ咲くのが何とも不思議です。

精巧な細工物を思わせるこの花は、だいたい一茎に六輪を咲かせ、それぞれが六枚の花弁と六本くらいの芯を持つのですが、そのメカニカルな形が、雪の結晶や蜂の巣の六角形などとからみ合って、何か形而下で自然の摂理と通じているようなイメージを持つようになったと同時に、それまでは、土俗的、仏教的形而上の世界とのみ繋がっていたこの花が、大正時代あたりから、西欧的、キリスト教的なムードを得て、他の秋草に較べ格段にその詩的キャパシティーを拡大しました。ということは、この花の俳句が作り易くなった、かなり無茶が利くようになったということで、秋の七草の代表である萩の句と較べて見ても、その差は歴然としています。

われにつきゐしサタン離れぬ曼珠沙華　杉田久女
曼珠沙華逃るるごとく野の列車　角川源義
眼帯の内なる眼にも曼珠沙華　西東三鬼
おほよその使徒ははだしや曼珠沙華　佐々木有風
野にて裂く封書一片曼珠沙華　鷲谷七菜子

というような具合です。蛇足ながら拙句も付け加えておきます。

ここからが八丁地獄曼珠沙華　拙
きりしたんころびにけりな曼珠沙華
青空は貼つた紙かも狐花

白波の遠つ淡海曼珠沙華
ゲルニカの絵の裏側に曼珠沙華

再び曼珠沙華

九月に入り、そろそろ曼珠沙華が咲く頃となったので、「すずしろ句会」の連衆が合議の上、今年は高麗川の巾着田を見物することに決まりました。

去年の阿佐ヶ谷の開花が九月十日頃だったので、とりあえず十五日の日曜日を予定していたのですが、一向にその兆がありません。やむを得ず一週ずらして二十二日としていたところ、それまでぐずつき気味だった天気が晴れあがった十八日に、阿佐ヶ谷附近でもぼつぼつ咲き始めました。

当日十二時に西武新宿線鷺ノ宮駅に一行十三人が集合、所沢駅にて池袋線に乗り替え、飯能駅で見物客用の臨時電車に乗り、一時半頃高麗駅に着きます。

明治天皇の行幸があった低い山への入口だったのですが、戦後になって今の駅名に改められました。近くには高麗神社や、新羅系の神を祀る自髭神社、また石器時代の住居跡などもあり、古くからこの一帯には縄文人や大陸からの帰化人が住みついていたようです。

さて、電車が駅に到着するや、その雑踏ぶりに驚きます。折から降りだした小雨に、帰路を急ぐ人達の流れに逆らって、狭い路を十五分ほど川に向かって下り、現場に着いたのですが、ここもまた老若男女の人の渦で、殊に婆さん連のその喧噪ぶりは、もはや公害の域に達しています。百万本といわれている花を目前にしても（当日は三割程度開花）、一句すら捻り出せるような状況ではありません。

一時間ほどで巾着田を一周します。初案では、ここから二キロぐらい下流にある聖天院や高麗神社を参拝する予定だったのですが、生憎の雨のためこれを中止して、バス通りから外れた遊歩コースを選び、JR八高線の高麗川駅を目指します。先程とは打って変わって静かな農村や山林を抜ける路のそこここにも、曼珠沙華が咲きはじめ、また木犀や茶も咲きかけています。それらのなかでも、野草の叢の上に咲き残っている縷紅草（夏の季語）の小花のくれない色に眼を惹かれました。三時過ぎに駅に到着。幸いにも間もなく当駅始発の八王子行きがあり、ゆったり座ることができました。高麗駅のあの混雑ぶりを思うと、こちらを選んだのが正解でした。

電車が出発すると、間もなくカーブがあります。昭和二十二年（一九四七年）二月二十五日の朝、隣の東飯能から来た六輌編成の下り高崎行きの汽車の後部四輌が、過速のため脱線して築堤から五メートル下へ転落して粉々になり、死者百八十四名、負傷者四百九十五名という日本鉄道史上二番目の大事故が起きています。また、終戦直後の昭和二十年八月二十四日の朝に、この先の拝島－小宮間の多摩川鉄橋上で、双方五輌編成の上下の列車が、時速五十キロで正面衝突して川に転落、折からの増水に流され、死者百五名、行方不明者二十名、負傷者百六十七名を出しています。前日の雷雨で通信が不能となっていたため、連絡の手違いによる大きな人災事故なのでした。

八王子で中央線に乗り替え、うつらうつらしていると、三鷹－吉祥寺間でいきなり急停車、そのまま二十分ほど立往生します。車内放送によると、線路上に人が飛び出してきたとのことです。大きな事故にもならず、五時頃に阿佐ヶ谷着。とりあえず当店の座敷に集まり、昨日の残り物を肴に打上げをしたのですが、句を拾えた人は皆無といった有様でした。

当日同行したカメラマンのBさんが、晴天となった二日後の朝、再び一人で巾着田に挑戦したとのことで、後日その写真十数葉を拝見して驚きました。

実際に目にした光景より格段に美しく、またフィルターは使わず、絞りとシャッターの加減のみで撮ったとのことなのですが、月光の下に妖しく咲き揃っているように見えるものもあります。この写真を種に、やっと三句ばかり捻りだしたというのが実情です。

飛び立たぬための青茎曼珠沙華　　拙
曼珠沙華月下の入水そそのかす

牧野富太郎著『植物一日一題』の中に「万葉歌のイチシ」という一項があります。博士は「万葉集」第十一巻（二四八〇）、

路の辺の壱師の花の灼然《いちしろ》く人皆知りぬわが恋妻は

の一首を取り上げ「そしてこの歌の中に詠みこまれている壱師ノ花とあるイチシとは一体全体どんな植物なのか。古来誰もその真物を言ひ当てたとの証拠もなく、徒らにあれやこれやと想像するばかり

である。なぜなれば、現代では最早そのイチシの名が廃たれて疾くにこの世から消え去つているから、今その実物が摑めないのである。故にいろ〳〵の学者が単に想像を逞しくして暗中模索をやつてゐるにすぎない。

甲の人はそれはギシギシ（羊蹄）だといつている。乙の人はそれはメハジキのヤクモソウ（茺蔚即ち益母草）だといつている。丙の人はそれはイチゴの類だといつている。丁の人はクサイチゴだといつている。戊の人はそれはエゴノキだといつている。そして一向に首肯すべきその結論に到達していない。

そこで私もこの植物について一考してみた。初めもしやそれは諸方に多いケシ科のタケニグサ即ちチャンパギク（博落廻）ではないだらうかと想像してみた。この草は丈高く大形で、夏に草原、山原、路傍、圃地の囲回り、山路の左右などに多く生えて茂り、その茎の梢に高く抽んでている大形の花穂そのものは密に白色の細花を綴って立つており、その姿は遠目にさえも著しく見えるものである。だが私はそれよりも、もつとよいものを見つけて、ハッ！　これだなと手を打った。即ちそれはマンジュシャゲ。（中略）そしてその群をなして咲き誇っているところ、まるで火事でも起つたやうだ。だからこの草には狐ノタイマツ。火焔ソウ。野ダイマツなどの名がある。即ちこの草の花ならその歌中にある「灼然」の語もよく利くのである。また、「人皆知りぬ」も適切な言葉であると受け取れる。ゆえに私は、この万葉歌の壱師すなわちイチシは多分疑いもなくこのヒガンバナ、すなわちマンジュシャゲの古名であったろうときめている。が、但し現在何十もあるヒガンバナの諸国方言中にイチシに彷彿たる名が見つからぬのが残念である。どこからか出て来い、イチシの方言！」と結んでいます。

そもそも、曼珠沙華は、奈良時代に中国から柑橘類が渡来してきた際に、その防鼠材として一緒に日本に入り、その後、稲作のために鼠や土竜除けとして田の畔などに植えられるようになり、更にはその球根のでんぷんを利用する救荒植物として全国に拡まっていったとするのが通説となっています。字となって現われたのは室町時代以後のことなので、源　順《みなもとのしたがう》の著した『倭名類聚鈔』（九三八年）には載っていないそうです。いうまでもなく博士は、和漢の植物誌については古今に亘って精通されているので、江戸時代の『本草和名』（深根輔仁）、『大和本草』（貝原益軒）、『本草綱目啓蒙』（小野蘭山）、更には『全国植物方言集』（橘正一、昭和十五年）等、生前に出版された書には、すべて当られていると思われます。そこで、先生が亡くなられた昭和三十二年以後に出版された本を調べるとすると、『日本主要樹木名方言集』（倉田悟、昭和三十八年）と『日本植物方言集』（八坂書房、昭和四十七年）あたりが挙げられるのですが、前者は樹木に関してのみなので、後者に頼る以外に手段はなさそうです。という訳で、昨年の秋に、杉並区立成田図書館で調べると、幸いにも高井戸図書館に一冊収められているとのことで、早速手配してもらいました。この本は以前から私も欲しかった一冊で、いろいろ手を尽くしてみたものの、入手することが出来なかったのです。解説によると、日本全国の植物学関係者を動員し、また国からの補助金を受けて出版されたもののその数わずか五百部程度だったというので、一般人にまで廻って来ないのは当然です。

さて、これに依って曼珠沙華の項を繰ってゆくと、山口県の熊毛地方に「イチシバナ」、福岡県に「イチジバナ」が検出されているではありませんか。また蜜柑の産地である和歌山県の東牟婁地方に「ミカンバナ」、愛媛県の新居浜地方に「ネコバナ」があることも見つけました。これは渡来当時の蜜柑と鼠との関係が、そのまま残っているとも思われます。因みに暇にまかせて数えてみたところ、一位がイタドリの五百三十二位がマンジュサゲの四百十四、三位がツクシの三百六十七例でした。というような経緯で、博士のイチシ＝マンジュサゲ説に、その可能性無きにしもあらずとの結論を得たかに見えたのですが、またまたそれが反転してしまうような事態が起きてしまったのです。

宝亀三年（七七二年）、藤原浜成によって書かれた日本最古の歌学書である「歌経標式」のなかに、

路の辺の伊知旨《いちし》の花のしろたへのいちしろくしも我れ恋ひめやも

の一首と出会ったのです。「しろたへの」という枕言葉は、袖・衣・雪・雲などにかかるのですが、この歌にはそれに相当するものが無いので、ここでは単に伊知旨の花が白いことを言っているのです。また日本の曼珠沙華は十二倍体なので結実することが無く、その球根の自然増殖で拡がって行く速度は、十年間で一メートル程度だそうです。先の『倭名類聚鈔』（九三八年）にも載せられていない点からみても、当時八世紀半ば頃には、たとえ存在していても、普遍的に知られた植物ではなかったと思われるのです。という訳で、当時すでに一般的に知られ、路端などに咲いていた白い花を私なりに想像してみますと、「卯の花」が思い浮かびます。万葉集にも第八巻を中心にホトトギスと一緒に多く詠まれています。

ほととぎす来鳴き響《とよ》もす卯の花のともにや来しと問はましものを（一四七二）

この卯の花の別名がイチシであり、「灼然《いちしろ》く（はっきりと）」に語呂を合わせるために使われたものであり、また、もともとイチシは「灼白《いちしろ》（とても白い）」の詰まった言葉ではないかというのが卑見なのですが如何なものでしょうか。今回は私の方が、「どこからか出て来い、イチシの本名」という立場になってしまいました。

平成十四年九月記

柿

例年になく高温多湿だった今年の秋も、凩一号が吹いて以来一気に気温が下がり、冬型の晴天が続いています。ヤツデ、ビワ、ヒイラギなどの初冬の花が咲き始め、柿の実の色も一段と深まります。昔から「柿は御会式の頃においしくなる」と言われているのは、池上本門寺十月十三日の日蓮上人忌法会あたりから柿の味が佳くなるとの謂なのですが、子供の頃に較べると半月ぐらい熟すのが遅れているような気がします。これも都市部の温暖化現象に関連しているのかも知れません。

日本には昔から柿があり、平城京跡からも種が出土しているのですが、その起源については諸説あります。日本にも野生種があるにはあったが、食用となる柿は中国揚子江流域の野生種を源とする栽培種が渡来し、それが発展したり淘汰されて現在のものになったとするのが妥当なようです。昔、日本の食用の柿はすべて渋柿で、これを酒樽に入れて渋抜きしたものを「醂《さわし》柿」と呼んでいたのですが、鎌倉時代に自然のまま木で甘くなる種が発生し、これを渋柿に対して「木醂《きざわし》柿」と呼ぶようになったのです。武蔵野に多い小粒の甘柿「禅寺丸」をキザ柿といっていましたが、これは、キザワシ柿が短くなったものです。

日本における甘柿の自生地の北限は、おおよそ茨城県の水戸と福島県郡山を結ぶ線とされています。昔から東京近郊に自生している禅寺丸はこれに当たり、富有柿や次郎柿等はすべて接木か移植されたものです。鈴生《すずな》りに実をつけた禅寺丸の古木が夕日に映えている村落の景色は、武蔵野の晩秋の風物のひとつでした。

里古りて柿の木持たぬ家もなし　　芭蕉
灯の下へ禅寺丸柿ばさと置く　　殿村菟絲子

同じく昔から自生している渋柿として「山柿」と「鶴の子」があります。前者は収穫されることもなく、枝で熟柿となり、初冬の鳥の啄《ついば》むままになっているだけなのですが、後者が皮を剝かれ、十個位ずつ数珠つなぎにされたものが、農家の軒下などに何十連と並べ吊られた「柿簾《かきすだれ》」も、今は思い出の光景となってしまいました。

干柿の緞帳山に対しけり　　百合山羽公
吊し柿歌仙のさまに連ねたり　　拙

十一月の中頃、阿佐ヶ谷附近の柿の古木を巡ってみました。
まず、高円寺南三丁目の、青梅街道を北側に少し入った「ニューアド社」の門前に、名物の樹齢五百年といわれる「夫婦柿」が現存しています。左側にある女柿は、甘柿の「禅寺丸」、右側の男柿は渋柿の「山柿」で、まだたわわに実をつけているのですが、掲示されている由来によると、以前は四方に枝を張った大木だったようです。今は両方とも枝を詰められているのですが、

偉容を見るにつけ　昨日を偲い
今日を見つめ　明日を夢みる　　田草川機甲

との興が添えられています。

青梅街道を渡った成田東三丁目の大場宅には、小枝を切らずに枝垂れさせた「編笠造り」の禅寺丸があります。昔の武蔵野で見かけた自然の姿を保っている逸品です。

更に南に下った善福寺川北岸の「白幡の石塔」の脇には、珍しい渋柿があり、折しも皮の破れた熟柿を、メジロが啄んでいます。周囲の松や欅や椋などの強力な木々と根を絡み合わせて一歩も引かないその生命力には、「原種」のみが持つ強靭さを感じさせられます。

ここから荻窪一丁目の田端神社へ足を向けます。桜の頃には時々参詣しているのですが、秋になってから訪れるのは久しぶりです。たしか社の裏藪の中に、野生種のような痩せ細った一本があったと思うのですが、残念ながら以前とは環境がすっかり変わっており、見当りません。ここの北側には、杉並辺りでは珍しい柿畑があり、百本近い次郎柿が見事に熟して収穫を待っています。

駅北口の世尊院弘法大師像の脇にも一本の古木があります。先出の柿の実は、実際に口にしたことがあるのですが、ここの実の味はいまだ未確認です。枝ぶりや実の形からすると禅寺丸らしいのですが、普通のものより実がかなり小さいのは、古木であるのと、何年も枝切りをしていないためかと思われます。かつてここの南側一帯は宝仙寺の寺領だったそうですが、一四二九年ごろに、宝仙寺が中野の現在地に移った後、その末寺であった当院が開山されたので、先の夫婦柿同様に樹齢五百年に及ぶ可能性もあります。

終着点の私の店の近く、蕎麦処「大古久」の角にある一本も相当な古木です。「夫婦柿」の男柿と同じ種類ですが、樹相もよく似ています。昔この辺りは、阿佐ヶ谷村の名主相沢家の敷地内であり、その名高い欅の樹齢は四百年を超えるとされているので、或はその位の長寿の柿かとも思われます。

古来、中国では、「柹《し》に七絶有り」として柿を讃えています。柹は柿の本字で、七絶とは七つの優れた点を指しますが、その第一に長寿であることを挙げています。事のついでに列記してみますと、第二に葉陰の多いこと、第三に鳥の巣が無いこと、第四に虫がつかないこと、第五に紅葉を楽しめること、第六に果実の味の佳いこと、第七に葉が大きいので習字の練習ができること、となっていますが、第七の件は、唐の時代に鄭虔《ていけん》が慈恩寺にて、紙が高価なので、柿の葉で筆の手習いをしたという「柿葉臨書」の故事をふまえています。更に蛇足ながら付け加えますと、劇場の新築落成を祝う初興行を「柿落とし」といいますが、この場合の柿は、本来、材木のけずり屑を意味する正字「杮」の俗字が、たまたま「柿《はい》」の形になったもので、植物名の「柿」とは全く無関係のものです。因に『大漢和辞典』に依ると、「胏」には、胏臓の次に「木の屑」の意味があります。

柿くへば鐘が鳴るなり法隆寺　　子規

古来、柿は俳諧に数多く詠み込まれてきたのですが、子規のこの一句こそ、最も人口に膾炙された作品といえます。

この句は、明治二十八年四月、日清戦争従軍記者として渡満、帰途船中で喀血し神戸で入院、やや回復した八月に帰郷して旧松山中学の英語教師だった夏目漱石の下宿に寄寓し、十月に帰京する途次、奈良に遊んで得た句です。

果物好きで特に柿に目の無かった子規は、柿の句をいくつも詠んでいますが、

三千の俳句を閲し柿二つ
つり鐘の蔕《へた》のところが渋かりき

の二句と、明治二十四年より子規に兄事し、その死までを看取った高浜虚子の小説「柿二つ」を借りて観賞してみるのも一興です。

この小説は、大正四年の元旦から四月まで、東京朝日新聞に連載された作品ですが、明治三十一年子規三十二歳、虚子二十五歳から、明治三十五年九月十九日子規命終までの二人の交情を軸として書かれた、虚子の写生文の代表作であり、子規の三大随筆とつき合わせて読むべき一編です。

明治三十一年の秋に、京都の桃山に庵を結んでいる愚庵禅師から、さる人が「釣鐘」という珍しい柿を託されて、病床の子規を見舞った場面です。

「其れは昨日の事であつた。其人がまだ枕頭に在る間に彼はもう辛抱が出来なくなつて其柿を三つ続け様に食つた。其人が帰つて後も夜寝る迄に十許りを平げた。今夜枕頭に運ばれたものは其残りの唯の二つであつた。(中略)

「もうこれ切りかい」と彼はながし目に其盆の柿を見ながら聞いた。

「昨日あんなにお食べたからもうこれ切りよ」と妹は答えた。盆の上には唯二つほか載つてゐなかつた。

彼は凡てのものに健啖である中に殊に菓物《くだもの》を好んで食うた。中にも柿は飽くことを知らなかつた。

彼は忽ち食指が動いたのだが、唯二つの柿を今食つてしまうことは心細かつた。其れは是非今日の大事業――投書函の一掃――が完了した時の慰藉の料に取つて置かねばならなかつた。彼は心のうちで呟いた。

「選がすんでしまつたら此柿を御褒美に遣るよ。今一息だ。たゆまずに片附けてしまへ」と。斯くて

漸く底の見えて来た句稿の選に更に一心不乱に取り掛つた。（中略）
彼は楽しげに盆の上の柿を見遣つた。柿の赤い色は媚びるやうに輝いていた。抑へてゐた彼の食欲は猛然として振ひ起つた。彼は餓ゑた虎が残忍な眼を光らせて兎を摑むやうに忽ち其柿の一つを取上げて皮をむき始めた。（中略）其皮をむくより早く忽ち其れに武者振りついたのであつたが、もう大方食ひ尽して蔕の所に達した時に少し顔を顰めた。其れは稍渋かつたのであつた。さういへば昨日食つたのも大方は少しづつ渋かつたのであつた。けれども彼は其れに頓着せずに其蔕の際迄少しも残さずに食つてしまつた。（中略）二つ共に食ひ尽してしまつて後彼は盆の上にむき棄ててある皮を取上げて、其皮に附いてゐる肉を少しも残さぬやうに前歯でかじり取つた。しまひには其皮をも少しばかり食つて見た。其れは余り旨くはなかつた」

という次第なのですが、どちらかといえば淡々とした虚子の写生文の中で、「彼は餓ゑた虎が残忍な眼を光らせて兎を摑むやうに」というような表現をしているところから察するに、虚子は日頃から子規のその健啖ぶりに、驚異というよりはむしろ脅威を感じていたのではないかとも思われます。

英語では柿のことを「パーシモン」と呼びますが、元来これはアメリカ大陸の先住民族の言葉で、「干した果実」を意味するものだということを何かで読んだ覚えがあります。柿の実を知らなかった西欧人が、日本の干柿を見て名づけたものが、そのまま柿を指すことになったようです。

昭和天皇が二十歳で摂政となられた大正十年、戦艦香取をお召艦として、三月三日に横浜港より約半年間に及ぶヨーロッパ各国訪問の旅に出られました。

最初に訪れた英国は、ジョージ五世（当時五十六歳）の時代でしたが、この時、王室への御土産として柿を差し上げたところ、王妃ヴィクトリア・メアリーは殊のほか喜ばれて、その愛馬に「パーシモン」の名をつけられたとあります。三月に出港、四月に寄港という日付から思うと、これは柿の実よりも干柿だったと見るほうが妥当なようです。

ヨーロッパではスペイン人が柿好きのようで、言葉もカキで通じます。殊に昼間は高温寡湿で、夜間には気温がぐっと下るアンダルシア地方は栽培に適した土地のようです。二十年ほど前の八月初旬にグラナダのアルハンブラ宮殿に遊んだ際、そこから作り滝のある離宮へ向かう途中の庭園に、十本ほどの柿の若木が、たわわに青柿をつけていました。関東地方で「甲州百目」又は「江戸柿」と呼ばれている種類です。齧られた跡のついた実が捨ててあったので、それを拾って私も試してみたところ、あまりの渋さに仰天して投げ捨てました。また、オリンピックのあった前年の九月初旬にバルセロナを訪れた際、市場の中の高級果実店で、見事な日本産「西村早生」を一個四百円ほどで売っていましたが、当地の物価からすると、日本なら千円に相当する値段です。フラメンコ舞踏の長嶺ヤス子さん御一行が来店した節にその話をしたところ、「スペイン人は柿が大好きなの。あんた達も好きよね」

とジプシーのギター弾きや唄い手に話を向け、一同口を揃えて、柿の旨さを賛美していました。

最後に、私が柿について妙に詳しくなってしまった次第を書きます。

今の家を祖父が買った昭和十年頃、この辺りの建蔽率は一・五割の準風致地区だったのです。三十坪の建坪に対して二百坪の敷地が必要です。その空間を埋めるため、いろいろな木が植えられたなかでも、生長が早く実が食べられる柿の木が、近所の家同様に特に選ばれたのです。最初は富有柿が一本あったのみだったのが、近くの雑木林や墓地から掘ってきた実生のものを台木として、これに欲しい種類の柿の枝穂を接ぐようになりました。次第にその本数を増やし、最盛時には十本余りにまでなり、その種類も、禅寺丸、鶴の子、富有、次郎、富士、西村早生と豊富になりました。それらを、近所の親しい植木屋と一緒にやったので、こと柿に関しては、接木のやり方や「柿は懐に生らせる」「根っこをいじめる」「枝を拳に詰める」などという職人の言葉も耳につき、中学生の頃には、近所の家のさっぱり実がつかない三本の柿の手入れを頼まれるまでになりました。その枝を詰めたり、根の回りを掘り下げて畑の方に伸びている根を切って大粒の砂利を入れたりして、二年後には、その次郎柿を鈴生りにしてみせ、大いに褒められたこともあります。

という訳で、毎年秋から正月にかけて、柿には不自由しなかったのですが、兄弟達が家を建てたり、増築したりするたびにその数を減らし、今年の夏、ついに最後の一本である富士柿が伐られて、六十五年に亘った我が家の柿三昧も、その幕を下ろしました。

自分の手で接木し育てた木の、安けく眠らんことを祈り、光明真言三唱を以てこの霊を送りました。

おん　あぼきゃ　べいろしゃのう　まかぼだら　まにはんどまじんばら　はらばりたや　うん　合掌

平成十四年十月記

木犀

昨日十月二十八日、阿佐ヶ谷ジャズフェスティバル二日目の夕方から降りはじめた雨が、今日昼頃にはあがり、活き活きとした苔の類に、庭土は一夜のうちに緑に染まって、秋もようやく深まった感がします。

梅や黐《もち》の木などの幹も緑青《ろくしょう》色を生じて、特に薄黄木犀《うすぎもくせい》の木肌が鮮やかです。この木犀を世間では銀木犀と呼んでいますが、初夏に黒紫色に熟す実を沢山つける所からみると、正しくは薄黄木犀なのです。以前、大泉にある牧野富太郎記念庭園の資料室で、博士自筆の彩色図を観て初めて知った事です。植物事典に依ると、日本にあるモクセイ科モクセイ属は六属二十三種で、略記すると次の如くです。

一、金木犀　中国名　丹桂
　銀木犀の変種で雌雄異株、日本には雄株しか渡来していないので果実は見られない。
二、銀木犀　中国名　桂花
　雌雄異株、日本には雄株しか渡来していないので果実は見られない。
三、薄黄木犀　中国名　銀桂、又は金桂とも
　銀木犀の変種で九州に野生の物があるといわれる。

四、柊木犀

銀木犀と柊の雑種で雌雄異株、日本では雄株のみが知られている。

五、島木犀

八丈木犀とも呼ばれ、八丈島、四国、九州、沖縄地方に分布し、果実をつける。

六、柊

福島県以西に分布し、果実をつける。

さて、我が家には、先出の薄黄木犀と一対の金木犀が一本ありますが、双方とも昭和十一年生まれの私が子供の頃からの大樹なので、樹齢は百年近いかとも思われますが、必ず薄黄木犀の方が五日から十日ほど先に咲き、半月位あとに、それぞれが二度咲きをします。ただしその時期は夏から秋にかけての天候に大きく作用されるのです。

開花が早かった最近の例として平成八年のメモを誌してみます。梅雨明け後、水不足になる程炎暑が続いたのですが、八月中旬より涼しくなり、秋日和が続いた年です。

九月七日　　薄黄木犀開花
九月十四日　　金木犀開花
九月二十二日　薄黄木犀二度咲き

九月二十七日　金木犀二度咲き
十月五日　　柊木犀開花

開花が遅い例として、夏は多湿の猛暑、秋は残暑きびしかった今年を挙げます。

十月五日　　薄黄木犀開花
十月九日　　金木犀開花
十月二十四日　柊木犀開花

という具合で、一月近くたった今日まで、まだ薄黄木犀の二度咲きが見られません。

銀木犀は阿佐ヶ谷近辺では見かけませんが、柊木犀は垣根などによく使われて、決して珍しい木ではありません。ただし、花を見る事は稀です。馬橋公園にある茂みなどでも、何年に一度かほんの少しの花を見る程度なのです。ただ、松山通りの珠光会診療所の前にある一本のみが、毎年律儀に花をつけ、木犀特有の高い香りを放ちます。

金木犀は阿佐ヶ谷近辺では天沼一丁目の三上宅のものが見事で、高さ七メートル、直径五メートルほどの円筒形に刈り込まれた古木が、毎年花を見せてくれます。

また、調布の深大寺の脇にある元三大師の大木は、その庭の半分を占める程に枝を張り、花季には見物客を集めていますが、ここ十年来、御無沙汰をしているので、昨今の様子は判りません。ただ、あの辺りは比較的に自然の環境に恵まれている所なので、十分昔の姿が保たれているとも思われます。

木犀の金の着崩れはじまりぬ　　加倉井秋を
金木犀散るにピアノを弾きやめず　　山口　速
香の殻を撒き棄てにけり金木犀　　平井照敏

この例句の如く、金木犀はほとんどの花弁が色を残したまま落花して樹下に散り敷きます。枝の花と落花とが相半ばしているのを夜間に見ると、恰度、電気スタンドとその灯下の明るさのようです。

木犀の灯下と思ふ散り敷きて　　拙

これに較べて薄黄木犀の花は、大半が枝についたまま散ること無く枯れてしまいます。

伊豆の三嶋大社の金木犀は、全国的に名が通っている銘木ですが、生憎その花季に行きあわせた事がありません。七、八年前に、一度目の花が終わった後に参拝した際、その枯れた花が枝に沢山ついていた様子を見ますと、或は薄黄木犀に近い種かとも思われます。

ここまで書き継いだところで、再び小雨が降り出しました。どうやら秋霖《しゅうりん》と呼ばれる秋の長雨になりそうな気配です。このままでは木犀の二度咲きは何時ごろになるのかと案じつつ拙稿を了へます。

阿佐ヶ谷歳時記　冬

初冬の白い花三種と冬桜

今年はついに木犀の二度咲きを見ないまま十一月も終わってしまいました。十一月十五日前後に、ヤツデ、ビワ、ヒイラギが咲き始めましたが、いずれも昨年より十日以上も遅れた開花でした。

ところで、クリスマスには欠かせないホーリーと呼ばれる赤い実のついたヒイラギの輪飾りに使われている植物は、アメリカヒイラギとか洋種ヒイラギと呼ばれるモチノキ科の植物で、モクセイ科のヒイラギとは全く別種のものであり、四月頃開花して十一月頃に実が赤く色づきます。この辺りでは和田にある立正佼成会の庭園に数本植えられており、また、垣根に用いられているものも散見します。

俳句の上でも、柊、枇杷、八つ手は初冬から中冬にかけての花として立項されていますが、その白い小さな花数が、「静かな」「質素な」「身近な」という共通の雰囲気を持っているので、

職業の分らぬ家や枇杷の花　　正岡子規
水のごと老の日々過ぐ枇杷の花　　渡辺志水

柊の花音もなく海は夜に　村田脩
柊の花や魚屋入りし木戸　野村喜舟

写真師のたつきひそかに花八つ手　飯田蛇笏
淡々と日暮れが来たり花八つ手　草間時彦

の如く、この三種の花をどう入れ替えても句が成り立ってしまう所がありまして、何冊かの歳時記を繰ってみても、一瞥して印象に残るような強い句は見当りません。

例年より開花が遅れた以上三種の花に較べて、今年の冬桜は逆に二週ほど早く開花しました。清水町二丁目の中村宅の花は十一月十五日に、一週後に近くの妙正寺門前の立派な古木が咲き始めました。一斉に咲き一斉に散る春の桜と違って、冬桜は常に二分か三分咲きの状態を保って一月の末頃まで咲き続けるのですが、開花の早かった今年はクリスマス前後が見頃かと思われます。大宮八幡の拝殿の脇にも一本植えられていて、この三本が私のメモ帳に登録してあります。

なお全国的には、天然記念物に指定されている群馬県鬼石町の冬桜が有名です。

一月の末に冬桜が終わる頃､早い年には､下井草五丁目の寒桜の一種が開花します。昨年は二月五日、今年は一月二十五日頃に咲き始めましたが、この桜と同じ頃に咲くものが中央線国立駅の下りホームの南側に二本あります。故山口瞳氏も随筆の中でこの桜に触れており、早い年には一月中に咲き出してしまうと誌されているのですが、枝振りの小さな下井草のそれに較べて、染井吉野に似た大木なのであるいは別の種類かも知れません。手元の植物辞典や歳時記を見ても、寒桜に関してはどうもいま一つ明確さを欠いています。

冬桜肩をおとせと呟けり　岸田稚魚
卒然と男のなみだ冬ざくら　笹井愛
咲き初めは釣銭ほどに冬ざくら　拙

初鰐《ぜ》り

年末の頃から、臘梅《ろうばい》、寒紅梅、寒木瓜《かんぼけ》などが少しずつ花をひらき、新年を迎えるのですが、その他に咲いている花といえば、寒椿、山茶花、侘助、茶といったツバキ科の花がほとんどで、あとは咲き残っている、ビワ、ヤツデ、冬ザクラ、冬バラくらいなものです。草花も、水仙と何種類かの冬菊のみで、日溜りの雑草が咲くまでにはまだ間があり、一月は一年で最も花の少ない季節でしょう。

そこで今回は少し趣を変えて、目先を魚に転じ、去る一月五日、東京築地魚市場で、初鰐りとしては史上最高値をつけた本マグロ（黒マグロ）について書いてみます。

それまでの初鰐りの最高は一尾八百五十万（年月、体重不明）だったのですが、今回のマグロは十二月二十九日に青森県大間崎近くで、小型の延縄《はえなわ》にかかったものです。体重二百二キロは、五百キロくらいにまで成長する本マグロとしてはさしたる大きさではありませんが、初鰐りという雰囲気もあって、なんと二千二十万円の値がついてしまったのです。この間の事情については、「週刊新潮」二月一日号に詳細が書かれてるのですが、この一キロあたり十万円のものを、さる鮨屋さんが一キロ六万円で六十キロ仕入れたものの泣いている（儲けにならない）そうですし、鰐り落とした仲買人も一千万円以上損をしたという、まったくおかしな話なのです。

一本六百万円の大まぐろなり鰹始　尾村馬人

歳時記の冬の部に、河豚《フグ》、鮟鱇《アンコウ》、鰤《ブリ》などの魚とともに、鮪が立項されていますが、これは元来本マグロを指しています。英名では Bluefin tuna と呼ばれ、大西洋地中海型黒鮪（学名 Thunnus thynnus thynnus）から分化したもので、インド太平洋型黒鮪（学名 Thunnus thynnus orientalis）として分類されている鮪です。沖縄から台湾附近で産卵孵化したものが、黒潮に乗って成長しながら日本沿岸を通って、一部はさらに北米太平洋岸近くまで達した後に成魚となり、産卵のためにふたたび日本沿岸へ帰ってくるのです。この小型の成魚を、関西ではヨコワ、関東ではメジと呼び、ほとんど周年にわたって日本沿岸のどこかで漁獲されており、一部の歳時記では春の季語としていますが、例句も見当たらず、季語として立てるのは無理のようです。

太平洋岸に於ける冬の本マグロ漁は、十月中旬あたりに北海道南岸から始まります。寒ブリ漁が北海道の内浦湾あたりから始まるのとほぼ一致しており、順次、三陸沖、常磐沖へと南下してきます。漁法は小型延縄か巻網なのですが、巻網漁の場合、海が荒れていると網が打てません。以前、石巻の船が、岩手県宮古沖で発見した本マグロの群を、時化のため網が打てずにこれを追いかけ、五日後に福島県小名浜沖でついに漁獲し、一網で一億円以上の水揚げをしたのが漁師連中の話題になったことがあります。

日本では古来、マグロのことを「シビ」といって、茲寐と書いたりもしています。『日本書紀』武烈天皇の代に、朝臣平群鮪臣《ヘグリシビオミ》の名が見えますが、昔、中国で鮪と書けば、その卵がキャビアになる淡水産の巨大な硬骨魚チョウザメのことを指したのです。長安とか洛陽など黄河上流に都があり、海の魚など知らない人たちが、黄河で一番巨きな魚に王鮪という名を冠せてこれを讃えたのでした。『礼記』の月令に、「季春天子鮪を寝廟に薦む」とあるのももちろんチョウザメのことなのです。明の時代に李時珍が大成した『本草綱目』以前から、日本には中国の古い本草学の書が数多く渡来しているのですが、その中の「鮪」を日本で一番巨きな魚であるシビに当ててしまったのです。もちろん当時の日本人は、蝦夷地なる石狩川や釧路川に、本当の意味でのマグロが棲息していたなどとは知る由もありません。古来中国には、マグロに当たる文字がなく、近世になって「金鎗魚」を使うようになったとのことです。また、『大漢和辞典』の「鮪」中の「鮪魚」の項には「鱘魚の異名」とあり、鱘を引くとチョウザメが第一義となっています。

歳時記の鮪の副題として、日本沿岸で獲れる「目鉢《メバチ》・鰭長《ビンナガ》・黄肌《キハダ》」などの鮪が載せられていますが、これらは本来のマグロの拡大解釈として出されているだけで、季節感もなく、例句も見当たりません。大体魚の王者たるマグロそのものが俳句の世界では他の冬の魚に較べて格下の感があり、名句らしいものは一つもありません。

鮪糶る男の世界覗きけり　　鈴木真砂女
大物にひまどりながら鮪糶る　　福本鯨洋
手鉤かけ投げ出す鮪丸太めく　　柴田白葉女

これらの句は、皆、魚市場の実景を述べたのみで、他の魚の句に較べて、その優劣の差は歴然としています。

年内立春

年のうちに春はきにけりひととせをこぞとやいはんことしとやいはん　在原元方

この歌は古今集冒頭の一首で、「年内立春」を詠んだものなのですが、ちょうど今年がそれに当たります。いうまでもなく、年内立春とは、旧暦（太陰暦）の一月一日以前に、二十四節気（太陽暦）の立春が来てしまう事を指すのです。これは古来より、立春の日（現行暦の二月四日頃）に、旧暦の正月一日を当てたところ、一太陽年の約三六五・二四日と、平均朔望の二九・五三×一二＝三五四・三六日とでは、一年間に約十一日の差が生じてしまうので、この季節と日付のずれが一定の範囲内に納まるように、適時にひと月の「閏月」を入れてこのずれを調整するために起こる現象なのです。ちなみに、平成十二年も立春が旧十二月二十九日で、年内立春だったのですが、翌日が旧一月一日となり、ほぼ理想的な年だったのです。平成十三年には立春が旧一月十二日となり、四月に閏月（小二十九日）が入れられたため、立春が旧十二月二十三日となって、旧正月一日よりも八日早く春が立ってしまったのです。

この閏月を上手に入れる方法は、すでに中国では春秋時代の中頃（前六世紀）に発見されており、十九年に七回閏月を入れると、暦日と季節の狂いがひと月以内に納まる事になるので、「十九年七閏法」と言われていました。ギリシャに於いても前五世紀に、アテネの学者メトンによって、全く同じ方法が発見され、その名をとって、「メトン法」と呼ばれていました。十九太陽年は六九三九・六〇日、二三五朔望月は六九三九・六日でほぼ一致しているので、

$19 \times 12 = 228 \quad 235-228 = 7$

という計算が成り立つ訳です。

さらに今年は、立夏が旧三月二十四日（春内立夏とでもいうか）、立秋が旧六月三十日（夏内立秋）で、立冬のみが旧十月三日なので、かろうじて冬（十月）に入ってからの立冬という特異な年でもあります。

千早ふるかみや河原のすゝしさに夏より秋や立はしめけむ　　賀茂県主　直慶

この「夏内立秋」（一八一五）が詠まれた文化十一年の立秋は、今年より四日早い旧六月二十六日だったそうです。また今年より更に八日ほど旧暦が遅れた天保四年（一八三四）などは、立冬さえも秋（九月）のうちに来てしまった筈です。

持統天皇六年（六九二）に、日本で初めて公式に用いられた中国の元嘉暦（太陰太陽暦）以後、貞享元年（一六八四）に渋川春海（安井算哲）が作った貞享暦（太陰太陽暦）が出るまで、日本の暦はすべて中国のものを借用してきましたが、この貞享暦以後も十九年七閏月法を基本とした置閏法が使われて

いました（六七六年二四七閏月等）。

明治五年（一八七二）になって世界共通のグレゴリオ暦（太陽暦）に改暦され、それ以後は、基本として四年間に一日の潤日を加える置潤法となったのです。

この時、「新暦明解」（黒田行元）、「太陽暦和解」（杉浦治郎右衛門）、「維新御布告往来」（冲志楼主人）等の太陽暦解説書が数多く開版されたのですが、なかでも、福沢諭吉著の「改暦弁」という二十一頁の小冊子が最も売行きがよく、一説では三十万部とも言われており、その利益が慶應義塾設立の資金となったそうです。

その一部の潤年を説明している箇所を、『暦と時の事典』（内田正男、雄山閣）の巻末資料（二）から引用します。


「扨日輪の周囲に地球の廻る道は、六億の里数あり、この六億里の道程を三百六十五日と六時の間に一廻して本の処に帰るなり。即ち地球の自転にて云へば三百六十五度と四半分転る間に、六億里の道を走ることとなり。太陽暦はこの勘定を本にして日輪の周囲に、地球の一廻する間を一年と定めたるものなり。然るに此一廻の間、丁度三百六十五ならば千年も万年も同じ暦にて差支なき筈なれども、六十五日の上端に六時といふものありて、毎年六時づゝ後れ、四年目には四六二十四時、即ち一日の後となるゆへ、四年目には一日増してその間に地球を走らしめ、丁度本の処に行付を待つなり。即是閏年なり」

旧暦の年内立春とは、何の係りもないことなのですが、それにしても今年の冬は記録破りの暖かさで、一月中に春が兆したような感じです。エルニーニョ現象との相関を指摘する説もあります。

静岡県の丸子梅園や河津町の桜などは、平年より二週間ほど開花が早かったそうですし、この辺りでは、阿佐谷北一丁目の塚島宅の寒緋桜と、北四丁目の西川宅の白木蓮が、同じ二月二十五日に咲きはじめました。やはり昨年より二週間ほど早まっているのですが、寒緋桜や白木蓮が二月中に開花した例は初めてです。早咲きの桃が、雛の節句前にほころび始めたのも今までに覚えがありません。最近で最も寒さが厳しかった昭和五十九年の白木蓮の開花は四月六日だったのですが、今年のそれとは、何と四十日も隔たっています。

一月二十二日に鹿児島県大浦町の海岸へ十四頭の抹香鯨が乗り揚げ、更に二月二十四日には、茨城県波崎町の浜へ何と九十五頭ものカズハゴンドウ鯨が揚ったのですが、この事件などもこの異常暖冬と無関係とは言い切れません。

昔からわれわれ水商売の間には「二・八の不景気」の謂いがありますが、二月二十八日の当だいこん屋の客数は僅か七人。それも男客は一人であとは女ばかりという有様です、こんな組合せは開店この方三十年の間に一度もなく、おそらくこの店をやめる迄あり得ないでしょう。

思うに今年は、いろいろな事が偏って起こるような予感があります。大地震や噴火が起きないようにと念じつつ……

平成十四年二月記

一草園茫々

一草園について

JR阿佐ヶ谷駅の北口から高架沿いに高円寺方向へ歩くこと二分足らずで、大きなカシグルミの木の下に出ます。この木は六十年ほど前に、故野田弥三郎《のだやさぶろう》さんが自宅の庭を小さな植物園「一草園」とした折に、長野から持ち帰って植えたクルミの実が成長したもので、すぐ近くの相沢さんの欅の大木と共に、杉並区の保護樹林に指定されています。

以前この「一草園」について小文を書いたことがあり、また野田さんの著書『一草園雑記』も持っていたのですが、さる編集者に貸したまま当人が亡くなってしまった今は、覚え書きをするしか術がありません。

野田さんは旧東京帝大哲学科出身のヘーゲル研究家として著名な方で、終戦後、親交のあった阿佐ヶ谷在住の出隆《いでたかし》東大教授を共産党に入党させたり、東京都知事選に立った折にはその御輿を担いだりしたことで名を挙げた方らしいのですが、私が知りあったころにはおそらく傘寿を超えられていたと思われます。植物に囲まれた木造平屋の質素なお住いに、病身の奥様を看ながら飄々と住まれていた仙人のような風貌は、まさに「大仙は山に棲まずして市に隠る」を地でいった生きようで、小学生の頃、学校（西武線大泉学園）の近くで時々お見受けした牧野富太郎博士の姿と植物に囲まれたそのお住いの面影が重なり合うのでした。

さてこの一草園は誰でも出入り自由で、園内にはいろいろな植木鉢が目白押しに並んでいたのですが、野田さんが亡くなってこのかた廃園となっています。当時は入口に設えた木の台に、その季節の草花の鉢が展示され、またその植物にかかわる短歌や俳句が添えられていました。初めのうちはそれらのものをメモしていたのですが、一年に五十鉢ほどの数が毎年循環していると次第に物足らなくなって、園内から園外の植物にも目が行くようになります。初めはごく付近の植物だったのですが、少しずつその範囲を拡げ、最終的には一草園を中心に半径二キロくらいまで広がるに至りました。

江戸末期の風流人で、「花鳥日記」や「市隠月令」の著者村田了阿《むらたりょうあ》は、当時の江戸名所を周年散策し、年間の植物の開花のみならず、鳥や虫の初鳴日まで誌しているのですが、私にはそんな余裕はなく、ひたすら歪んだ網目のような路地を三十余年に亘って目途もなく徘徊したのみです。その際のメモを「阿佐ヶ谷周年の花」として纏めてみました（次項）。

とにかく阿佐ヶ谷駅周辺の町並は、大通りを一歩外れると迷路の巷と化し、

メロンの網東京都杉並区　　　乾節子

やどかりや私の家はどこでせう　　　拙

三叉路の先に五叉路や春の雪　　　拙

の如く、今でも方向音痴や引越して来た人、車の運転手泣かせの土地柄なのですが、一草園はまさに

この町の臍のような存在でした。
そんな或る日のこと、鉢植に添えられた色紙の一句、

花吹雪追ふ花吹雪花吹雪　　　　尾崎足

の一句に思わず立ち止ってしまいました。
高校生の頃「奥の細道」を習い、その後文庫本の歳時記も一応持っており、俳句に関して全くの門外漢ではなかったのですが、この一句には全く度肝を抜かれました。作者は野田さんと親しかった阿佐ヶ谷在住の虚子門の老俳人で、御本人も「足《たんぬ》」という俳誌を持っておられたのですが、何と御自身の隻脚を以て誌名の由来としたのです。一草園のすぐ裏にあったその名も「案山子」という食堂で毎日の食事を済ましておられ、私も度々そこで同席した縁があります。禿頭痩軀に兵児帯の着流しで松葉杖に身を托された姿は、一草園主同様仙人めいた雰囲気が漂っていました。

銭湯の籠より夏足袋の義足　　　　拙

は、阿佐ヶ谷北の五叉路にある「玉の湯」で私が目撃した足さんの義足です。

花吹雪追ふ花吹雪花吹雪　　　　尾崎足

いったいこの句は主観句なのか客観句なのか。或は直観句なのか傍観句なのか。更には人の世の無常迅速を散る花の儚さに托した諦観句なのか。ただ呆然として眺めるしか術が無いような一句ではありますが、これに較べると芭蕉の「古池」、蕪村の「五月雨」、虚子の「大根の葉」も、何か色褪せてしみったれた句に見えてしまいます。

この句を機に茲来三十余年俳句を読むことに親しんできたのですが、花吹雪に匹敵するような驚くべき句は、浅学の身にとってそう多くはありません。人口に膾炙した句の中から拾うと、たとえば、

水枕ガバリと寒い海がある　　西東三鬼
爛々と昼の星見え菌生え　　高浜虚子
一満月一韃靼の一楕円　　加藤郁乎
万緑や死は一弾を以て足る　　上田五千石
向日葵や信長の首斬り落す　　角川春樹
一月の川一月の谷の中　　飯田龍太
天網は冬の菫の匂かな　　飯島晴子

等がそれに当たる恐るべき句と言えます。

さて、一草園から始まって阿佐ヶ谷周辺の植物には詳しくなったものの、これ等が句作につながったことは殆どありません。村田了阿のように然るべき名所古蹟と結びついた植物ならいざ知らず、一草園や町なかの植物のみを対象に作句するのは大変難しいことです。たとえ句になっても、すでに先達たちが吟じた句に近いものばかりで、句会に出したところで無視あるいは失笑に付されるのが関の山。一草園に材を得た句といえば、

警策と覚ゆる発止胡桃落つ
エンゼルのたとへばふぐり青胡桃　　拙

の二句しか思い出せません。

その替りと言えば何ですが、一草園や野田さんにつながる人々、道を距てた相沢家の欅の森や弁天池（今は埋立てられて駐車場に）などを舞台に、むかし拾い読みした西遊記、山海経、列仙伝あるいは荘子などの断片が集まってきて妙なおとぎ噺が出来上がってしまったので、これも本書に加えます。

平成二十八年六月

※編註　一草園のクルミの木は二〇一九年九月九日早朝、記録的な暴風雨となった台風十五号で倒れてしまった。

阿佐ヶ谷周年の花

植物の開花日はその時期の気象に左右されるので一定しているわけではありません。ソメイヨシノを例にあげると、厳冬だった昭和五十九年には阿佐ヶ谷附近で四月十一日頃開花。暖冬だった平成十四年には、三月十六日頃開花。その差は二十六日に及びます。白木蓮に到っては昭和五十九年四月六日開花。平成十四年二月二十六日開花で、その差は四十日程にもなります。というわけで、昭和五十年頃から平成二十年あたりまで約三十年間の阿佐ヶ谷附近の開花日メモを参考にして、おおよその平均開花日を列記してみました。

またバラやボタンのように園芸化が進んでいるものは省き、ウメやツバキ・アジサイ等の変種が多い類は、最も早く開花したものを記してあります。ついでに、庭先や道端に咲く野草類の開花日も略記します。花は植物の生殖器官に当たるのですが、花屋で売っている植物は、その部分だけを極大化したものがほとんどで歌麿の春画の植物版とも言えます。西洋でのランとバラ、東洋のボタンやキクなどがその代表です。それに対して野草の花こそが自然の美しい形を保っているのです。

1月20日　ウメ・オウバイ・ツバキ
2月1日　マンサク

10日　アシビ・ウグイスカグラ
20日　サンシュユ・ヒイラギナンテン
3月1日　ジンチョウゲ・ミモザ
10日　ミツマタ・カンヒザクラ・ヒサカキ
15日　キブシ・シキミ・コブシ・ハクモクレン・ヒガンザクラ・トサミズキ・ヒュウガミズキ・ユキヤナギ・ソロ
20日　アンズ・モモ・レンギョウ・ネコヤナギ・ヒメツゲ・フッキソウ
25日　ヤマブキ（一重）・キイチゴ・ソメイヨシノ・オオシマザクラ・シダレザクラ・ハタンキョウ・ニワウメ・ユスラウメ・ヤナギ・グミ・アカメガシワ・アオキ・カイドウ・ニワトコ・モチ・ヤマザクラ・ゲッケイジュ
4月1日　ドウダン・クヌギ・ナラ・シラカバ・スオウ・モクレン
5日　ヤエザクラ・ヒメリンゴ・カリン・ヤマナシ・アケビ・ムベ・ヤマブキ（白・八重）・カラタチ・エニシダ
10日　フジ・ライラック・モミジ・ケヤキ・エノキ・ツツジ・クルミ・ナシ・クワ・コウゾ・サンショ・ニシキギ・ユズリハ・アメリカハナミズキ・オガタマ
15日　コデマリ・オオデマリ・ムク・カシワ・マツ・キリ・イチョウ・ツキヌキニンドウ・スズカケ

20日　イヌザクラ・ホソバコガク・ナンジャモンジャ・ナツミカン・ミズキ・ハクウンボク・オオヤマレンゲ・ウノハナ
25日　トチ・マロニエ・ホウ・ハリエンジュ
5月1日　ツルウメモドキ・カシ・ユズ・ピラカンサ・タニウツギ
5日　テイカカズラ・ボダイジュ・クス・ハゼ・カナメモチ・ヤマホロシ・ヤマボウシ・エゴ・ラベリヤ・シュロ・シイ・ウバメガシ・サツキ・スイカズラ・ツルニチニチソウ
10日　マユミ・バイカウツギ・アカガシ・トベラ・ブドウ・マツリカ・ユリノキ・カキ・イボタ・ズイナ
15日　サイカチ・カヤ・キンポウジュ・ユッカ（春咲）
20日　ザクロ・マサキ・イヌツゲ・イイギリ・タイザンボク・リョウブ・アジサイ
25日　ネズミモチ・シモツケ・キョウチクトウ・クリ・ビヨウヤナギ・クチナシ（一重）・ムラサキシキブ・ウメモドキ・サンゴジュ
6月1日　キンシバイ・ノウゼンカズラ・ナツメ・ナンテン・サカキ・ナツツバキ・ヒメシャラ
5日　マテバシィ
10日　ムクロジ・クチナシ（八重）
15日　ネム・モッコク
20日　ニワナナカマド・キンカン・マンリョウ・トウネズミモチ・カクレミノ

25日　アオギリ・フジウツギ
7月1日　ビナンカズラ・ムクゲ・エンジュ
20日　クサギ・タラ・フヨウ・アブラギリ・ルリヤナギ・サルスベリ
8月10日　ヌルデ
9月1日　ハギ
15日　ホソバヒイラギナンテン
25日　ウスギモクセイ・ユッカ（秋咲）
10月1日　キンモクセイ・サザンカ・チャ・ヒイラギモクセイ
15日　アキザクラ・ワビスケ
11月1日　ビワ・ヒイラギ・ヤツデ・フユザクラ
15日　フユツバキ・カンツバキ
12月25日　カンボケ・ロウバイ

野草類

1月　スイセン・ナズナ
2月　ハコベ・スズメノカタビラ・フキ・イヌフグリ・ホトケノザ・フクジュソウ・オニノゲシ
3月　タンポポ・ナノハナ・ヒメオドリコソウ・ショカッサイ・イワカガミ・スミレ・タネツケ

バナ・イヌガラシ・シバザクラ・サクラソウ・ハナニラ

4月　シャガ・ハハコグサ・カタバミ・バイモ・ムラサキケマン・ハルノノゲシ・ハルジョオン・ツクシ・トキワハゼ・ノボロギク・ツメクサ・カラスノエンドウ・タビラコ・スイバ・ミヤコワスレ・クサノオウ・フウロソウ・シロツメクサ・ウマゴヤシ・シラン・スズメノテッポウ・ナルコユリ・チゴユリ・スズラン・チガヤ・オダマキ・コバンソウ・タツナミソウ

5月　ヒルガオ・ドクダミ・カタシログサ・ホタルブクロ・オオバコ・アヤメ・カラスムギ・ジシバリ・ナデシコ・ヤエムグラ・ヘビイチゴ・ハキダメギク・ギシギシ・ムラサキツユクサ・マツバギク・フタリシズカ・メキシコマンネングサ・キツリフネ・ホオズキ・タマサンゴ・フウセンカズラ

6月　エノコログサ・ネジバナ・アカマンマ・オオマツヨイグサ・シバ・ギボシ・アレチノギク・ヒメジョオン・タチアオイ・ゼニアオイ・カヤツリグサ・オモト・ヨウシュヤマゴボウ・シオン・マツバボタン・テッポウユリ・オニユリ・ニワヤナギ・イヌホウズキ・チドメグサ・リュウノヒゲ・キキョウ

7月　ヤマノイモ・カラスウリ・ホウセンカ・オヒシバ・メヒシバ・ヌカキビ・ウリクサ・ミョウガ・ヤブミョウガ・ミソハギ・ヘクソカズラ・オシロイバナ・ツユクサ・タケニグサ

8月　オナモミ・メナモミ・ヤブラン・アサガオ・ススキ・スベリヒユ・ヤブカラシ・カナムグラ・キクイモ・ウスユキソウ・アカザ・アリタソウ・モミジアオイ・トロロアオイ・ルコ

ウソウ

9月　イノコズチ・マンジュサゲ・コニシキソウ・ママコノシリヌグイ・イシミカワ・アメリカセンダングサ・アオビユ・ツワブキ・ミズヒキ・ホトトギス・アオカラムシ・ヤブマオ

10月　オギ・チカラシバ・セイタカアワダチソウ

抱瓢子　阿佐ヶ谷一草園主野田弥三郎先生を偲んで

今は昔。この世に仙人や妖怪達が住んでいた頃のお話です。

中国の古書にも、「日出ずる処、扶桑の国あり」と著されております如く、東海の涯に「扶桑」と云う一国がありました。この島国の東端に「通天泉」と云う泉がありまして、四時滾々《こんこん》と霊水が溢れ出ているのでした。その昔大海を跨ぎ、南溟《なんめい》なる天竺国にかけて巨きな虹の脚が立った跡に、この泉が湧き出たと云う伝説がその名の由来です。

この泉を囲んだ寒村の一郭に、村人から「草仙人」と呼ばれている不思議な老人が、「一艸庵《いっそうあん》」と称する庵を結んで草花を相手に隠棲して居りましたが、何しろ百歳を超える村の長老達が生まれる以前からの事で、誰も「草仙人」の詳しい素性は知りません。

庵の庭には、この辺りには見かけぬ珍草奇木が蒐められ、四季を通じて花を開き実を結んでおります。又この裏手は広大な欅の森になっているのですが、この欅こそが「扶桑」と呼ばれる高さ五里、頂きは雲に隠れる位の巨木なのです。

この欅林の見廻りや庭仕事の手伝いに一人の作男が雇われていました。父祖代々一草庵に出入りを許され草仙人の下働きを勤めていたのですが、給金の代わりに庭で採れる瓢箪を頂き、村人の酒器や旅人向けの水筒を作り生計の糧として居りました。

この下男、娶《めと》ってから十年余り子宝に恵まれず、「種無し瓢箪」等と嘲けられていたのですが不惑を迎えて突然男の子を授かりました。所がこの嬰児《みどりご》の顔たるや鉢開きの下ぶくれ。全く軒先に吊るしてある売り物の瓢箪そっくりの御面相。村人達今度は「あれは嫁御が瓢箪の種を孕んだのじゃ」と陰口をたたく始末です。口惜さの余り下男は赤児を抱いて先生に泣く泣く訴えます。

「先生、世間では然々悪口を申しております。先々の事を思えば不憫がつのるばかり……」

「むむ……、それにしても又よう似たるものよ喃《のう》。商いの因果とでも申すか」

「かくなる上は情が深まりませぬ内にいっその事ひと思いに……」

「血迷った事を申すでない。容貌の美醜などとは所詮俗人の分別じゃ。いみじくも蒙の荘周が説く如く、たとえ麗姫《れいき》の嬋娟《せんけん》を以てしてもその姿を見れば鳥や魚は驚き隠れるであろう。彼の斉の大癭《おおこぶ》は、その貌醜《かたち》きが故に桓公に用いられたものよ」

「先生、そんな難しい事を仰られても何の事やら、私めには……」

「然し悪しき所ばかりではあるまいて。父よ、この児の耳を見るがよい。眉に触れんばかりの長耳は古《いにしえ》の列仙にも比する福耳じゃ。母の胎内に宿る事八十一年、生れ乍《なが》らにして白髪老醜なるも後に大成せし楚の老聃《ろうたん》もその名は「重耳《じゅうじ》」。彼に肖《あやか》って儂《わし》が親となり重耳と名付ける。これも何かの縁《えにし》、物心でもついたら当庵にて面倒を見て進ぜよう。この福耳なら精進次第で或は物になるやもしれぬて……」

と先生赤児の耳を引っ張ったものですから、驚いた重耳、火がついた様に泣き出して父があやせばあやす程泣き声は大きくなるばかり。先生、面倒な事にかかわってしまったと持て余して居りましたが、ふと思いついて瓜棚に垂れている瓢箪を捥《も》ぎとって玩具代りに与えると、何とまあ、重耳はぴたりと泣き止んだばかりか、自分の顔程もある瓢箪をしっかり抱きしめ笑顔を作っているではありませんか。先生も呆気にとられた面持ちで重耳の顔と瓢箪を見較べては、「さても似たるものよ喃。瓜二つとはこの事か」と苦笑いして居ります。家に帰りましても、片時とてこれを手放す事なく抱きかかえ、温和《おとな》しく一人遊びしているものですから、いつしか村人達はおろか名付け親の先生迄が彼の本名の重耳を忘れ、「抱瓢《ほうひょう》」と仇名で呼ぶ様になりました。


やがて年移り抱瓢は父の跡を継ぎ一艸庵で働いております。

通い勤めの作男だった父と違って、住込みの弟子と云う格好で、庭仕事の外に読み書きを習い、先生の身の廻りの世話や毎日欠かさぬ晩酌の相手まで勤めます。抱瓢が畑の豊富な野菜や通天泉から獲れる新鮮な魚で作る酒の肴は殊の外先生のお気に召し、又これを目当ての客人も多いのです。草木を培う先生の仕事柄、雨師《あめのかみ》、水神《みづのかみ》、風伯《かぜのかみ》、山祇《やまのかみ》と云ったお歴々の御機嫌を損じない様に時折接待の酒宴を設けるのですが、何しろこの連中ときたら何時も手ぶらでやって来ては放歌高吟弾琴鼓缶に舞い踊りの限りを尽し幾日も流連《いつづ》けるので、その間の酒肴の世話たるや抱瓢一人でてんてこ舞いです。

鱠や山椒魚の膾《なます》、岩魚の鮞《はららご》、木耳と蝸牛の羹《あつもの》、銀竜草の胡麻和え、仙人掌《さぼてん》や野老《とろろいも》の味噌漬、等の御馳走が季節に応じて次々と食卓に並べられますが、客人から所望される特別注文もあります。

特に陸《おか》の料理に目の無い海翁《うみのかみ》などは、鳴いているまま揚げて出される寒蟬《ひぐらし》を丸呑みにしては腹の中でその鳴き声を愉しんだり、「この田鶏《かえる》の膾こそこの世の絶品。わが海で喰らう鰒《ふぐ》の肝和えにも勝る佳きしびれ具合じゃ……」などと蛙の刺身に蟾酥《がまのあぶら》をたっぷりとまぶしつけて食べた挙句、麻痺して利かなくなった口の端から涎を垂れ流して幾日も呆けて居る有様です。

所が何とも不可思議な事に、連日客人達が呑み続けている愛用の瓢《ひさご》の酒が決して尽きる事が無いのです。以前にも何度か先生に質問した事があるのですが、「その内に教えて進ぜよう」と言を左右して答えて呉れませんでした。ある日客人達がやっと引揚げて行った後、抱瓢はしたたかに酔っている先生に質したのです。

「……。そんなに知りたいか」

「はい。今夜は是非とも」

「覗いてみるがよい」

「?………」

「瓢の口を覗くのじゃ」

瓢簞の胴を両手で支え、口の中を替る々々左右の目で覗く抱瓢ですが、何も見える物はありません。

「見えぬか……、これではどうじゃ」

と先生、燭台の灯をふっと吹き消します。

真暗闇の中で息をこらして覗き続けて居りますと、何やら奥の方がポッと明るくなって参ります。

更に目をこらして居りますと、薄明りはやがて黄金色と変り、見渡す限りたわわに実った稲田の景色を映し出したものです。

「先生!!　観えました!!　田んぼが観えて来ました」

「ようよう観えたか。ゆっくり廻してみるがよい」

云われる通りに瓢を廻すに従って、稲を刈り取っている農夫達、棟を並べた米倉や酒倉が次々と現れ、酒槽の口からは滔々と新酒が溢れ出ているのです。呆然と暗闇の中に坐りこんでいる抱瓢におかまいなく、

「明朝陽が昇る前に起こすがよい」

と先生その場に酔い潰れ忽ち高鼾をかき始めました。

明くる朝早く、まだ酔いが醒めやらぬ先生に従って畑に向います。

数ある瓢箪の中から二種を撰んだ先生は、

「よいかな。この白花が乾天《けんてん》瓢、黄花の方が坤地《こんち》瓢じゃ。白の雄花の花粉をこの様に黄の雌蕊に与うれば、陰陽相交りて天地四象を呑みたる乾坤《けんこん》瓢を結ぶ。じゃがな、これのみにては酒は醸さぬ」

と云いつつとり出した小袋の中から一粒の籾をつまみあげ、

「これが味噌じゃ。これなる天竺渡来の千石稲《せんごくとう》の種をばこの様に雌蕊の中に埋め込んでおく。後は通天泉の水さえ切らさずに呉れておけば出来上りじゃ」

「と申しますとこの冬にも?」

「そうはいかぬ。陽の九と陰の六とを掛け合わせた実じゃから五十四年は待たねば喃」

「………」

啞然と立ちつくしている抱瓢を残して、

「どれもう一睡りするか」

と先生、まだ千鳥足で草庵に帰ってしまいます。

この日を境に、先生の教えは一段と奥行を深め、農耕の祖たる神農氏につながる先達か極めた育種栽培の奥儀を、次々に明かし手ほどきされるのでした。

一艸庵の裏に広がる扶桑の森からその実を探し拾うのも抱瓢の仕事の一つになりました。この実は五霊丹《ごれいたん》や九転丹《きゅうてんたん》等の神仙長寿の妙薬を捏《ね》りあげる時の燃料として、遠く中国に於ても珍重されているのです。普通の欅は春先に葉が開くと同時に花を咲かせ、芥子粒程の実を無数に降らせるのですが、通天泉の霊水に育まれたこの扶桑は、十年に一個だけ鶏の卵程もある実を結ぶのです。

この巨きな実が雲の上から落ちるのですから、その空を截る音は鏑矢の如く、地響は草庵を揺るがし、夜中でも目が覚める程なのですが、何しろ周囲何百里もある森なので奈辺に落ちたのか抱瓢には皆目見当もつきません。所が先生は森の中に真直ぐ踏み入って、二、三日でいとも簡単に探し出して来るのです。

ある夜、例の如く抱瓢に酒の相手をさせ乍ら、先生は燭台の下に一枚の絵図を拡げました。

「抱瓢よ。これが森の有り様じゃ。馴れぬ間はこれを使うがよい。この印の場所には水甕が置いてある」

と、森の周りにいくつか書き込んである丸印を指し示します。

「よいかな。地震が起きると水は自ずと震源に向って波立つものよ。落果の開きで揺れる甕の水とて同じ道理。甕の縁の高く濡れた方角を各々森の上に線引けば、その交る辺りが目指す所よ。馴れれば一個の甕の濡れ加減で遠近の見当もついて来るわい」

「然し、先生はいちいち甕の水など測らずに何時も真直ぐに森の中へ……」

「儂か。儂はこれに呑み残した酒で充分じゃ。はっはっはっ……」

と先生上機嫌で手にした土器《かわらけ》の酒を一気に呑み干すのでした。


そんな或る夏の夜の事、先生は一寸改まった面持で、

「抱瓢よ。少しばかり旅に出てみる気は無いか」

「……と申しますと？」

「最早一艸庵では教える事もほぼ尽きた。これよりは外に出てとくと見聞を広めるがよかろう。それに儂もちと頼みたい事があるでな」と先生書棚から一巻の書を取出して、床に展げます。それには広大な地図が描かれており、先生その一点を指して、

「目指すは陽落つる国の都落陽じゃ。急ぎの旅ではない故遊山のつもりでゆっくり行くが良い。明朝にも早速旅立つがよかろう。まずは暫し別れの盃事じゃ」

と事態を呑み込めずにおろおろしている抱瓢の器に師自ら酒を注ぐのでした。

さて翌朝まだ夢心地のまま先生に見送られ、一日に一花が咲き登る立葵《たちあおい》が今を盛りと朝日に揺れている門を後に、露に濡れた草深い道へと歩を踏み出したのであります。

西へ西へと十日も行きますと宿を乞う人家も全く途絶え、夜ともなれば衾《ふすま》替りに荷袋の中に入れてきた扶桑の葉にくるまって露をしのぎ、先生が餞《はなむけ》に下さった乾坤瓢の酒や千石稲を口にして餓《う》え飢《かつ》えを癒やします。

庵を発って一月、暗雲に包まれた大きな山が行手を遮る如く現われ、路はその中に消えております。荷袋から地図の巻物を取出して繙《ひもと》くに、

総雲山《そううんざん》は天下の険　函谷関《かんこくかん》も物ならず
万丈の山千仞《じん》の谷　前に聳え後《しりえ》に支《ささ》う
雲は山を回《めぐ》り　霧は谷を閉し
羊腸の小径は苔滑かなり

と注釈されております。

ままよと麓へ踏み入ると、次第に道は険しくなり、三日も進むと、奔流の如く流れ下り湧き昇る霧や雲に一寸先も見えなくなり、手探りで摑む岩肌に爪は割れ、苔踏みて滑る蹠《あしうら》は皮破れ、進退正に極って暗涙にむせんでおりましたが、最早これ迄と引き帰す途端、どっと落ちてきた岩塊《いわくれ》に捲き込まれ、谷底に転げ落ちたまま抱瓢は気を失ってしまいます。

どの位時が経ったのでしょうか。

いきなり水を浴せかけられ抱瓢は意識を取り戻しました。霞んだ眼に少しずつ周りの光景が見えて来ます。大篝火が焚かれ、その周りに数十人の山賊らしき男達が屯《たむろ》して酒盛りをしている様子です。その中の一人がいきなり抱瓢の衿首を掴んで吊し上げ、

「若僧、気がついたか。運の良い奴め。この方が総雲山を治める金太天《きんたてん》様よ。御礼を申せ」

と首領とおぼしき大男の前に抱瓢を抛り出します。虎の皮の敷物に胡座をかき、左手に金色の大鉞《おおまさかり》を構え、右手にした大盃を傾けながら抱瓢を一瞥した赫ら顔は猩々《しょうじょう》その物です。

「この山を統ぶる金太天じゃ。旅人の様じゃが、常人にこの山は越えられぬわい。四つ足どもの目鼻を借りねば喃。それに山への貢ぎも持っておらぬ様じゃが」

と抱瓢の荷袋へ顎をしゃくります。

「おっしゃる通り長旅の道中の事とて何の貢ぎ物も持ち合わせておりませんが、天下一品の美酒を瓢に詰めてございます。お見かけした所、皆様大変酒好きの御様子。助けていただいたお礼に一献さしあげましょう」

と乾坤瓢をとり出して大盃に注ぎますと、忽ち広がる芳醇な香りにたまらず、金太天これを一気に呑み干し、あまりの旨さに目を白黒させて気を失わんばかりです。

「いやいや全く以て驚きいった次第。生れてこの方呑み下したる酒樽の嵩はこの山をも超えようが、これほどの美酒がこの世に在ろうとは。お客人、かくなる上は先ある旅の体。我が家と思ふて充分養生して行きなさるがよい」

現金なもので、言葉つきまで変ってしまいます。

谷間に湧く温泉や、山で採れる霊茸薬草の効き目で間もなく元気になった抱瓢は、或る日切りだします。

「金太天様。お陰様で元通りの体となりましたのでお暇したいと思います。もし貴方のお力で山を越えさせていただければ、お礼に三千の樽にこの酒を満たしてさしあげます」

金太天に否応はありません。

さっそく木を伐り倒して忽ち三千の樽を造りあげ、瓢の酒を満たし了ると、角笛を吹き鳴らして山の獣を呼び集め、猿や鹿を先導に、熊に跨り手下を従えて山越えにかかりました。密雲垂れこめる獣道を蝸牛の如く辿る事一月、やっと向う側の麓に下り立った頃は、早や秋も深まり山裾は錦の如くに紅葉しております。

ここで帰途の再会を約して一行に別れを告げ、西を指して草原に分け入ります。旅寝の扶桑の葉に置く夜露が霜に変わる頃、草原が切れ、眼前に見渡すかぎりの河原が展けます。この国を東西に二分する大井河《たいせいが》の東に着いたのです

その川幅一千里。右手上流に白銀色に聳えるは、天地開闢《かいびゃく》以来の雪を頂く当国一の山にして、その名を富岳。高さ二千里周囲一万里のこの霊峰が抱く八万の穴から溢れ出る湧水を集め、一気に一万

里を南に奔《はし》り下って大海にそそぐこの激流は、鵬《おおとり》や龍を操る神仙はいざ知らず、古今何人の往来を許した事が無いと地図に書かれております。

さて、抱瓢が先生から託された最初の仕事は、この河で魚釣りを生業とする大光坊《だいこうぼう》と云う漁師に手紙を渡す事なのでした。村人の言う事では、それらしき人物が、この辺りで釣り上げた大鯉を十匹程売って河を下って行った様子。抱瓢すぐその後を追って行く事十日目に、河原の中から立ち昇る煙を見つけ近づいてみますと、石と流木を寄せ集めた小屋の傍で、一人の禿頭長鬚の老人が魚を焙り、酒を啜っております。

「お尋ねいたします。もしや貴方は大光坊先生では……」

「いかにも拙《やつがれ》、大光坊じゃが。してそなたは？」

「私、通天泉の一艸先生からの使いの者ですが、手紙をあずかって参りました」

「おうおう、一艸大人はお元気か。百年程前にお邪魔して馳走になった鯰の味が忘れられませぬわい。どれ手紙を拝見」

と一人うなずきながら書面に目を通しております。

「ほう、君が抱瓢君か。落陽迄とは御苦労な事じゃ」

「大光坊先生……、先生のお力で何とかこの河を渡していただきたいのですが。まずはお近づきのしるしに一献注がせて下さい」

と抱瓢も乾坤瓢を荷袋から取りだして酒盛りが始まります。

「この河を渡せとは、はて難題じゃ。その時到る迄魚釣りでもしてゆっくり待ちなさるがよい。それよりも、それ、通天泉の鯰を御馳走して下されや。この河の魚にはいささか飽き申したわ」

「……と申しますと？」

「一寸の間その瓢箪をしっかり抱えていて下さらんか」

と訝る抱瓢にかまわず、顎鬚を一本抜いて棒切れに結びつけ、さっと一振りすれば、こは如何に、鬚は弧を描いてするすると伸び、瓢の口にすべり込んだ途端、三尺もある鯰を釣り出したではありませんか。呆気にとられている抱瓢の前で、大光坊は手際よく鯰をさばいて舌鼓を打つのでした。


ここに着いてから何年が過ぎたでしょうか。

抱瓢が河越えの事を何度たのんでも、大光坊は首を横に振るばかりでさっぱり腰を上げる様子もありません。

ある年の事、何ヶ月も続いた大雨のため洪水が起こり、巨きな流木が河原に打ち上げられました。やっと雨が上った空を見上げていた大光坊は抱瓢を促し、流木を削って丸木舟を造り始めます。舟が出来上がったある秋の夕方、大光坊は天を指差し、

「抱瓢君、いよいよ時到ったぞ。観られよ。歳星《もくせい》、熒惑《かせい》、鎮星《どせい》、太白《きんせい》、辰星《すいせい》の五惑星が南天に並び、この上を望《もちづき》の太陰《たいいん》が移る間、地軸大いに傾き、さしもの大井河もその流れを止めまする。この時をおいて河を渡る事はできませせぬ。さあ、舟を水辺に出しなされ」

折しも東天に昇った満月の下、河面は波一つ無く鎮まります。舳《へさき》に立った大光坊が鬚を一本抜き、一振りして待つ事暫、突然水面を揺がして大渦が起こり、鯨の如き大鯉が跳り出たではありませんか。

その眼はあたかも矢の的の如く、鱗は金の瓦の如く、尾は船の帆の如く、その口には彼の鬚をしっかと銜《くわ》えております。大光坊が手綱の如く鬚をさばくと、鯉は舟を引っ張って対岸めざして泳ぎ始め、何と夜が明ける前に一千里を一気に渡り切ってしまったのでした。

夜明けの河原に坐り込んだ両人、さっそく乾杯を重ねたのですが、大願かなった心の弛みに、抱瓢珍しく酔い潰れてしまいました。

喉の渇きに目覚めると、陽は、はや中天を過ぎ、大光坊の姿はいずこにか失せて、唯、瓢の胴に例の鬚が結んであるばかりでした。

抱瓢は再び西に向って旅を続け、新春の候に次の目的地であるこの国の都平安に着きました。

ここの宮殿で作られる秘薬を瓢に詰めて落陽迄とどけるのが、先生からたのまれた仕事の一つなのです。

所が、落陽にも比する賑いの地と聞いていたのとは大違い。正月と云うのに都大路には人影も無く、家々の窓は閉ざされ、軒は傾き、塀は崩れ落ちています。やっと一軒の宿を探し当て、酒の相手に呼んだ亭主の愚痴を聞くに、ここ数年来とりわけ厳しくなった重税の取り立てに耐えかね、人々は都を捨てて逃散してしまったとの事なのです。更に宮廷に任える小役人を呼び、酒に酔わせて聞き出した所によると、今の帝は自ら大椿帝《だいちゅんてい》と称し齢すでに五百歳を超えるとも云われておりますが、その長寿の秘訣は、毎日愛飲している「水晶湯」と呼ばれる宮外不出の秘薬によるのです。所がその製法と云うのが、まず都の艮《うしとら》一千里の彼方に聳える比影山《ひえい》の底から掘り出した水晶を、火風鼎《かふうてい》と名付けられた坩堝《るつぼ》に入れ、南蛮渡米の宇爛石《うらんせき》を燃料として三年間熱し続け、ようやく水晶の表に滲み出た汗を滴り集めると云う面倒な製法なのです。一万斤の水晶から僅か一斤の水晶湯が得られるのみです。然るに近年南蛮国が隣国と戦争を始めたため、燃料に使う宇爛石の値が暴騰し、それが重税の原因となっているのです。

ここ迄聞いて抱瓢——宇爛石の代わりに扶桑の実を献上して褒美に水晶湯をせしめて来い——と云う先生の意図が読めたのでした。

翌日、先の役人にともなわれて宮殿に昇り、薬師所に通された抱瓢の風体を、初めは疑いの眼差しで眺めていた薬師守も、目の前に扶桑の実を置かれてみると、一度試してみようと云う気になります。何しろこの薬師守、最近底をついてきた宇爛石の量に、心痛の余り夜も寝られぬ毎日だったので、この実一個あれば炉は百年間燃え続けると云う抱瓢の売込みに、藁をも摑む心地だったのです。

大きな炉の前に連れて行かれた抱瓢が実を一個投げ込むと、やがて炉は轟々と燃えさかり、白熱した火風鼎の底から忽ち水晶湯が滴り始めたではありませんか。

この功により大椿帝に謁見を賜わり、褒美として水晶湯を瓢に満した抱瓢は、次の目的地広々島《こうこうとう》目指して都を後にします。

扶桑の国から遥か東へ三十万里の海に鼈《べい》と云う甲羅の巾一万里に及ぶ大亀が浮いており、その背には緑鬼山《ろっきさん》と云う山を乗せております。この山の頂に玄白鳥《げんぱく》と云う鵬が巣喰っており、その翼長五百里。旦《あした》に緑鬼山を翔《とびた》って天へ昇り太陽の焔をついばんで、夕に山へ降りて来ると云う怪鳥。偶々この鳥の糞が扶桑の国に落ちて出来たのが広々島なのですが、何しろ火喰鳥の糞なので、当時は何万と云う人が焼け死んだとの事です。

この島の酔心洞《すいしんどう》と云う石窟に、一人の世捨て人が棲みついておりまして、その名を大観道人《だいかんどうじん》。昔は宮廷画家だったのですが宮仕えに嫌気がさし、絵筆を捨ててここに隠遁しているのです。

この人に先生からの手紙を手渡すべく、都を後に三月程歩き続け、広々島を目の前にした浜辺までやって来た抱瓢、一杯やりながら渡し舟を待っておりますと、折しも、管絃の音さんざめく一艘の美しい帆かけ舟が通りかかり、船べりから肌も露わな美女が、流し目で手招きするではありませんか。ほろ酔気嫌の抱瓢、渡りに舟と乗り込み、女相手に酒盛りを始めました。所が舟が中ほどまで沖へ出た途端、雷鳴と共に一陣の竜巻が起こり、舟は忽ち巨きな貝に化け、海に投げ出された抱瓢を一呑みにせんと迫って来るではありませんか。舟と思って乗ったのは、玄白鳥の糞を喰った蛤が、年経て蜃《みずち》となり、洋上に吐いた蜃気楼だったのです。息も絶えだえの抱瓢の頭に、一瞬、瓢に結んである大光坊の鬚の事が閃きました。これを解き、最後の力を振りしぼって広々島目がけて投げますと、たちどころに鬚は伸びて何やらの手答えがあったのですが、抱瓢はそのまま気を失ってしまいました。

どの位時がたったのでしょうか。

頭を何かで打たれて気がつき、起き上った抱瓢の前に、乞食の様な老人が立ちはだかっています。その振り上げている杖を見て、抱瓢あっと驚きました。何と件の鬚が絡みついているではありませんか。

「貴方様は……」

「愚か者めが。蛤如きに誑《たぶら》かされおって……。儂は酔心洞の大観じゃ」

と大喝、再び杖が抱瓢の頭を見舞います。

酔心洞に連れ込まれ、瘤だらけの頭を抱えて呻っている抱瓢の傍で、大観道人瓢の酒を勝手に独酌しながら、

「手紙の様子では、お主、落陽まで旅するそうじゃが、あの有様ではこの先心許ない喃。はっはっは……」

と先程とは打って変って上気嫌です。

驚いた事には、石窟の中と云っても、四方に掛けられた山水図から、谷川のせせらぎ、山鳥の囀り、風の渡る音が流れ出し、あたかも深山幽谷に遊ぶ心地なのです。

「折角の美酒の座興に阮咸《げんかん》にでも一曲弾かせるか」

と硯を引き寄せた道人、一筆で琵琶を抱えた人物を描き上げ、口に含んだ酒を吹きかけると、忽ち妙なる絃の調べが流れ出したではありませんか。

瘤もひっ込み、蜃気楼の悪夢も薄れた或る日、盃を交しながら抱瓢が暇乞いをしますと、

「左様か。儂も一緒に行きたいのはやまやまじゃが、何せこの老骨。足手まといになっては喃。落陽に着いたら、大観斯くの如く老いもうしたと木正殿《きのかみ》に渡してくだされ」

と硯に酒を注いで墨をすり、自画像を描いて抱瓢に託し、再び別れの盃を重ねるのでした。酔い潰れてしまった抱瓢、翌朝揺り起こされみると、道人ではなく、見知らぬ男が枕元に立っており、

「私め近くに住む漁師ですが、昨夜大観様に仰せつかったので、お迎えに参りました。先生には何か急用が出来た御様子で失礼するとの事です」

と抱瓢を、自分の舟に案内して、元の浜辺へ渡して呉れたのでした。

広々島を後に西へ進む事三月。到頭、この国の西端まで来てしまいました。

ここと西隣りの九集国《きゅうしゅうこく》とは幅五里程の関門溝《かんもんこう》と呼ばれる狭い水路で隔てられているのですが、南海と北海の潮が絶えず両岸を削って渦巻き流れ交う激しさは、彼の大井河の比ではなく、その名の通り東西の往来を遮っているのです。

抱瓢手を拱《こまね》いて思いあぐんでおりますと、後の山から無気味な物音がして、やがて見るも恐ろしい蟒蛇《うわばみ》が這い出して来たではありませんか。胴周りは扶桑の幹の如く、長さは計り様もありません。物陰に身を潜め息を殺しておりますと、大蛇が対岸をうかがって水際から首を伸ばした刹那、海中から現われた無数の巨きな蟹の鋏が、蛇を挟んで海へ引きずり込み、瞬く間に小間切れにしてしまったではありせんか。

この蟹の名を平氏蟹と云い、その昔この地で源氏と平氏が戦い、敗れて海に追い落とされた平氏の軍勢十万の水漬く屍を貪り食った蟹が却《こう》を経て化物となったもので、その手足には刀や槍の刃《やいば》をつけているのです。

散々思案の末、抱瓢は後の山に登って穴を掘り、扶桑の実を一つ入れて瓢から通天泉の霊水と水晶湯をたっぷり注ぎますと、三日にして芽が出、三月にして雲を頂き、三年経つとその枝は対岸に届く迄に成長しました。そこで瓢に結んであった大光坊の鬚を大枝の先に投げて絡ませると、蓑虫の如くぶら下って九集国の岸に降り立ったのでした。

九集国は高い山ばかりの島国なので、海岸伝いに西へと進みますと、或る日の事、浜に傷だらけの大きな海豚《いるか》が打ち上げられて苦しんでいるのに遭います。

抱瓢を見て、苦しい息の下から何か訴える様に鳴いているのですが、何を云っているのかは勿論解りません。哀れに思って、水でも掛けてやろうかと瓢を取り出すと、何と瓢の口のから人の言葉が聞こえます。

「旅のお方、何とぞお助け下さいませ。決して御恩は忘れません。もし助けて頂ければ、貴方の望みは何でも叶えて差しあげます。昔から「豚魚《とんぎょ》の信」と云われております通り、海豚は決して嘘は申しません。お願いでございます……」

驚いた抱瓢は通天泉の水で傷口を洗い、水晶湯を飲ませたり、扶桑の葉を被せたり、鬚で釣った魚を食べさせたりして手篤く看護します。瓢を通すと抱瓢の言葉も海豚には解って、色々な話を交す様になりました。

「私はこの辺りの海豚の長でございますが、先日、関門溝を辿り抜けようとして渦に巻き込まれた上、蟹の化物に襲われてやっと逃げて来たのです。竜門を登り得た鯉が竜と化す如く、私共が関門溝を、泳ぎ抜け、北溟の海に至りますれば、鯤《こん》と化して百万年の長寿を永らえ得るのでございます」

「私はこれより大海遥か西へ三万里の国まで行かねばなりませんが、どの様な手だてがあるでしょうか」

「私におまかせ下さい。お礼に貴方をその国までお連れしましょう」

やがてすっかり快復した海豚は、抱瓢を背に跨らせ、周りを数万頭の一族に護らせて、西の国目指して出発したのです。


満月が三回巡った頃、一隊はやっと西の大陸から突き出た金国に着きました。この国を通れば目指す落陽もまぢかです。

名残り惜しむ海豚達と別れ、再び陸路を行く事一月。高い柵が行手を遮っております。

辺りの村に宿をとり、亭主に酒を振舞い乍ら話を聞きます。

「天帝の昔、蝸牛の左右の角に国して争っていた触氏《しょくし》と蛮氏《ばんし》が、この地に降りて来ても戦いを続けましたので、怒った天帝は三万八千里にわたる柵を設けて国を二分し、弓の名人羿《げい》を見張りにして、柵を越えんとする者は容赦なく射殺すよう命じたのです。その子孫がいまだに、こちら側とあちら側で争を続けている次第なのです。国境を見張るは羿の末裔の瞠《とう》将軍。先祖ゆずりの弓の手腕もさる事ながら、その名の如く眠る時も片目を瞠《みは》り、夜間千里先の蚤の雌雄を見分けると云う炯眼《けいがん》の持主なのです。とても尋常な方法では国境を越える事は叶いますまい」

「然し、然し乍ら将軍は何せ酒狂いでな……」

と瓢を振って見せ、話し続けます。

「これが切れると近くの村に押し入って酒を強請《ゆす》ったり、酒代欲しさに賄賂《まいない》次第では目をつぶる事もあるとの噂です」


　翌朝、抱瓢は瞠将軍の陣営に出向いたのですが、近くまで行くと忽ち衛兵達に矢を射かけられ、将事に会う事などとても出来ません。そこで抱瓢一計を案じました。

毎日、「瞠将軍様へ」と書いた酒樽に瓢の酒を詰めて、陣営の近くに置いて逃げ帰って来るのです。

　初めは怪しまれ、打ち捨てられていたのですが、酒意地の穢《きたな》い衛兵が、一人呑み、二人呑みしているうちに、何の毒も無い事が解り、近頃では皆で奪い合って呑んでいる様子に将軍も我慢しきれず、到頭一樽を持って来させて一口やったのが運の尽き。気が遠くなる様な旨さに病の虫を押え切れず、年程して、抱瓢に営舎に来る事を許したのです。

　将軍の前に罷り出た抱瓢、瓢を貸してやると待ち切れずに口呑みで貪ります。呑めども呑めども尽きぬこの不可思議な瓢を、何としても我が物にしたくなった将軍は、ついに越境との取引きを提案してきました。しかし瓢を渡す事は出来ぬ相談です。将軍が抱瓢を殺して瓢を横奪りしようと邪心を抱けば、酒は忽ち通天泉の水に変わってしまいます。

ある日、今度は抱瓢が切り出します。

「将軍様。私も旅を急ぐ身、何時までもこうしては居れません。如何でしょう。いっその事、賭で決めようではありませんか。月の無い夜、十里の所から百本の矢を瓢の口に全部射込む事が出来たならば、私は瓢を差し上げて潔よく引き返します。もし一矢でも貴方が失敗《しくじ》ったら、ここを通して下さい」

将軍は思はずほくそ笑んでこれを承《う》けます。彼の腕前からすれば、赤児の手を捻る様な事なのです。

闇夜を待って賭が行なわれました。

次々に射込まれる矢を抜き出しては十本づつまとめて数えます。終に最後の一本も瓢の口に吸込まれてしまいました。してやったりと馬をとばして駆けつけた将軍が、抱瓢の手から椀ぎ取った瓢の口を含んだ途端、鋭い矢音と共に飛び出した矢が、深々と彼の喉首を貫いたのです。抜き取らずに瓢中の天を翔んでいた最後の一本が戻って来たのでした。声も立てずに馬より転げ落ちた将軍から瓢を取りかえすと、抱瓢は隣国の闇へ紛れ込んでしまいました。

かくして抱瓢はついに落陽の土を踏んだのでした。一艸庵を発ってからいったいどの位月日が過ぎたのか、抱瓢自身もすっかり忘れてしまいました。

都を整然と区切る大路、金箔や五色の漆で彩られた大殿高楼。町を歩いている紅毛碧眼、縮毛黒皮の人々。象と云う鼻が地に垂れる獣、麒麟と云う首が天を衝く獣。何一つとして抱瓢の目を瞠らせない物は無いのですが、とに角、託された仕事を了えるべく宮殿に昇り、係りの役人に先生からの手紙を差し出しますと、この国の木正《きのかみ》の部屋に案内されます。

待つ事暫、入って来た人物を見て抱瓢は腰を抜かしました。何と一艸先生ではありませんか。あまりの事に全く言葉を失っている抱瓢です。

「大分苦労したらしい喃。後から出た儂が先に着いてしまったわい。それから大光坊と大観老はいかがいたした？」

「……はい。それが……」

「それが如何したのじゃ」

「それが両先生ともお訪ねして大変お世話になったのですが、いざお別れと広う時になるとお二人とも消えて仕舞われて……そしてこれを下さいました」

と大光坊の鬚と大観道人の自画像を先生に手渡します。先生これを見て腹を抱えて高笑い。

「抱瓢、まんまと騙されおった喃」

と画に瓢の酒を含んで吹きかけると、自画像は忽ち脹らんで、紙の中から大観道人が抜け出て来たではありませんか。呆然と立ち尽くしている抱瓢に瓢を持たせて鬚を一振りし、今度は大光坊を釣り出します。

三人揃って一しきり大笑いした後、先生は改まった口調で
「実は喃抱瓢、我等三人は此の度天帝のお召しにより神仙の列に加えられ、蓬莱山に登る事に相成ったのじゃ。さればお主に一艸庵を委《まか》す。一段と精進せい」

夢心地の儘《まま》、都で旅の疲れを癒した抱瓢、ある夜先生と最後のお別れをして部屋を下ろうとすると、先生乾坤瓢を持ち出して来て、

「待て待て。これを忘れるな。それに都の道は煩雑じゃ。こちらの抜け道の方が近かろうて」

と本棚の下の扉を開け、抱瓢を屈ませるや、いきなり背中を蹴とばしたのです。あっと叫んだ儘抱瓢穴倉の様な所に転り落ちてしまいます。

しばらく真暗闇の中で踠《もが》いて居りましたが、穴は横の方に伸びている様子。手探りで進んで行くと先の方が薄明るくなり、間も無く月が耿々《こうこう》と照る外界に這い出しました。一体何処へさ迷い出たのだろうと辺りを見廻していた抱瓢、危く心の臓が止まりかけました。処もあろうに、そこは一艸庵のすぐ裏手に聳えている扶桑の根もとの洞ではありませんか。時々狸が出入りしていたあの穴です。恐る恐る庵に入り灯をつけてみると、先生が居ないほかは昔の儘です。

抱瓢はその場に倒れ込んでしまいました。

翌日、昼近くにやっと起き上がった抱瓢、庭の周りを歩いてみると、門の脇に咲いている立葵が旅立ちの日よりも、たった一花咲き昇っているだけではありませんか。

抱瓢は一体何時何処で何をして来たのでしょうか。

それから長い長い年月が経ちました。

抱瓢は相変わらず何年か前から雇っている下男と、草木相手に精を出しております。

ある年の事、その下男に男の児が生まれたのですが、その下ぶくれの耳の大きな嬰児の顔を見た抱瓢先生、

「これも何かの縁《えにし》、物心ついたら庵にて面倒見て進ぜよう。この福耳なら精進次第で或は物になるやも知れぬて……」

それはあの時の一艸先生と全く同じ口振りなのでした。

完

句集　昭和老人経

昭和てふ長き列車の尾灯なほ
日時計の裏を返せば紫薇の景
月蝕の明けて跡かたもなき血書
世の闇を呑みて常蛾の入水せり
「考へる人」銀杏黄葉に便秘病む
老嬢のアリア沢庵犇《ひし》と抱き
パンドラの箱よりポルテニアタンゴ
ラテン語で育てし豚の七七日
天動説曲げざる小笠原流の刀自
神の留守球根栽培法流行《はや》る
鯖缶の中も一方通行で
古池や死しても進む痴呆症
磁石持つ出エジプトの練金師

エノク書の真偽砂時計の誤差
竪琴《リラ》を抱くネロに翡翠の泪壺
大蒜を吊る薔薇族の縊死の縄
白虹が顕つ冬瓜へ放尿時
亀卜得て軍師は鶴を鏖《みなごろし》
乱心の殿の喇叭を富士見坂
母埋めし箱庭に紅天狗茸
赤犬が昭和の他殺掘り出せり
第三号議案枕に変死せる
四書五経雲母《きらら》虫に委ね色狂ひ
茅の輪抜け無何有《むかう》の国の握り飯
梅干しを積み老朽の縄電車
野壺にて村議と狐狸が飲み明かす

一夜明け将軍の馬白塗りに
すめらぎの天に網せり女郎蜘蛛
赤貧の極み絵馬から絵が逃げて
公案す作麼生《そもさん》ママコノシリヌグヒ
地震《なゐ》の度にあはれ老人抽象化
猪と豚交る野に観覧車
兇年や長き西瓜は切干しに
サマータイム笑ふ回虫から処分
鯰浮きて下に耕衣もをると言ふ　永田耕衣
茶畑に利久鼠の嘘が降る
ギロチンを組むにマキタの電動具
カイテル将軍隔靴掻痒ひねもすに
英字紙にくるむ鮟鱇謝肉祭

鶴唳や紫雲棚引く素裸婦圏
ターザンの鋭声《とごえ》を解夏の上野山
猿山の勃起アルカリ性の都市
後シテの七面鳥が能天気
台風の眼の通過時の観世流
薩摩つぽ水戸つぽ上野の鳩ぽつぽ
六道へ日に七度の八点鐘
百八つの鐘木が鳴りて鐘鳴らず
福助と消火器期限切れてをり
隊商を胡沙に見送る野立かな
創世紀以前の河を桃流れ

すずしろ連衆俳諧心得

抑々、俳諧の大道を標榜するに、これ一偏に観天望気の遊戯《ゆげ》と心得べきものなり。則ち、天地人三才に亘りて、表にその実を測り、裏にその虚を窺うの謂なり。

古今、紅塵の巷に諸説各論喧しかりけれども、全て小事にして、唯一、翁の虚実の弁《わきまえ》、不易流行の理《ことわり》、夏炉冬扇の趣を説きたる口伝のみ後に通ず。これ俳諧の仏法僧にして、かかる三諦即是の妙理をば風羅風狂風騒の身に托し、風雅の誠をこそ責め悟るべけれ。

諸賢須く靉靆《あいたい》の類これを抛ち、自ら内蔵せる望遠顕微の心の鏡を研磨して、物の見えたる光を一瞬に感受し、而うして三才不可思議の妙を俳諧に具現すべく努めざるべからず。これを怠りて、如何に翁の俳三昧の乾坤に至るを得んや。

俳諧は自得の詩なり
俳諧は自照の文学なり
俳諧は自在の芸術なり

……と。

阿佐ヶ谷今昔

自宅のある中村橋から旧中杉通りを経て阿佐ヶ谷まで関東バスが通じたのは、戦後間もない昭和二十三年頃ではなかったかと思われます。それ以前には、西武線・山手線・中央線と乗り継いで来るほかは無かったので、大人も子供も大方徒歩で行き来していました。

そんな訳で初めて阿佐ヶ谷の町を知ったのはほぼ八十年前三才の時、祖母と母に連れられて。私はカタカタを押し弟は乳母車で、今もあるパールセンターのお地蔵様辺りまできて引き返したのを覚えています。

中学生になると、映画館、古書店、パチンコ屋等が多かったこの町に足繁く通うようになり、高校生の頃にはモツ焼きと焼酎の安酒場に出入りし、以来六十余年の酒を経て今日に到った次第です。

高校時代からの悪友、阿佐谷での同業の酒友すべてを七十代で失い、傘壽を越えて夜毎の酒に溺れている男は私一人になってしまいました。もはやこの上は、すでにアルコールエンジンと化してしまった老骨に笞打って、観えてきたゴールに向かって突っ走るべく肝を決めている今日此頃ではあります。

人間も内燃機関温め酒　　拙

さて、呑みにいくとするか……。

松本純の思い出

――あとがきにかえて

松本昭子

酒肴だいこん屋

松本純にめぐりあって五十七年、私の人生をこんなにたのしませてくれた人はおりません。

松本と出会ってから今日までのことを、最後に少し綴らせていただきます。

松本と知り合ったのは、一九六四年頃のことでした。

私は高校を出てから仙台で働いておりましたが、冷房病に罹り三年で退職し、塩釜の自宅で療養していました。

ある日、東北大学の友人から、学園祭に遊びに来ないかと誘われました。その話を母にしたところ、「ひまにしてる人がいるから、一緒に連れて行ってあげたら」と言われ、会ったその人が松本でした。

塩釜には、「塩釜ドック」という、船の修理をする造船所がありまして、松本の船もそこに長期停泊しており、その間、母が営む寿司屋に呑みに来ていたようなのです。

待ち合わせの場所にやってきた松本は作業服姿で、かざらない、自然体なところがとても良く、第一印象で、ああ私この人と結婚するんじゃないかしらと、感じる何かがありました。

それから約一年半後、一九六六年四月に結婚しました。船乗りと結婚することに、家族は少々反対しましたが、私は最初の気持ちを大切に、松本の処にまいりました。松本は結婚後すぐに航海に出てしまい、その後は数ヶ月に一度帰ってくるという生活でした。

航海に出ている間は、北氷洋や南氷洋から、手紙などもずいぶん送ってくれました。いくつか引いてみます。
「昭子とY〔長女〕の写真をベッドに張って毎日見ていると一緒に暮しているような気持ちになって、つい書くのがオロソカになってしまいます」（日付不明　ペルーより）
「当人至って元気　毎晩　晩酌にはげむ」（一九六九年八月二十二日　ロサンゼルスより）
「先月の24日は、パイタ町の祭りで、この砂漠の中のサビレタ町が、屋台店と人でうずまってしまいました。丁度船も休日で金もあったので面白い1日を過ごしました。５０００ソルで昭子とYに「ポンチョ」と云うこの辺りの現地の人が着る袖なしのコートを買いました。アルパカの毛で織った最高級の品で、日本でも着られると思います。（中略）今月は10日頃休みなので又買物をしたらたよりします」（一九六九年十月五日　ペルーより）
お酒は、船の上でもずいぶん呑んでいたようです。お酒がない時には、消毒用アルコールを紅茶で割って呑んだという話も、本当かどうかわかりませんが聞いたことがありました。
また、乗組員の方達との写真を同封してくれたこともあります。

店は、オイルショックの前の年、一九七二年五月に開店しました。松本が陸に上がったのは、その前の年です。いきなり「やめたい」と言われて、船の免許がありますから、転職するのかと思っていたのですが、居酒屋をやると決めていたようです。
幸いだったのは、私の母親が寿司屋を営んでいたことでした。調理師免許を取るために、一年間、

上：フラメンコギターを弾く著者
下：捕鯨船に乗っていた頃（著者は右端）
（ともにペルーからの日付不明の書簡に同封）

母の寿司屋で修業して、それから開店しました。捕鯨船に乗っていた頃は、数ヶ月に一回ぐらいしか帰ってこられないし、新婚生活も短かったので、やはり陸に上がってきたときは嬉しかったです。

松本はもともと阿佐ヶ谷が大好きで、船から降りるたびに阿佐ヶ谷で呑んでいましたから、店を出す場所はこの近くと最初から決めていたようです。駅から店まで近くはないのですが、呑んべえの心理的には、駅近よりもいいという人のほうが多かったです。

店のつくりも、メニューも、松本が決めました。カウンターテーブルは、埼玉の神社のご神木からいただき、看板の字も自分で書いて、それを近所の看板屋さんに作ってもらいました。メニューは毎日、経木に自ら書いておりました。

だいこん屋をはじめてから、松本は、毎日が楽しいと言っておりました。練馬生まれで、阿佐ヶ谷も地元のようなものですから、開店当初は中学高校の同級生の方たちが、よく来てくれました。それから地元阿佐ヶ谷の方々、俳句関係の方々、フラメンコ関係の方々……たくさんの方が足を運んでくださるようになり、皆さまに助けられて来ました。

うちの店は十二時までで、店を閉めると、親しいお客さまたちと一緒に、自分の気に入っている近所の店に一緒に飲みに行っており、逆に行った先のお店の方が早く閉めて、こちらに飲みに来てくれるということもよくありました。そうして深夜二時頃帰宅して食事をして四時頃眠ります。それから朝散歩に出て……というのは、本人が書いている通りです。

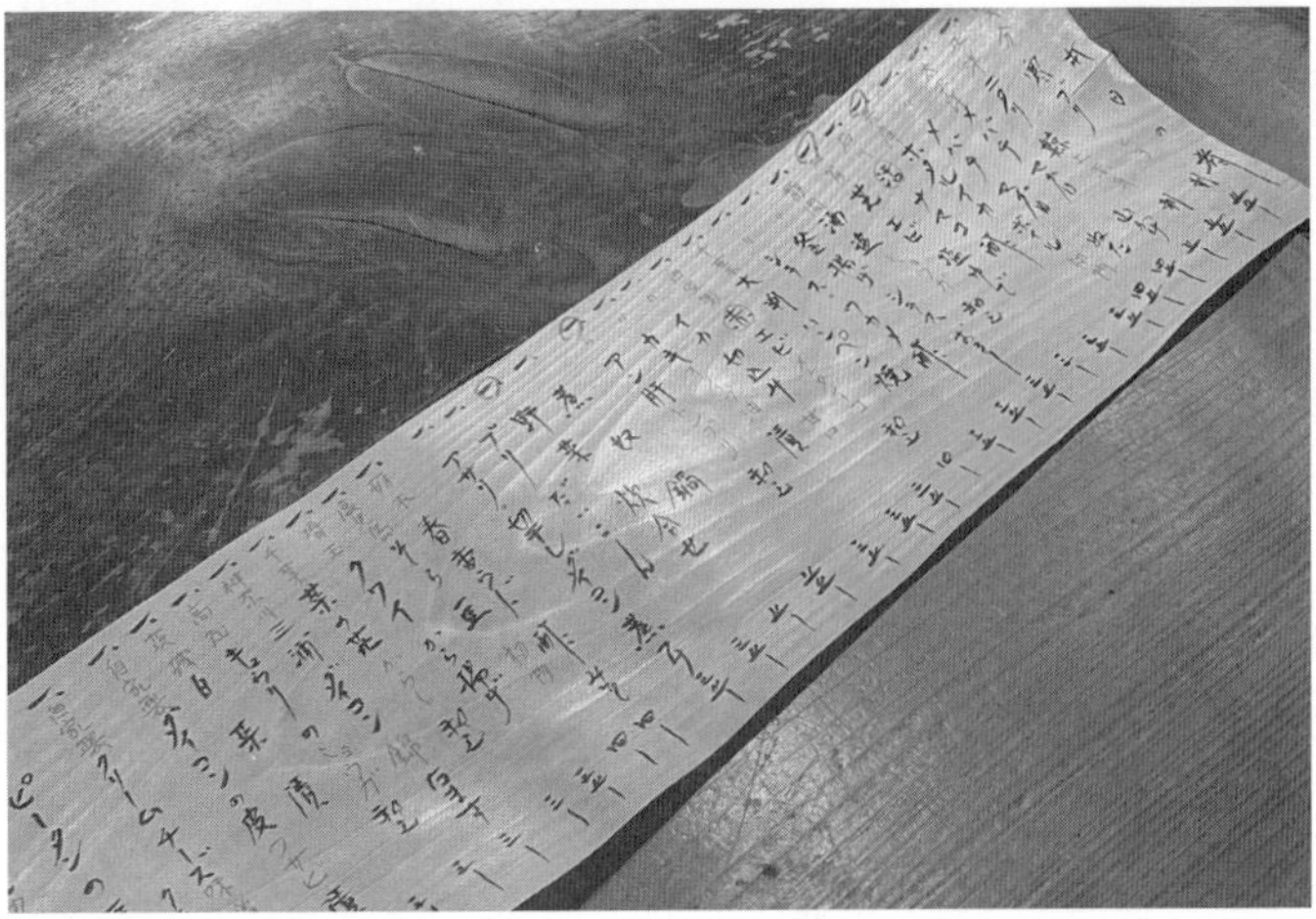

だいこん屋の店内と品書き

旅行にも、お客様たちと一緒に、毎年のように出かけさせてもらいましたので、お客さま方とのお付き合いも、普通の「お店とお客」の関係とは違ったのかもしれません。本当に、家族のようにお付き合いさせていただきました、とても感謝しております。

さて、生前松本は、長年書きためていた文章を一冊の本にしたいと望んでおりました。以前からご縁のあった皓星社の藤巻修一さん、晴山生菜さんにご相談したところ、快くお引き受けいただき、こうして陽の目を見ることとなりました。本人は手に取ることができませんでしたが、きっと満足していることと思います。松本に代わりまして、心より御礼申し上げます。

また、装幀は句集『三草子』『一揃』に引き続き、間村俊一さんに手掛けていただくことができました。松本にとりましても、望外のよろこびだと思います。厚く御礼申し上げます。

編集にあたっては、長年にわたり「すずしろ句会」のまとめ役を引き受けていただいている神谷信行さんと、編集者の磯知七美さんがお手伝いくださいました。ありがとうございます。

阿佐ヶ谷をこよなく愛した人で、病にたおれても原稿は書いておりました。

書きおえて安心したのか、私にありがとうの一言を残して、海にもどった気がします。

二〇二三年十二月　松本昭子

初出一覧

「酒力」と「酒場術」だけが頼りだった——まえがきにかえて	「季刊ユジク」創刊号	二〇〇二年七月
わが青春のだいこんや　逢坂剛	「段丘」六号	一九八九年三月
俳句　人地天	既発表作品より自選、再編集	
阿佐ヶ谷逍遥（まえがき）	『阿佐ヶ谷歳時記』	二〇〇二年二月
花暦	「皓星社通信」十七号	二〇〇一年三月
蟇蛙	「皓星社通信」二十号	二〇〇一年四月
世尊院涅槃会	「段丘」十三号	二〇〇六年二月
桐雨忌	「段丘」十三号	二〇〇六年二月
新緑	「段丘」十三号	二〇〇六年二月
太地紀行	「皓星社通信」二十八号	二〇〇一年七月
春蟬	「段丘」十三号	二〇〇六年二月
笠森紀行	「皓星社通信」三十号	二〇〇一年九月
蟬雑考	「段丘」二号	一九八〇年五月
再び蟬雑考	「段丘」九号	一九九九年十二月
番外・十二指腸始末	「段丘」三号	一九八一年十二月
『奈落』閻魔帳前書	句集『奈落』別冊	一九九五年一月
微分方程式（俳諧雑草）	「段丘」七号	一九九二年三月
レトリック（俳諧雑草2）	「段丘」八号	一九九五年十月

初出一覧

悼　飯島晴子（俳諧雑草3）	「段丘」十号	二〇〇一年六月
音律考（俳諧雑草4）	「段丘」十一号	二〇〇三年二月
鯛	「皓星社通信」三十号	二〇〇一年九月
曼珠沙華	『阿佐ヶ谷歳時記』	二〇〇二年二月
再び曼珠沙華	「段丘」十五号	二〇〇九年十月
柿	「段丘」十五号	二〇〇九年十月
木犀	「皓星社通信」九号	二〇〇〇年十一月
初冬の白い花三種と冬桜	「皓星社通信」十一号	二〇〇〇年十二月
初糶り	「皓星社通信」十五号	二〇〇一年三月
年内立春	「段丘」十三号	二〇〇六年二月
一草園について（あとがき）	『一揃』栞	二〇一六年九月
阿佐ヶ谷周年の花	「段丘」十五号	二〇〇九年十月
抱瓢子	「段丘」四号	一九八四年八月
句集　昭和老人経	書き下ろし	
すずしろ連衆俳諧心得	『三草子』あとがき跋	二〇一一年三月
阿佐ヶ谷今昔	阿佐谷料飲組合（のれん会）小冊子	二〇一八年二月
松本純の思い出——あとがきにかえて	書き下ろし	

・本書は原則として右記の初出原稿を底本とし、「皓星社通信」初出の原稿については小冊子『阿佐ヶ谷歳時記』、「阿佐谷周年の花」「抱瓢子」については『一揃』栞を底本としました。
・収録にあたりタイトルを変更した原稿については、原題を括弧内に記載しました。

松本純（まつもと・じゅん）　年譜

一九三六年九月十日　東京都練馬区に生まれる
一九五九年三月　東京水産大学漁業学科卒
専攻科終了後、日本近海捕鯨株式会社に入社。捕鯨船に乗り、ロサンゼルス、ペルーなど世界各地を周る
一九六六年四月九日　佐藤昭子と結婚
一九七一年頃　捕鯨不況を見越して陸に上がる
一九七二年五月二十一日　だいこん屋　開店（杉並区阿佐谷北一丁目九の二）
一九七三年　すずしろ句会　発足
一九八〇年　同人誌「段丘」に参加
一九九二年五月　だいこんや二十周年　割烹「にしぶち」にて（開催は六月六日）
一九九五年一月　すずしろ句会実録集『奈落』（すずしろ会）刊行
二〇〇〇年十一月～　皓星社メールマガジンに「阿佐ヶ谷歳時記」連載開始
二〇〇二年二月　連載をまとめた小冊子『阿佐ヶ谷歳時記』（皓星社）発行
二〇〇二年五月　だいこん屋三十周年　「山猫軒」にて（開催は七月六日）
二〇一一年三月　第一句集『三草子』（すずしろ会）刊行
二〇一二年五月　だいこん屋四十周年　「新東京会館」にて（開催は六月三日）
二〇一二年九月　句集『三草子』で、第五回日本一行詩大賞　新人賞受賞
二〇一六年九月　第二句集『一揃』（すずしろ会）刊行
二〇二二年五月　だいこん屋五十周年（祝賀行事は行わず）
二〇二三年八月一日　河北総合病院にて死去　享年八十六

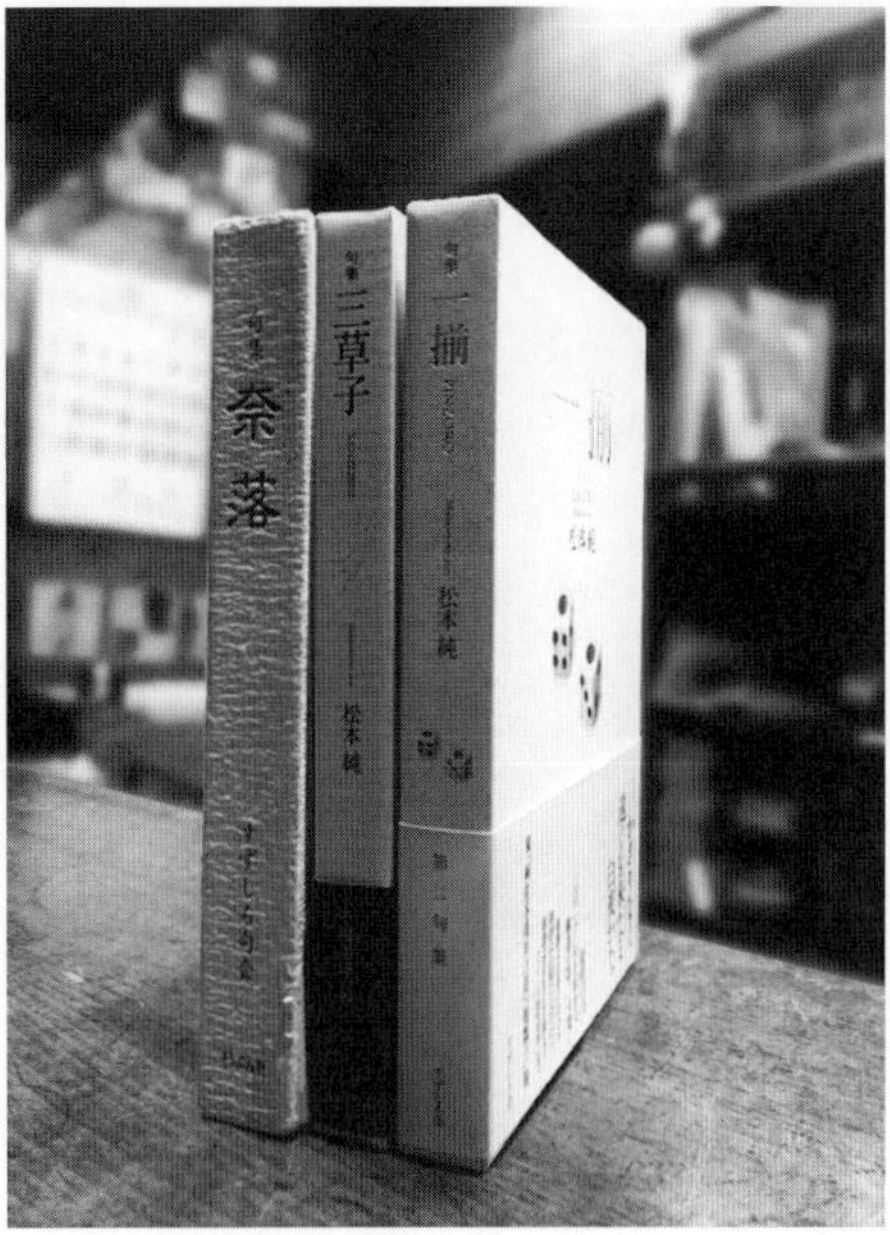

装幀　間村俊一

カバー・表紙　写真
著者自宅の百日紅。樹齢八十年を超える巨木。
撮影　平尾秀明

本文写真
撮影　斎藤亜季
（三四三頁、三四五頁下段除く）

阿佐ヶ谷歳時記

二〇二四年一月二十七日　初版第一刷発行

著　者　松本純

発行所　株式会社 皓星社

発行者　晴山生菜

〒一〇一－〇〇五一

東京都千代田区神田神保町三－一〇　宝栄ビル六階

電　話　〇三－六二七二－九三三〇

ＦＡＸ　〇三－六二七二－九九二一

ウェブサイト　URL http://www.libro-koseisha.co.jp/

メール　book-order@libro-koseisha.co.jp

印刷・製本　精文堂印刷株式会社

落丁・乱丁本はお取替えいたします。

ISBN 978-4-7744-0816-3 C0095